FLORET

READING

小花阅读

我们只写有爱的故事

青春阅读　幸得相见

大鱼

有爱的青春陪伴者

她想要我这个人，

我总得给她。

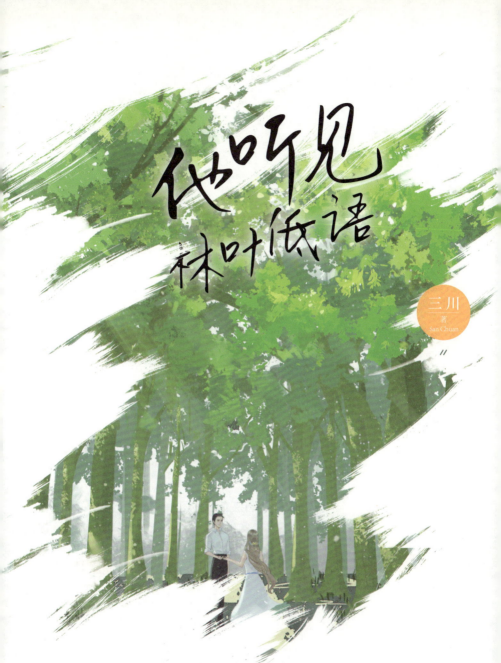

他听见林叶低语

三川 著
San Chuan

上海故事会文化传媒有限公司
上海文化出版社

三川

San Chuan

小花阅读签约作者

女，生于九五年冬。

喜欢呼啸的风，喜欢磅礴的雨。

喜欢将现实的世故变成笔下的故事。

已出版：《余生爱你如初》

目　　录 / C O N T E N T S

目　　录　*/CONTENTS*

Chapter 01

初次见面，请……替我保密

（一）

程央觉得有双眼睛正盯着她，剜刀似的，可四周，一个人都没有。

七月，太阳热辣得像一记耳光，头顶上树叶密密匝匝，偶有空隙，漏下几点煞白的光斑，不仅不凉爽，反而捂得闷热异常。

程央再次试着拨打那个电话。

"嘟嘟嘟……"

还是没有信号，跟五分钟前一样。

她叹了一口气，继续往前走。

此时，她正背着一只硕大的帆布包走在林子里，背包左下角被棘子划开线了，毛毛的，像她此刻的心情。一张仅由几根扭曲的线组成的地图被攥在她手上，腋下是一瓶还剩三分之一的矿泉水，米色长裤，一根带刃的登山杖，额头冒着汗水，五分热，五分怕。

走到一棵鹅掌楸下，程央停下了脚步，而耳边依旧传来了重物压折落叶的"沙沙"声，附近还有其他活物在移动，声音不小。

"谁？"她环顾四周，树干，枝条，野花，扑棱的飞虫，没有任何回响。

程央将袖子朝上挽了挽，露出一块机械腕表，此刻是下午四点十七分，距离沉堰地区太阳落山不到两个小时了。

"从咱们琅华镇到林场白房子不骑车得走四个多小时，你走不惯山路，得多加一个钟头，不过林子里有条近路，我们打柴的时候常走，你身上有笔吗？我……"三个半小时前，镇上的老乡这么告诉程央。

程央用袖子擦了一把汗，将登山杖握得更紧些，她靠着树根蹲下，朝左右各扔了一块石子儿，侧耳听，没有声响。

昨天夜里弟弟在程央隔壁房间哭闹了一宿，她没睡好，眼下太阳穴还是一涨一涨的，不然，她不会迫不及待地跑到这儿来求清净。

"或许已经走了吧。"程央想。

沉堰林场除了丰富的林木资源之外，也是各种野生动物的天然栖息地，只是驻地附近，除了记录过一起野猪下山偷食农民红薯之外，资料上并没有提到过有发现什么别的大型野生动物。

程央起身，拎着登山杖继续前行。

叶片被杖子扫得哗哗响，打草惊蛇，对于在林子里活动的人而言恰恰是一种智慧。

"嗡嗡嗡……"

手机响。

"喂？能听到吗？喂？"程央在这边喊得热闹，听筒里却只回应了一阵卡顿的杂声。

一片流云飘过，太阳被遮掉了一部分，天色明显暗了下来。

程央抬头，发现不远处有一片稍微开阔的乱石地，没什么遮蔽，草木稀疏，信号应当能好些。她疾步朝前走去，连衣裙刮着杂乱的枝条，脚下是窸窸窣窣的声响。这下好了，她站直了身子舒了一口气。

流云四散，太阳又冒出头来，石地上连一朵花都有了自己的影子。

程央正要放下背包休息，拿手机时朝地面扫了一眼，顿时一惊，赶忙抓了一把碎石土往身后一扔，头也不回地跑了。

"有蹄子？"张航问，叼在嘴里的一根细树枝掉在了帆布制的工装裤上。

程央点了点头："很高大，上肢有蹄子，但没听见气息。"

她回忆着地面那团将自己遮蔽得严严实实的影子，尽可能详细地描述着。

"竟然又有下林子的大家伙，不过是什么呢……"张航一边在脑海中比对着林区的物种，一边吧唧了一下嘴，一旁铁锅里的辣椒正爆出焦香味。

/003/

"等秦哥回来让他跟你去看看就知道了，管它是什么，秦哥都能收拾得它服服帖帖的。"说话的空当，一个毛脑袋从窗外探进来，他扒拉在墙上，两只眼睛全神贯注地盯着队长老婆手里的那一柄大铁勺。

"毛猴，注意点，口水都落锅里了。滚滚滚，去把其他人都叫过来，我介绍你们认识一下。"张航朝他招了招手。

"毛猴"又赶紧从窗口退开了。

程央抿嘴笑了笑，说道："张队长，给您添麻烦了。"

"哪里的话，要不是你爸，他还不知道死在哪个牌桌子底下变烂泥呢。"女人放下手里的大铁勺朝这边看了一眼，冲程央眨了眨眼睛。

女人叫李慧，是张队长的妻子。

"死哪儿你也得给我收尸。真是，辣子辣子，再放点儿，小气婆娘。"

张队长喜欢跟妻子拌嘴，可语气软绵绵的，没什么气势。

林场湿气大，食材紧张，风干的辣椒便是最好的佐料。

"咳咳咳……"程央被锅子里的气味呛得埋头咳嗽了几声，再一抬头，面前便多了三个黑黑的汉子。

"说话呀！"张航指着最左边的一个，"老时，你先来。"

"时国庆，男，四十七岁，爱吃鸡蛋和大饼子，没了。"

"林育人，男，四十三岁，"临近的一个汉子赶紧接口，"爱吃……"

张航眼睛一眯："得了得了，没人想知道。毛猴，你来，整个热情点的。"

"我叫毛子建，因为我爬树快，大家都叫我毛猴，今年十九岁，单身，没有女朋友。我……"

毛猴话还没说完，护林队其他成员就笑了起来，黑黑的皮肤，白白的牙，看着淳朴有趣。

程央也笑，站起来跟大家握手。

"我叫程央，今年二十二岁，插画师。这次到沉堰林场来采风，麻烦大家了。"

她一个一个递出手，却只有毛猴一人跟她握了握。

护林员常年不见生人，社交缺失久了，就成习惯了，他们只是一个劲儿冲她笑，很认真。

"之前听您在电话里说还有一个叫……"

"噗"的一声重响，木门受力被重重推开，一个高高壮壮的男人扛着半扇猪肉站在门口，眉头深锁，英气逼人。他还没发现屋子里多出了一个程央，或者说，他眼睛里的沙土残渍不容许他发现这一点。他将猪肉放在铁锅旁的案板上，用瓢舀了一瓢水径直从头上浇了下去，地是土地，见水即消。

古铜色的皮肤，挺拔的身材，狭长的眉眼与锁骨，隔着布衫腹肌的轮廓也清晰可见。

"一，二，三，四，五，六，七。"程央不由得数了数。

"秦哥，你这是怎么了？"毛猴问。

"遇到个背时鬼，拿土给我迷了眼。"秦煜撩起里衫擦了一把脸。

"八。"程央这才数清楚，真强壮，她想。

"快过来，程央提前来了，以后都要见面的，先认识一下。"张航起身，走到秦煜面前指着程央。

"你好，程……"米白色长裤，秦煜一见她的衣裳，便硬生生地将"背时鬼"这三个字吞了回去，什么也没说，冷着脸出去了。

"这……"程央觉得有些意外。

"秦煜，秦煜，给老子回来。"张队长也是莫名其妙，扯着嗓子朝门外喊了几声，便笑了笑跟程央说，"他一般不这样，晚点我说说他。"

"没事。"程央笑了笑，看着那个背影有些出神。

程央的到来，让队员们都很高兴。

"有肉吃喽。"毛猴言简意赅。

另外两名老队员没说话，但也一早围在了餐桌边，算是同意。

"不吃肉了？"门外，张队长叉着腰问。

"想得美。"秦煜回答，低沉的嗓音中透着一点可爱。

秦煜推门进来，在餐桌边扫视了一圈，只有队长老婆和程央旁边两个位置还空着。

秦煜倒不拘谨，从柜子里摸了一只陶碗便坐到了程央身边，只是不笑。

"你好，我是程央，插……"程央跟秦煜打招呼。

"吃肉，不然没了。"秦煜没看程央，伸手夹了一块大大的五花肉回来，筷子朝程央边上靠了靠。程央不好意思地将碗挪过去接，他却又径直放进了自己嘴里。

"秦哥是怕我中途截和。"坐在秦煜另一边的毛猴赶紧说道。

毛猴喜欢程央，第一眼就喜欢得不得了，她个儿高、有礼貌、爱笑，关键是那一头长发，跟自己的亲姐姐一模一样。

秦煜若无其事地吃着饭，程央笑了笑，更尴尬了。

"来来来，姑娘，多吃点儿。"李慧适时给程央夹了一块肉。

大家笑呵呵的，很快就忘了这一茬。

"对了，秦哥，有大东西下林子了。"毛猴说道。

"什么东西？"秦煜深邃的眼窝里有了光彩。

"不知道，程央姐看到的，说很高，还有蹄子呢。野猪才有蹄子，可野猪总不会站起来吧，你说……"

秦煜没再接话，几口扒拉完一海碗饭后，从口袋里掏出了一只仅剩三分之一水的塑料瓶子："以后别乱丢，太阳一照运气不好会起火，害人！"

难得休息，队长还给秦煜安排了去镇上采买的工作，程央从城里来，总不能跟着队伍吃山药蛋子。今天下午刚载着买好的半扇猪肉走到一半，秦煜就发现远处林子里有个白影子鬼鬼祟祟的，不像打柴路过，猫着腰倒像是盗挖珍惜药草的。这些年抓过不少，男男女女都有。他担心着肉被山里的野物叼走，又怕那人真没安好心，这才将摩托车停在小路边扛着肉跟了过去。他偷偷跟了好几里地，见她没打坏主意还一副跌跌撞撞的样子，这才准备上去问问需不需要帮助，不料还没开口，倒先被她用土灰给迷了眼，连水瓶子也扔在了原地。

林子里不方便清洗，他便眯着眼硬生生地扛着肉摸了回来。

程央盯着那个水瓶看了两秒，懂了，硬是没说出一句话。

"嘿嘿嘿！"张航也大致猜到了，笑出了声。

（二）

"来来来，你就住这儿，成不？"

晚饭刚过，李慧便领着程央出了厨房，脚步立在最边上的一间白色的土坯房子门口，竹窗草顶，都是现成材料。

程央点点头，叫了声李姐，道了声谢谢。

"这是……石灰？"她摸了摸墙面上斑驳的灰渍，轻轻一搓，不知道为什么想起了雪媚娘，昨天还吃过的。

"防虫的。"秦煜赤裸着上半身走过来，一件汗衫正湿哒哒地搭在他肩膀上。

一听虫子，程央一个激灵。

她不怕黑不怕鬼，单怕那些软趴趴的蠕虫。

秦煜没看她，径直从柜子里摸了一条内裤提在手上，尺寸不小。

"你怎么……"程央疑惑出声。

"这是我的房间。"他摆摆手朝公用的浴室去了，走了几步又回过头来，"不许乱翻东西。"

"我……我在通讯室打地铺就可以了。"程央咽了咽口水，来之前了解过一些情况，可没想到这么刺激。

"他不住这儿，老张叫他跟小毛挤一间。就他的房间最干净，特意给你腾出来的。"李慧抿嘴笑了笑，眼角的细纹堆成了两片枫叶。

驻地没有多余的住房，连李慧都只能跟丈夫挤在十一平方米的单人间里，工作任务重，又成天在山里跑，清一水的汉子，累得精疲力竭到驻地自然是倒头就睡，除非酷热消暑，否则队员们并不常常洗澡。

这也是人之常情，就像女孩独自在家不洗头一样。可秦煜不同，即便是寒冬腊月里，也必须得洗了澡才上床，为了这事队里的人没少说他，讲究，有规矩，能娶好姑娘。

程央听完点了点头，拎着包进去了。

房间里并没有想象的狭窄，但陈设却极其简单，一个折叠床，一个柜子，像人还没搬进来，又像人马上就要搬走。

程央四处找了找，连凳子都没有一条，只从角落里找出一个木墩来，她将包放在木墩上，李慧替她带上了门。

"怎么能让小姑娘跟着这帮老爷们瞎混呢，累死累活的。"李慧边走边嘀咕。

门里的程央却勾起嘴角笑了笑。

这一趟，她当然不会让自己白白辛苦。

"程央，1995 年生人，杰出青年插画师，擅长水彩手绘，曾为《地球物语》《leaf》……"秦煜坐在浴室后的一个小石坡上拿出手机向下划拉，各种代表作品、奖项、合作名人一列一大串，再往下翻，是一张个人写真照，山里网不好，只露出最下边一截浓黑的长发，他点开，屏幕中央却一直在转圈圈。

"秦哥，你觉得我身材咋样？"毛猴在浴室洗澡，没关窗，看着秦煜在后头朝自己的方向举着手机，便笑咧咧地开起了玩笑。

"瘦鸡崽。"秦煜随手拾了一个小石块朝毛猴砸去。

毛猴将窗子往外一推，石子被弹得改了方向。

"哐当！"

正梳头的程央循声往窗边走，新闻上说野猴调皮时会做出人类小孩投石的动作，她以为自己运气好，也能碰着。

她推开窗，秦煜手机上的图片正好加载完成，她和照片一同落入他眼里，长发如瀑，浓黑纤长。

"有事？"程央问他。

"嗯，睡觉前，记得洗澡。"他只得没头没脑地说了一句，而后便将手机揣进兜里两三步走下了坡去。

程央在自己身上嗅了嗅，出了点儿汗，没有什么味道。

她关上了窗，没想到自己还会有被男人嫌弃的一天。

"就你干净。"她嘟囔了一声，但想着自己今天拿灰土迷了他的眼，还睡了他的床，心里又有了几分愧疚。

山上夜里降温降得厉害，程央又向来体寒受不了一点凉，洗过澡，她便一股脑儿钻进了被窝里。

被子是那种印着条纹的土布棉花被，跟羽绒蚕丝不同，压在身上沉甸甸的，像被人紧紧搂着，十分暖和。

突然，她发现了被头上一个小小的缺口，雪白的棉花正从里头钻出来。她撇撇嘴，还是从背包里取了针线，歪七扭八地缝上了。

"那么凶，铁定取不上媳妇。"她将被子朝怀里一揽，恶狠狠的，有樟树香。

"那不行，我不同意。"隔壁通讯室，护林队成员一边打牌一边开会，张队刚布置完明天的任务，秦煜便第一个跳出来反对，还拿三条 A 毫不留情地打死了队长的三条老 K。

"啧啧啧，你说说你……"

五个人压低了声音，密谋似的。

老时跟老林一组，张队经验丰富独行，秦煜照例还跟毛猴一组，巡防责任区的安排跟之前没什么变化，可张队却将程央临时拨给了秦煜照顾，理由很简单，他年轻，反应快，跟他在一起最安全。

"服从安排。"两位老队员跟着起哄，将刚输掉的瓜子又偷摸扫到了怀里。毛猴倒觉得这个安排不差，在旁边一个劲儿点头。

秦煜不说话，又出了一个同花顺结束战斗。

张航抓了抓并不多的头发，将余下的牌很不甘心地扔在桌子上，咬牙从通讯室的抽屉里摸出了一根烟来："行了吧，就这么一根了。她爸对我有大恩，你就当帮帮我成吗？啧啧啧，今晚真是邪门了，一把都没赢。"

"我呢？我也要照应程央姐啊。"毛猴舔了舔嘴唇，知道队长的烟是他家里人晒的，也馋。

"三岁长胡子，瞧你那小老样。"张航将毛猴拨开，看着秦煜。

秦煜点了火，叼着烟走了出去，这是答应了。

"有事跟你说一下。"秦煜敲了敲门。

"嗯，请进。"程央从床上坐起来，找了一件外套搭在身上。

秦煜进门，没什么拘束，直接坐在了床尾。

"明天七点，找李姐要份干粮，我们会先去十三公里外的天门卡点进行防火检查，交接完后开始日常巡查。次生林，没有正经的路，尽量穿耐磨的鞋子，快的话晚上八点能回来吃饭，有问题吗？"他语速快，说话的时候也没有看她。

"秦煜。"她开口叫他，他这才回过头来。

"嗯？"

"没什么，随便叫叫。"

"……"

"之前的事，对不起。"

他点头，起身时看到了被头上那条缝得弯弯曲曲的蜈蚣。

"嗯，明天别迟到。"这一次，他看着她。

带上门，空气里还散落着一星半点的烟草味。

"是根好烟。"程央评价道。

（三）

"哐当，哐当……"

门把手被人从外面拽得作响，十八岁的程央裹着被子蜷缩在角落里，她打开床头灯，看到了门把正在强烈地转动着。

"谁？"她想喊出声，却始终沉寂在喉咙里。

奶奶病故，家人都在外地奔丧。

"咔"的一声，她听到有什么东西插进了门锁里，她赶紧从床上爬起来，光着脚跑到门边，用尽全力将一只组合柜推向门口。

可柜子还没有完全掩住雕花的实木门，门便开了。

"啪！"

进来的人顺手关掉了房间的灯，只在闪电中留下一个高大的身影。

程央捂住嘴，蹲下身子慢慢朝门口挪去，她看不见他，那他也看不见她。

"啪嗒啪嗒！"她分明听到水滴砸在地板上的声响。

那人从雨中来，浑身酒味，她往门口挪了两步，可那人依旧倚着门框一动不动。

"今晚，你是我的人。"他笑了一声，轻轻幽幽，裹挟在雷雨声里，很瘆人。

这样的天气，在小说和电视剧里，适合分手和死人。

她偷偷在桌面上摸了一把装饰刀攥在手里。那人朝她扑过来，她赶紧往窗边跑，连叫喊声也掩在了雷鸣里。

"乖，不怕，我爱你。"那人从背后伸手搂住她，一把将她扔在了床上。她往后退，他便紧紧攥住了她的脚。

"放开我，放开我，我给你钱，你别伤害我。"她用手捶打着那人的肩膀、头，但无济于事。

"我会对你好的。"那人俯身，迷醉般吻在她的小腿上。

她右手将那把装饰刀举起，左手忽然打到了那人的耳朵上，那里有道缺口，她愣了一下，将刀改变了方向。

"哗！"未开刃的刀面划过小腿，留下一道长长的豁口，就在他方才亲吻的地方。那人感觉了腥湿，一个闪雷，他看到她满手都是鲜血，她刻意将头别了过去，他觉得她在哭。

他呆了几分钟，开了灯，懊悔地去柜子里找纱布。

"滚！"她闭着眼，指着门口喊。

"对不起，我……"

"滚！"

"哐当！"

一个同样的声响传来，却是几本防火宣传手册从柜子顶被风刮了下来。

程央睁开了眼睛，摸索着打开了房间的灯。她蜷缩着腿，摸了摸小腿上那道长长的伤疤，四年了，还是忘不了。

夜风从木窗格子里透进来，狭管效应，风力格外大。

她睡眠浅，想着画一张简单的芭蕉图贴在窗上挡风，翻出颜料画笔，支好了架子后却又没了心思。

想抽根烟，却没处找。

屋子不知何时进了一只蛐蛐，"唧唧吱、唧唧吱"地叫个没完没了，像一阵口哨，她不想抽烟了，想上厕所。

驻地就一个卫生间一个浴室，都是公用的。程央来得不凑巧，门正锁着，亮着一盏瓦数极低的灯，有人正在里面方便。

她站了一会儿，夜风拂面，尿意更浓，而里面的人却还完全没有出来的意思。

"总不能叫尿给憋死吧，多可笑。"

她想了想，朝着屋子后面的那一丛桦树林走去。

(四)

夏日鸣蝉，和在风里像一首歌，很鲜活的那种。

她觉得自己的画里，缺少的正是这个，于是她现在蹲在了野地里而不是自家的马桶上。

"沙沙沙……"近处有小爬虫在用牙齿咀嚼树叶。

"啧！"程央有些不高兴，提上裤子准备走人。

不是什么光彩事，她特意没开手电筒，只借着淡淡的月光往回摸，来的路，去的路，似乎都差不多。

"我要是你，我就不会往前走。"一个男人慵懒的声音从她身后传来。

程央吓了一跳，差点儿没摔在自己的尿上。

"谁？"她赶紧打开手机上自带的手电筒照了照。

此时秦煜正穿着一身迷彩服躺在两棵白桦树支撑的吊床上纳凉，绳子扎得异常高，不抬头看不到。别说这个时候，再往回倒两个小时，程央也未必能发现他。

他双目微闭，嘴里的一截狗尾巴草有节奏地颤动着，脸上的神情看起来像是在回味什么，不好形容，但肯定欠打。

"吃喝拉撒，是个人都得这样。"程央小声嘟囔。

他却"嘻"地笑了一声。

这一笑，她便恼了，她来时特意弄出了些动静以赶跑蛇虫鼠蚁，他肯定一早就发现了只是故意不知会她。

"流氓！不要脸！"她气呼呼地往前走，"咣当"一声，一头栽进了一个两米见方的土坑里。

驻地只从镇子上接了一根水管上山，每逢严寒天气水管封冻或是盛夏镇上用水高峰期就会断流，土坑是队伍新挖来储水的，这段日子忙，还没来得及修整。

好在底下都是泥巴，摔不坏人。

他又笑了一声，毫不掩饰。

"快拉我上来。"程央往上跳了跳，手上没劲死活撑不出来，要强，但还是害怕，这下丢脸丢到家了。

"求我啊。"秦煜从吊床上一跃而下，蹲在坑顶上用一只手电筒照着她。刚才骂自己的时候凶得很，如今掉进坑里倒老实了不少。

程央眨了眨眼睛，适应了好一会儿之后才看清他的表情，算不上变态，但比刚才更欠打。

"拉我上来。"她又重复了一遍，叉着腰。

"行啊，姐们够硬气。"他将嘴里的狗尾巴草拿在手里甩了甩，板着个脸冲程央点了点头，提着手电筒便走开了。

"秦煜，你回来！"

没人应。

"你回来！"

还是没人应。

"秦煜……求你。"

脚步声远到几近消失时，程央气急败坏地喊了一声，后两个字声音压得很低，可他还是听到了。

好汉不吃眼前亏，她安慰自己。

秦煜往回走，嘴角勾着得意的笑，打开手电筒往旁边一放，"扑通"一声跳了下来。

他站在她身旁，一米八六，足足高出她一个头。

"你想干吗？"这样的身高压迫，她下意识地捂紧了自己的胸口。

"就你这样？"秦煜毫不避讳地往她胸口扫了一眼，然后将她往肩上一扛手一顶，一把将她推了出去，毫无温柔可言。

她在坑边滚了一圈，爬起来拍了拍身上的污渍，本想回头去拉他，就见他将手撑在坑沿一用力，轻而易举出来了，她才气呼呼地往驻地宿舍走去。

"脾气这么大，真是的。"

她依旧穿了一身的白色，那身影行在淡淡的月色里，像一枝朦胧的昙花。

坑里四面都是泥巴，夜里湿润易打滑，她虽然纤瘦，也还终究是个成人，他若是在坑上面硬拉她，没有着力点，非拉脱臼了不可。

"你……"她突然回头冲他喊道。

"有事？"

"别告诉别人。"想起自己是求人，程央的语气又不免放软了些。

"没什么，挖好半个月，摔过好几个。"

他搓了搓手，顺着笔直的树干两三下就爬了上去，夹在指尖的狗尾巴草又回到了嘴里。他若无其事地躺着，叠放着双腿晃了晃，却发现她仍然待在喊话的地方。

"怎么，摔着了？"秦煜问她。明天还要进行巡查，她真的受了伤，会很麻烦。

"我说的……"程央想了想，又往回走，走到他的吊床下，才轻轻将两只手合成喇叭状说"不是那件事"。

桦树下黑乎乎的，掩去了少女脸上的羞红。

她方才蹲的地方有几株火棘掩着，天色又黑，他看不见什么，但必然听见了。

来林队的第一晚就出来"施野肥"，实在尴尬。

秦煜一时不知道怎么接这话，她摸进来时猫着腰，拿根棍子傻乎乎地扫来扫去，像是在找什么，他想看个究竟，却听到了一阵细碎的流水声，明白过来时已经结束了。他本来不想作声，可她却晕头转脑地往大坑走了去。

"嗯。"他在黑暗中边应边点头，像她能看见一样。

程央放心地往回走，想着自己占了人家的床，礼貌性地说了句："夜里当心，别摔下来。"

秦煜听到了，没再作声。

程央回到房间时风已经止住了，唧唧吱的蟋蟀也不知所终，整个屋子静得像一具棺材，她蒙上被子，反而睡不着了。

她伸头朝被子外探了探，只露出一双眼睛。

窗格上有月光，如果床位再挪动一点，光线再强一点，大概就能看到秦煜茧一般挂在树上。

想到这儿，她将双手慢腾腾地从自己领口伸了进去，锁骨以下的肌肤势渐凸起，又分侧汇聚到一处，娇嫩、柔软。

"有那么小吗？"她自言自语，想起了在坑底时秦煜嫌弃的眼神，抱着被子狠狠踹了几脚。

"嗡嗡嗡……"

一阵手机响打断了她的思绪。

她看了看屏幕上的来电人信息，开灯犹豫了一会儿，接通了。

"爸？"

"采风活动进展得怎么样了？在那边生活还习惯吧？山上什么都没有，生活用品都带了吧？要不要……"

他还在问，她赶紧打断他："我……才刚来，还什么都没开始呢。"她有些窘迫，对父亲这样突如其来的关怀并不适应。

"队里的人还好吧？都认识了吗？你张叔跟我也算是老相识了，有什么不方便的地方就跟他说，别一个人扛着。"

"都好，大家很照顾我。"说这话时，她不知为何想起了秦煜，牙有些痒痒。

"那就好那就好，爸爸如今也就你们几个孩子可担心的了，说起来……"

程央刻意咳嗽了一声，算是提示。

"你弟弟他还小，精力旺盛，正是爱叫爱闹的年纪，免不得夜里吵吵嚷嚷……"

"我知道。"程央松了口气，父亲的话总算说到了正题。

"央央，爸爸年纪大了，能再有个儿子不容易，你芳姨她虽然说疼爱弟弟多一点，但是她对你也……"

"爸，我没生气，真的。"程央的内心毫无波澜，甚至还有点想笑。明明是做长辈的人，却还为了一件这样的小事小心翼翼地跟身为女儿的自己解释，父亲到底是老了。

"哦，那就好，那就好。爸爸也没有别的意思，就是跟你随便聊聊。"

父亲紧皱的眉头肯定舒展开了，程央不用看，也能猜到。

"嗯，明天还有事，那……我挂了，爸，晚安。"

对面没有再接话，而是传来了一阵小孩子的叫嚷声："爸爸，我要听故事，要听故事……"

"好，乖，今天爸爸给你讲《小农夫》的故事，从前有个村子……"

程央始终没有等到那一句晚安，愣了好一会儿，挂断了电话。

"从前有个村子，那里的人以耕种为生，日子过得都很富裕，只有一个人穷得连一头牛都没有，当然，他也没有钱买，大家叫他'小农夫'。他和妻子都很想有头自家的牛，于是有一天他对妻子说……"

程央望着头顶的白炽灯慢慢地背诵着，这样的故事，从来没有人给自己讲过。

"真是幼稚。"她评论，不屑似的，纤长的睫毛却沾上了水雾。

"啪！"

一块石子砸在了窗沿上，缠着一根狗尾巴草。

腕力惊人，准头不差。

"干吗？"她推开窗子问，望着秦煜吊床的方向。

室内光线比月光强出许多，她什么都看不见。

"电费一度六毛二！"

她听到风里飘来了一个凶巴巴的声音。

"啧！"她咋舌，扭头关灯扎回了被窝里。

Chapter 02
看起来，是有故事的男同学

（一）

山里的晨光来得早，林子里的鸟一叫，一天便开始了。

镰刀、水壶、背包，护林员的三件法宝。出发前全队都会将这些打点妥当，而后一字排开，等着李姐起锅挨个发干粮。

秦煜看了看时间，环顾四周，离出发只有十分钟了，没见程央。

房门紧闭，想必还没起床。

"哥，一会儿你帮我领上，我去叫一下程央姐。"

毛猴往队伍外走，秦煜一把从身后拽住了他："她不是孩子，用不着你奶，来了就走，不来更好。"

话音刚落，厨房门"咣当"一声开了。

"来，大家的干粮。"

说话的人正是程央。此时她正握着一双大竹筷熟练地帮着李姐给大家分装晾至微凉的馒头，一个食袋两个，没乱塞，特意并列着夹放成不易被挤压的形状。

"你的。"队员们一个个领，轮到秦煜时，她笑着将写着"秦"字的那只食袋递给他，刚才的话她听到了，却像没听到一样。

秦煜接过食袋塞进包里，微眯着眼睛，打量她。

高高扎起的马尾，略微补了补眉毛却没有化妆，一身修身合体的军绿色工装服，腰上依次系着伸缩的登山杖、挂绳和工具刀，裤腿跟自己一样紧紧地束在了厚实的皮靴里，一水儿装扮下来，比护林队的还像护林队。

"程央姐，你这身太赞了！"

毛猴还在长身体，当时队里制工装的时候为了方便特意给他放大了一个码，他年轻，算不上讲究也终究在乎衣服肥大不好看，如今见了程央的，两只眼睛都放光了。

"喜欢？下次买一身送你。"

她说这话是真心的，毛猴却只能在旁边打哈哈。

秦煜朝着她衣服上的LOGO扫了一眼，好家伙，两三年工资泡了汤。

"走了！"秦煜喊了一声，跨开步子朝山里走去。

沉堰林场包含12万亩次生林，按照队伍驻地不同划分为三个辖区，张队所带的队伍平均年纪最轻，辖区最广，因此巡视的距离也最长。

程央走在队伍最末，脚下是宽度不足二十厘米的小径，高一脚低一脚，歪七扭八，碎石乱麻。

程央知道自己只是来"蹭"行程的，因此一直没有开口说话，只等他们主动停下来查看四周植被水土情况的时候，她才会按照自己的想法闭上眼睛去伸手摸一摸那些花叶与枝条。

小飞蓬、红蓼……

毛猴不明白，一个画画的人为什么不更多依靠自己的眼睛，红花绿叶，蓝天白云，都在视觉上。

　　毛猴想问她，又怕打扰她。于是他将这话跟秦煜讲，秦煜却回答："那边一高一低两个防火标牌都被新长出来的藤条挡住了，你挑一个吧。"

　　森林火灾与病虫害最当紧，因此这样的防火标牌还有许多块，及时清理标牌周边的枯枝杂草，是为了让标语更加醒目，同时减少火灾隐患，只是这一块挂得高，在树腰子上。

　　毛猴摆了摆手，取下帽子别在腰上，猫着腰穿过一丛金樱子刺棘，麻利地抱着树干往上爬，他身子轻，适合爬树。

　　"你当心！"

　　程央好意提醒毛猴，他却灵巧地钩着一根树枝扭头冲程央招手："没事的，我是猴子嘛。"

　　"咔嚓"一声，一不留神，一根枝丫折断了，毛猴脚下一滑，没摔着，只往下掉了一截。没有任何停留，他又嗖嗖地爬了上去，这一次，没再说话。

　　程央拍了拍胸口，长长地呼了口气："有惊无险。"

　　秦煜将低处的枯枝扫尽，瞪了她一眼，是责怪。

　　她下意识地将手放在嘴唇中间，有抱歉，但看着秦煜时却有几分顶撞的意味。

　　清理好后，毛猴一下从树腰上跳下来，他捡起先前踩断的那段树枝摸了摸，叶片间已经有了挂果的痕迹，一共三个，有些可惜。

　　"可以给我吗？"程央问他，嘴角里飞进了几缕头发。

　　"这有什么用？"

　　"做成标本，很漂亮的。"

　　毛猴笑了笑，便兴高采烈地拎着枝条朝她走去。

他递树枝给她，她拿上，正要插在背包侧口袋时看到了他手上密密麻麻的伤。

"疼吗？"

他弯曲着拇指在手心里擦了擦，最大的那道已经结痂了，是半个月前划伤的。

他摇了摇头，脸上带着笑模样，没有做作，是习以为常。

程央想起了包里还有一副户外手套，听忽悠买的，出来了才发现自己根本用不上。

她拿给他，他却显得有些慌张："程央姐，不用，我们有发手套的，只是今天……"

"姐都叫了，不是真心的？"她笑了笑，见他另一只手还拿着镰刀不方便，便亲自替他戴上。

"你真好。"毛猴说这话时鼻子抽了一下，扭头却高兴地举起手来跟秦煜说，"哥，好看吗？"

秦煜点了点头，张嘴说："好看。"

毛猴戴着新手套兴致勃勃地往前走，秦煜看了程央一眼，皱了皱眉头。

"有事？"程央问。

"哥！我看到灰房子了！"

顺着毛猴喊话的方向看去时，他的身影已经只剩下了指甲盖大小，秦煜想了想，摇了一下头。

走了数个小时才到天门卡点，跟护林队驻地就地取材的建筑风格如出一辙，这儿的房子也只是几间灰扑扑的土砖房。毛猴与秦煜在门里头跟工作人员交接，程央一个人蹲在一棵杂树下挽起裤腿揉着自己的小腿，路走多了，有些酸痛。

"那女孩子是谁？"

程央脸盘子小，不像本地人，工作人员看见了便问一嘴。

"程央，画画的，"秦煜正低头做登记，水性笔写完最后一个数字时发现毛猴也在朝门外看，便补充说，"过两天就走了。"

工作人员点了点头，没再多打听什么，倒是毛猴听了这话后瘪了一下嘴。

秦煜放下笔，揉了一下毛猴的头。

两人交接完出来，程央便很自觉地站起来。

一个裤脚没放下，露出了腿上那条长长的豁口，秦煜眼睛朝那儿瞟了一眼，她赶紧跺了跺脚，没说话。

"后面的路不好走，原地休息三十分钟，顺便把午餐解决了。"秦煜移开视线，从包里取出食袋，往卡前点的一小块草坪走去。

天高林阔，席地而坐。

程央也从包里拿出水来就馒头，一口接一口。

毛猴吃东西快，吃完了便盯着她看，目不转睛的那种。

"怎么了？"程央往脸上摸了摸，什么也没有。

"姐，你皮肤真白。"

程央刚准备乐，毛猴便接着说道："跟馒头似的。"

秦煜在旁边噎住了，连忙拍了拍自己的胸口。

程央一脸难以置信地将手里肥大白胖的馒头挪到他跟前："像吗？"

毛猴看了看馒头，又看了看程央，极认真地点点头："一模一样。"

"你说呢？"她又问秦煜。

"一模一样。"秦煜喝了口水重复了毛猴的话，嘴里带着一点点笑，坏得很。

程央明白这确实是夸奖的意思，只是……她对着馒头狠狠地咬了一口，语重心长地告诉毛猴："遇到喜欢的姑娘，这话，可别再说了。"

毛猴咧开嘴笑："别说姑娘，老老小小算上，我们在驻地也只能见到三个女的。你一个，李姐一个，还有时医生一个。"

"时医生？"

"嗯，就是时哥的女儿，她在镇上当医生，我们有什么不舒服都是她给看的，可好了。"

"哦，没见过。"

"没事，下次你有病，也得找她。"

"……"

"……"

见两人都没有接腔，毛猴这才意识到自己说错了话，他不好意思地伸手挠了挠头，倒真的有几分猴子的神态。

"瞧我这嘴，哈哈，不过你肯定能见着的，她跟秦哥……"

"不早了，收拾一下，出发了。"

毛猴的话眼看就要跳出喉咙口了，她竖起耳朵去听，却被秦煜给挡了回去。

程央勾嘴一笑，这里面，大有故事。

（二）

"后面的路不好走。"

秦煜说这句话时程央便做好了心理准备，只是没想到他口中的不好，会是这番景象。

刚下了卡点走了不过十分钟的下坡路前面便出现了一片泥泞，再往前看，是一条山涧，平均水深半米以上，水面略宽水流急。而更令程央觉得头皮发麻的是，近水的两边都生着绿油油的白菖蒲和肾蕨，两三处叶片上还蒙着一张张白蒙蒙的东西。

她往前探了探："那个好像是……"

"是蛇皮，样子比较完整的那些，应该刚褪下。"秦煜没有吓唬她的意思，说的都是实情。

程央赶紧将身子缩回来，她搓了搓手，挪到了队伍最后面。

"我们该不会是要沿着这条山涧走吧？"

密密掩掩的植物几乎爬满了涧边的小径，那种遮蔽感让人不禁联想起一旁的水中正隐藏着某些恐怖的东西，蠕动的，嗜血的，牙尖血凉分辨不出颜色的。

毛猴看出了她害怕，赶紧摇了摇头。

程央刚想松一口气，秦煜便勾起嘴角冲她说："挽起裤腿脱掉鞋，我们蹚过去。"

没有起风，细长的菖蒲毫无缘由地摇曳。

程央觉得心里发毛，脑子开始嗡嗡作响，一回头，身后的两个人都已将鞋带打结挂在了脖子上。

她立马意识到秦煜的话仅仅是一种通知而非可商量的建议。

"能不能，让我走中间？"

她不像小女孩一般故作骄矜地撒娇讨饶，而是立马接受了安排，弯下身子慢慢脱下了自己的鞋袜。

趾骨纤细，肤色白嫩，落在土色中平添了一种通透感，像月光，洒在窗台上。

"硌脚吗？"她问。

秦煜弯腰从水底摸了一个石头丢给她，移开了在她脚面短暂停留的目光。

山涧湍急，连石子都打磨得又光又滑，程央点了点头，用余光瞟着近处的草丛往水里走。

"拉起裤腿！"秦煜喊，可她已经到了水中央。

鹅卵石生着绿色的毛藓，打滑，她走路时晃了晃。

"程央姐，你抓着我的胳膊吧，不容易摔。"毛猴张开手臂护着她，将左侧的胳膊朝她靠了靠。

"没事，这点水不算大，冲不走我的。"她知道毛猴是好意，笑了笑，用虎口圈了一下他的胳膊，能感觉到力量，但比自己粗壮不了多少。

十九岁，应该更安逸一些的。

"前面更滑脚，不好走。"毛猴坚持不肯收回手，程央无奈，握住了。

三人前前后后地往对面走，水流清澈，可程央的脑子里总惦记着那些蛇皮，蛇是可以入水的，她想着，步子迈得小，总也忍不住往水里瞧。

"平鳍鳅科，我们这儿叫石爬子。"秦煜指着水里两尾橙棕相间的小鱼，那是她脚下唯一的活物。

程央莫名浮上一种窃喜，总算自己的恐惧没有被看破。

"这种鱼多吗？"她顺着他的话问。

"多，繁殖期过了满涧都是。"

"对，到时候我们带你来捞，用帽子就成，捞回去叫李姐拿油炸着吃，再放点辣椒面，简直了。"

毛猴说得入神，一只手拿着帽子近身扇风，程央听了，赶紧用脚趾拨了拨那两个小家伙。

小鱼游开了，三个人也蹚到了岸头。

程央很自然地将手伸给先上岸的秦煜，他没多想，也去拉她。

"不好，要下雨了。"

指尖还没钩上，他就收了手，在空气中虚晃地抓了一把，捏着手指搓了搓。

程央扑了个空，以为他是故意这样。她自己也没有停留，取下腰间的登山杖挥向岸旁，用力一拉，便借力爬到岸上。

她看着秦煜，秦煜也不以为然地看着她，点了点头，似乎在说"早就应该这样"。

水声稀拉，光斑从叶片中打下，程央翻了翻袖口，腕间有薄薄的汗。别说是雨，这样的燥热，即便天气预报播报下一秒多云她都不信。

她撇了撇嘴，这个借口，并不算漂亮。

程央"啧"了一声，实在找不到话来形容心中的郁闷。

秦煜边说边张望："是暴雨，看样子得持续一段时间，我们得找个地方扎营。"

程央不以为然地坐在一块石头上套左脚的袜子，秦煜还在选着地点，她已经换了右脚。

"周二，天气晴。"程央不急不忙地摸出了手机，原本浮在左上角的小太阳依然精神奕奕，她笑了笑，似乎得到了某种支持。

"就那儿吧。"秦煜取下背包，朝着岸旁相对平缓的一个高地走去，他知道他是对的，这就够了。

"程央姐，走吧，再不准备下雨就成落汤鸡了。"毛猴招呼着。

"他又不是龙王。"程央嘀咕了一句。

毛猴笑着挠了挠脑袋，一时没有想到合适的话去说服她，便只是一个劲地说："要下雨了，下雨了。"

两个男人都走了，一旁的草丛中传来沙沙的声响，程央赶紧穿上鞋，想叫他们等一等自己，一张嘴，一个雨点砸在了她嘴唇上。

"真是见鬼了！"

这是程央，第一次说脏话。

（三）

刚吃了瘪，眼下还有稀稀拉拉的雨点砸在头上，程央败了兴致，一个人站在了树下看他们扎帐篷。

根据程央来之前的调查，护林员的年龄都在四十岁往上，眼前这两个人的组合倒让这个数据显得有些外行。

"为什么来做护林员？"她问。

没有人回答，可她分明看到那两人的动作都慢了不少。

铺地布、铺内帐、穿骨架、搭外帐、钉营钉……秦煜一动手上的肌肉便会鼓张，那些完美的线条让她想起了一幅名画，关于力量、关于山峦、关于人类最原始的信仰，她不再对原来的问题感兴趣，而是伸出舌头舔了舔嘴，算是对美好事物的欣赏。

"哥，程央姐是不是渴了？"毛猴蹲在秦煜对面看到了，摇了摇自己的水壶低声说给他听。

秦煜回头，程央粉嫩细长的舌尖还留在唇间，四目相接，他竟然察觉到了她眼里的欲望，比一个女人想要一个男人更贪婪，却也更干净。

"嗯，渴坏了。"秦煜点头。

"那我给她一些水吧。"毛猴又看了看程央。

"不用，干你的活。"

程央看了好一会儿，直到帐篷完全成型后才回过神来。

为了方便携带，林队配备的都是单人的小帐篷，毛猴一个，秦煜一个，而自己……她只得捡了树枝蹲在地上戳起了蚂蚁洞——昨天叫他拉自己一把都得求他，眼下这种情况，他指不定怎么欺负自己呢。

"啧，令人秃头。"

程央正想着，不知道秦煜何时到了身后。

"你跟蚂蚁有仇吗？"

"我……"

"闲着没事就来帮我的忙。"他说完，起身走入了一旁的松树林里。

程央看向毛猴，他正在往两个帐篷上方加盖遮雨布，她想了想，跟着秦煜走了。

秦煜交代她捡一些枯树枝，但路过了一两处都迟迟没有行动。

"有话直说吧。"程央止住了脚步。树林里只剩下了秦煜的脚步声，他一直往前走。

"秦煜。"

她叫他，他没有停。

"秦煜。"

又一声。

他对她的叫声充耳不闻，她气不过，追上去瞄准了他的胳膊。

疾步、伸手、发力，她还没拽住，他却停下了脚步。

他一侧身，她一个趔趄，撞在了他胸前紧实的肌肉上，而他岿然不动。

"你这人怎么这样？"她忍不住控诉。

他没有辩驳，指了指不远处一个郁郁葱葱的山头："那里叫老虎口，是沉堰滑坡泥石流的高发地区。底下有条公路，叫云盘……"

"就算你不欢迎我，也犯不着……"

"毛猴的所有家人，都死在那儿。"

秦煜话音一落，程央安静了下来，她顺着他指的方向看了看："你说什么？"

　　"毛猴一家四口，除了他之外都死在那儿。"他又重复了一遍，没有悲痛，只剩下一种肃穆，泡在淅淅沥沥的雨里，像一双长满老茧的手从身后扼住了喉咙，让人无法喘息。

　　"救下他的时候他才十三岁，他疯了一样用手从泥堆里挖出了家人的尸体。本来可以送他去福利院或者其他远房亲戚家寄养，可他哪儿也不肯去，守着这片山，整整六年了。"

　　"他……"

　　"他比一般人更敏感，你给他点好他就能开心很久，但如果你让他习惯了这种好，一旦有一天没有了，无异于一种谋杀。"

　　雨势渐大，树叶被砸得哗哗作响，秦煜的话止在了一个"杀"字上，剩下的寂静却延长了背后令人心疼的设想。

　　"年纪轻轻的，无缘无故谁待得下去。"秦煜弯腰，捡起了一根柴火。

　　程央知道，这次谈话结束了。

　　"那你呢？为了什么？"她在他房间的日历上看到过标记着"回家"的字样，她想不通，多嘴问了一句。

　　"你管不着。"他又捡了一根。

　　程央知道他性子冷，但就冲他背着毛猴提点自己这些事的细心，她认为他是个好人。

　　她抿了抿嘴，只说："希望你的理由温暖一些。"

　　秦煜闻言看了她一眼，她也开始低着头捡柴火，安安静静的，很适合下雨天。

　　"坏了，秦哥！那边……"

　　毛猴拿了一根四棱形的小枝从搭帐篷的地方急匆匆地跑过来，还没说缘由，一见秦煜，眼泪先掉了下来。

"这群杂碎！"秦煜将手中的柴火一扔，取下镰刀逐猎一般地寻了过去。

山雨欲来风满楼，如今雨水已至，山风更是呼啸不休。

程央跟着跑过去，泡发的泥渍与腐烂的叶碎粘得她满裤腿都是。

距扎营处不过百来米，一面倾斜的山体上裸露着两个显眼的土坑，边上站着的是四五个披着尼龙布穿着胶鞋的男人，四五十岁上下，皮肤黝黑，身材干瘦，一副终年劳作的老实样。

"怎么了？"程央小声问毛猴。她从口袋里掏出手帕准备给毛猴擦掉眼泪，看了秦煜一眼又收了回去。

毛猴不说话只往那些人身后指了一下，眼睛要红不红满脸凶相。

程央去瞧，两根大腿粗细的木头倒在地上，一根完整的，一根已经被分割成了几段，从枝叶看与毛猴手中的一样，四棱形小枝，叶片呈椭圆状。

"我们就是来拾点柴火。"站得稍微靠前的那人一脸局促地望着秦煜。

"拾柴用得着掘根吗？编，你编。"

山风拉长了秦煜的声音，一两个字就是一句话。

"毛猴，去看看是什么树。"

"是黄杨。"毛猴还未动，程央便回答了。

秦煜看了程央一眼，情绪不明。

程央为了佐证自己的判断特意走上前，在地上捡了一截木头掂了掂分量："错不了，黄杨木木质细腻，比一般的木料沉至少一倍，成木可以拿去做高档家具，边角料可以做车珠子、弹弓、手玩把件，树桩还可以做黄杨盆景，这几年也算是大热门。不过，它不易燃。"

秦煜点了点头，贴面走到那人跟前："不、易、燃。"他重复程央的话，一字一顿，意思再明显不过。

"抬抬手吧，第一次，我们再也不敢了。"那人低沉的嗓音中夹杂着一些当地俚语的腔调。

几个人无一例外都低着头，没有进一步的争辩与撒泼，立马承认了盗木的事实。

雨越下越大，程央抬眼看到自己前额的空气刘海逐渐变成一缕一缕的，她用手拨了拨，反而黏在了一处。

"你先回帐篷里去。"她还在与头发较劲，秦煜擦了擦脸上的水渍冲她说道。

接下来的工作再轻松不过，没收黄杨木，对几人进行批评教育。盗木没有达到一定的额度，只能这样。

秦煜进行劝说沟通的时候几个人的认错态度都还不错，可毛猴一朝那两根黄杨木伸手，为首的那个男人便站不住了。

"同志，我们再也不敢了，真的，还上山偷木头我就是驴蛋。不过这两根，您抬抬手，让我们带走吧。"他黑黢黢的皮肤皱成一团，眼窝很深，眼旁还长着一颗痣，人显得很憔悴。

秦煜连看都没看一眼，冷着脸说："不行。"

那人似乎因为这话受到了极深的打击，他身子颤了颤，擤了一把鼻涕甩在了地上。

"老乡，干点别的吧，我们会一直在这儿。"秦煜拍了拍那人的肩膀，分明是安慰的话，听起来却像是某种威胁。

"这些树，你们要怎么处理？"另一个人小声问。

秦煜也不瞒他，斩钉截铁地说："根活的栽，根死的埋。"

那人似乎逮着了一点希望，指了指截成数段的黄杨，怯怯地张了张嘴："这个……"

　　秦煜抬头："埋。"

　　程央才走开一两步，见几人还没有散场的意思，也站在了原处。

　　毛猴低着头将木头往身边拖，站在前头的那人突然一个箭步冲上来。

　　那人手中有锄头，程央担心他情绪过激对毛猴做什么，赶紧冲上前去。

　　还没站稳，那人却"扑通"一声跪在了地上。

　　"我女儿生了大病现在还躺在医院里头，家里实在拿不出什么钱了才上山来偷树的，要不是这样，雷劈我我也不干这事儿。我保证再也不会了，埋了也可惜，求求你们让我带回去吧。"

　　另外几人连连劝道：

　　"三哥，你先起来说，妮儿她肯定会好起来的。"

　　"对啊，这两位同志也是明理人……"

　　……

　　几人你一言我一语，争相去搀扶那个跪在地上的男人。

　　毛猴左右为难，拉着木头的手却没有松。

　　这些年滥采滥挖偷药盗木的抓过很多，可这样的理由，着实戳了一下他的心头。无法再次栽种的树，抓到了也只能做填埋处理，如果真的能够救下一条命……

　　他犹豫了，只好将目光转向秦煜。

　　成年男人的膝盖比骨头还硬，这一跪，连程央都跟着揪心。

　　"毛猴，把木头拖走。"秦煜连眼睛都没眨一下，话比山雨冷，敲击在人心头，凉意磅礴。

"其实，那根木头……"

"拖走！"

秦煜仰着头，雨水沿着额头一直滑到脖颈上。

那人缓慢起身，没有歇斯底里的哭喊与进一步的请求，他拍了拍裤腿上的泥渍，站直了身子盯着秦煜看了两秒，然后伸手招呼同行的几个人，一行人沿着一旁的山径摸了回去。

毛猴看着那人的背影呆了很久，秦煜便弯腰顶着雨一个人捡起了土坑旁的木头。

"秦哥，你说，他说的是真的吗？"毛猴问。

"就一根木头。"不等秦煜回答，程央便窜到了他跟前。

秦煜低头，冲程央伸出了两根手指。

"真的要做到这种程度吗？"程央嘴角微微抽动，她明白这是他的工作，但放在这样的情境中，她还是忍不住质问。

秦煜没再说话，默默地处理了现场后起身往帐篷边走。

三个人躲在遮雨布下，水流从高处往低处灌，程央远远地看到先前走过的山涧已经淹没了两旁的野草，水色昏黄，正如此刻她的心情一样。

她抬头看了看坐在对面的男人，沉闷、严肃，眼中带着一种看不透的冷冽。

毛猴靠在秦煜身边，同样没了声响，他既为那两棵树伤心，又放不下那个仅活在盗木者口中的女孩。

"工作笔记。"秦煜冲毛猴伸手。

毛猴在背包里摸了摸，掏出来一个皮面的暗黄色本子给他。

秦煜接过，从上衣口袋里摸了一支铅笔写着——小高岭，损毁黄杨木两棵，五人，为首的脸上有黑痣，左手有刀伤……

"是他！"毛猴偷偷瞄了一眼他的记录，想起了什么。

秦煜点了点头，写上了日期。

毛猴突然很气愤地握着拳头捶向了地面，一看手上还戴着程央送的手套，又十分爱惜地吹了吹。

程央身子前倾，察觉了事情有古怪。

"差点就被他骗了！"毛猴义愤填膺。

秦煜揉了揉他的头，看着他腮帮子鼓鼓的样子，笑了。

"算了，找点柴火把衣裳烤干吧。"秦煜说这话时瞄了程央一眼。

毛猴见了，"嘻"的一声点了点头。

(四)

回不去，晚上照旧是凉开水就馒头，毛猴扫出了一片空地在遮雨布下燃了一堆低低矮矮的火，两个巴掌大小，不敢生火苗，稍微燃起一些又拿土掩了掩。

毛猴给程央讲山里的鸟和花朵，也教程央用烧热的石头烫馒头，程央觉得身上渐渐暖了起来，看着那一小团被石头围住的炭火，突然觉得很想画点什么。

她从口袋里掏出纸，摸了摸，笔却不知哪儿去了。

"秦哥有笔。"毛猴也想看她画画。队长说，她几笔就能挣一头大肉牛。

程央朝帐篷边缘看了看，从点火到现在，秦煜一直待在那儿，半明半暗，只有一个背影。

"之前你说被骗了，是怎么回事？"她压低了声音问。

"哦，那个偷树的半年前就被队长抓过，他还在会上说起这件事，有黑痣，有刀伤，是那人没跑了，那人看我和秦哥面生，诓我们呢。

刚才下雨我没留意，还好秦哥发现了，不然，啧……"毛猴没再往下说，将手套小心地取了放进口袋里，掰起了馒头。

程央起身挪到了秦煜身边，想了想，还是开口问道："有笔吗？"

秦煜点头，将笔递了过来。

程央接过笔，没走，蹲在一边顺着他的视线往黑漆漆的地方看，什么都没有。

她开口道："你衣服湿了，去烤烤火吧。"

算是道歉，为了之前的质问。

"不用。"

见她还没走，他回过头，看着她脸上有些难堪，他才继续说："你回去吧，我的衣服干了，不信你摸。"

"好，我摸。"

秦煜原本只是想打发她走，没想到她会这么说，只好将袖子伸过去。

"嗯，是干了。"她捏了捏，很认真地点了点头。

"以后……"话到嘴边，他又咽了下去，火光透过程央扑了一个小圆点在他袖子上，猩红的，又掺着一点橙色，她鬼使神差地用一根手指往那儿戳了戳。

他看着她，她舔了一下嘴唇，这个颜色，真漂亮。

"以后什么？"

"以后别只听别人说，容易受骗。"他拍了拍臂膀上本就不存在的灰，站起来，拿着水壶往火堆去了。

秦煜对毛猴说："衣服干了吗？干了我就灭火了，今晚我跟你挤挤。"

"好。不过，哥，留下火堆吧，不然黑漆漆的程央姐会害怕的。"

"哦。"秦煜点了点头，将水径直浇了上去。

热气腾起，火光随之消失。

"啊！"黑暗中，程央突然大叫了一声。

秦煜打开手电筒朝她照过去，"胆小鬼"三个字还没出口，就看到一条黄黑相间的长蛇往草丛中窜去。

他连忙上前抱起程央跑进了帐篷里，叼着手电筒慢慢褪下她的袜子，血洞清晰，这一口，扎扎实实地咬进了肉里。

"哥，什么蛇？"毛猴担忧地问。

秦煜脸色一沉："菜花烙铁头。"

Chapter 03

该死的，真帅

（一）

"菜花烙铁头，学名菜花原矛头蝮，带颊窝毒蛇，黄黑相间，常栖于荒草坪、乱石堆、溪沟附近草丛……"

秦煜一边替程央冲洗伤口一边念念有词，程央不知道该感谢他传道授业解惑的及时性，还是该痛骂他不近人情。

"知道了，知道了。"她着实有些惊慌，并没有心情听他讲话。

咬伤处靠近小腿上的刀疤，灼得她心头发烫。

秦煜麻利地解下了自己的皮带扎在她腿上。

"啧！"太紧了，皮肉吃痛，她叫了一声。

他忽然抬头看着她："我说的话，你都要记住，在这儿的日子还很长，没人时刻看着你。"

一柄锋利的小刀在她点头之际快速划了个十字形开口，深度 0.5 厘米左右，钻心地疼。

程央想着他的话，咬牙忍着了。

他平平的嘴角带了一点上扬的弧度，她以为是表扬，却不想他握着刀柄又在她伤口里拨动了两下。

没有留下毒牙，他收刀，捏着两端的皮肉朝里一挤，污血顺着切口流出来，程央疼得嗷嗷直叫。

那笑，是一种预警，她这才知道。

"秦煜，你个禽兽！你不是……"程央一边叫唤一边喊，没骂完，却即刻感觉到刺痛的伤口传来一种凉意，温润的，像盛夏顶着满头的汗扎进风里。

她呆呆地吐出最后那个"人"字，看着秦煜从自己腿边昂起头，走到一旁，他朝地面狠狠地吐了一口血，漱口时他嘴角还余着猩红的血迹。

毛猴赶紧安慰程央这是处理蛇伤的必要过程。她却笑了笑，舔了一下嘴："该死的，真帅。"而后便晕晕乎乎地朝后倒去。

"程央姐！"

"程央！"

……

程央看到秦煜向自己奔来，浓黑的眉毛、宽厚的臂膀。

"嗯。"她答应着，伸出了手，却一把摸到了一头顺滑的秀发。

"怎么样？还疼吗？"

程央睁开眼，看到一个留着齐耳短发穿乌青色短袖的姑娘，她冲自己笑，很干净。

"你是……"程央朝四周看了看，折垫床、柜子、木墩、格子窗……

"时寸心，镇上的医生，我就说你们能见着吧。"毛猴从门外探了头进来，手上还端着一碗腾着热气的肉片汤，"程央姐，快喝了吧，李姐特意给你做的病号饭。"

"秦煜呢？"两个女人同时问道。

毛猴没察觉其中的异样，说："一回来就睡下了，昨晚背了你一路，累坏了。"

程央接过碗往嘴里送，那些崎岖的山路与涨水的溪涧都在脑中翻腾，她喝汤的动作变得又慢又轻，过了好半天，才回复了一个敷衍至极的"哦"。

毛猴觉得这个字里只有一种意思——我知道了。

而时寸心却仔细打量了一番程央的眉眼，后悔今天自己出门没能收拾得更体面一些。

"哎，好好的竟然弄成这个样子，真是可怜了那孩子，你说说……啧！"张队在院子里将一把芹菜捏得吱吱作响，时不时对着电话一阵唏嘘。

程央顺着门缝扫了一眼，猜测另一头的人应当是自己的父亲。

他会觉得痛心吗？应该只是有点难过吧。

"程央姐，你会回去吗？"毛猴耷拉着脑袋问。

她想了想，还没回答，手机却响了一声。

是高原的信息：等着我，明天，我来接你。

合上手机，程央看到了天花板上的蜘蛛网中正悬着一只灰色的蛾子，翅膀扑棱了几下，愣是没挣脱出来。

"我累了，想先休息休息。"

她缩了缩身子，将头埋进了被子里。屋子里的另外两个人不明所以，对视了一眼，轻手轻脚地出去了。

（二）

"程央，我喜欢你。"

男孩长得白白净净，纤长的手指从校服口袋里掏出了扎着咖啡色蝴蝶结的巧克力，程央已经记不清楚具体味道了，因为她从来没机会将这些吃进嘴里。

"我的妹妹，在你眼里就只配这样的东西？"高原含着笑，细细地掰下一小块捏在手里，"百分之八十代可可脂，糟糕透顶的酒心糖浆与不知名的产地……"

他的吐槽还在继续，学生时代男孩稚嫩的自尊心却所剩无几。

"哥，我……想尝一尝。"程央讷讷地开口。

"不，你不想。"

他将它们径直扔进垃圾桶里，有时候是糖果，有时候是并不廉价的东西，事后他总是微微蹲下身子，带着宠溺的笑容告诉她："给你的，必须是全世界最好的。"

"什么才算是全世界最好的？"她问。

他想了想，很肯定地说："我给你的。"

……

"换药了。"时寸心的声音将程央从回忆拉回现实。

程央从床上坐起，看到窗外的晨曦变成了灼眼的烈日，这个时候，秦煜应该起来了。

"注射过血清也不等于就没有什么问题，这段时间你的腿还是会有些肿，要多休息。这些是外敷的药剂和洗剂，你要记得按时对伤口进行消毒清理，还有……"时寸心又从口袋里摸出了两盒葡萄糖粉剂，"有人说你低血糖，这个，给你，用冷水冲着就能喝。"

程央留意到她说最后一句时眼角明显拉低，这个"有人"，看来

/041/

是秦煜。

有人受伤，队里的午饭做得格外丰盛一些。

吃饭时，张队特意叫了李姐过来搀程央，程央推搡不过，只好将手象征性地放在她肩头。

刚出门，她们便撞上了秦煜。

秦煜睡了半天才缓过神来，天气炎热，只穿了下裤背站在院子中央砍削一根木头，工装裤，裤头贴在腰上，遮住了两侧流畅的线条。

程央扫了好几眼，才想起他的皮带之前被扎在了她腿上。

"秦哥，擦把汗吧，吃饭啦。"时寸心从口袋里掏出手帕。

秦煜回头，将东西放在一旁直接用手抹了抹额头的汗渍："粗人一个，别可惜了。"

他一脸诚恳，时寸心也只好将手帕又塞回口袋。

"秦哥，一会儿你有事吗？我晚上卫生院还当班呢，你送我下去吧。"

秦煜点了点头，大清早的把人从镇上叫过来，送一趟，理所当然。

"吃饭了，吃饭了。"食堂里有人高声呼喊。

四个人一同走了过去，李姐搀着程央在前，时寸心伴着秦煜在后。

食堂门口是一条十来厘米的排水渠，程央没留意，差点摔倒，秦煜眼疾手快从身后扶了一把，没承想，几个指头碰在了她腰上。

"谢谢。"她知道他是好意，没多想。

秦煜没说话，缩回手不由得捻了一下手指，那触感就像是生了根，抹去只是一种徒劳。

"秦哥。"时寸心叫了他一声。

"嗯？"

"一会儿我挨着你坐好不好？"时寸心抬手，准备挽住他的臂膀。

秦煜连忙佯装掏兜，顺势躲了过去。

"好不好嘛？"

他笑道："凳子不够，我站着吃。"

午饭过后，程央搬了一个木墩坐在屋前吹风，闲得慌，随手捡了根树枝在地上划拉。

时寸心从饭厅里出来，身板小小的，却背了一个比自己还高的药箱。

"回去了？"程央问。

"嗯，回去了。"时寸心答。

时寸心往地上看了看，发现程央画了一株惟妙惟肖的黄杨。

"秦哥送我回去。"时寸心又补充道，想起这一茬，便兴冲冲地往秦煜现居的房间走去。

程央点了点头，又在地上画了一条蛇："菜花烙铁头，学名菜花原矛头蝮，带颊窝毒蛇，黄黑相间……"她喃喃自语，一会儿之后又觉得这样的工具并不足以呈现"黄黑相间"的色彩效果，索性用手上的枝条平平地扫了扫，地面又恢复了原样。

"嗯，好。"秦煜在屋里说话，声音闷闷的。程央忽而想到了他的皮带，他要出门，会需要的。

她慢慢挪进自己的屋子里，又捞着皮带挪到了另一个门口。

"秦煜，我进来了。"程央喊了一声，收到回应才往里走，一抬头，却发现时寸心正贴着他的身子与他吻得火热。

他推开，时寸心又迎上去，分分合合，始终搅和在一处，像蛇的交配，缠绕式的，带着攻击与缠绵两种意味。

时寸心偷偷瞥了程央一眼，连手也一同往他腰部以下移去。

程央将皮带在自己掌心里敲了敲，叫好似的，兴致勃勃地坐在门口的椅子上看。

"这里，你不能摸。"秦煜突然紧紧抓住了时寸心的手，甩开了。

时寸心觉得自己面子上挂不住，冲程央点了点头，打了个招呼："来了呀，你们先聊。"

时寸心走了出去。

程央勾起嘴角笑了笑，将皮带放在桌子上也准备出去。

"拿过来给我。"秦煜说。

他从衣柜里取了一件浅色的 T 恤和牛仔裤，当着程央的面解开了自己的裤头扣。

"你干吗？"程央赶紧闭上眼睛，生怕看到了什么刺激的东西。

"刚才不是看得津津有味吗？没过瘾，我让你看清楚一点。"秦煜板着一张脸，说话的口气却玩味十足。

程央背过身去，他又往前走了两步："呵！"

像极了挑衅。

"好，你脱。"程央索性睁开眼，直勾勾地盯着他手上的动作。

他将拉链往下拽了拽，露出了小腹最性感的一块肌肉。

"够撩人的，还有什么？"她评价，毫不避讳地用指尖划过，不痛不痒，点了一把火。

"你，滚出去！"他突然从她手中夺过皮带，恶狠狠地指着门口。

她赢了，脸上露出浅浅的笑容。

房间里只剩秦煜一个人，他望了一眼程央的背影，气愤地将拳头砸在了墙壁上，砖石砌的，碎了一个角，莫名其妙。

（三）

高原来的时候是下午，天空飘着一点淡淡的霞光，程央的画刚勾勒出大概的框架，半管颜料便砸在了她鞋上。

她擦了擦，手上也沾染了一抹浓黄。

"啧，洗一下吧。"她慢慢离开了画架，一开门，却看到一个西装革履的男人与张队站在院子的一角。

高定的西装与昂贵的腕表。

她眨了眨眼睛，差点忘了这一茬。

"程央。"高原回头叫她，带着久别重逢的微笑。

程央愣了愣，丢下脸盆关上了门，似乎没见到他一样。

张队没想到兄妹俩的会面会这样尴尬，站在一旁不知道怎么接茬。

高原笑了笑，走过去端起那只脸盆，取出手帕将弄脏的边缘擦了擦。

"被宠坏了，您见笑。"

张队在一边打起了哈哈，觉得老朋友的这个继子实在不差。

这时，秦煜和毛猴巡视工作刚结束，各抱了一捧鸡蛋大小的青果子从一旁的林子里钻出来，汗涔涔的，脸上却都带着笑。

"哥，你帮我抱着，我挑两个最大的拿给程央姐吃。"

"嗯。"秦煜点头，眼睛却瞟着那个端着搪瓷脸盆的陌生男人，觉得很违和。

"你好，我叫高原，来接程央。"他向迎面走来的秦煜伸出手，纤长、白净，配合着那一张儒雅俊秀的脸，透着一股子书卷气。

秦煜点了点头，示意自己手上还抱着东西，一声不响地走了过去。

他似乎对这样的男人带着一种天生的不喜欢，肩不能扛手不能提。

"你是程央姐的家人？"毛猴似乎很高兴。

高原笑了笑，认为"家人"这个词远比"哥哥"的定位要更契合他跟程央的理想关系。

"你好。"高原将手顺势伸向了毛猴。

毛猴突然有些紧张，这样标准的礼节，自己还是头一次遇到。他赶紧将那两个硕大的果子塞进口袋里，在裤管上擦了擦手，握住了，又连忙摇一摇："你好，我叫毛子健，大家都叫我毛猴，嘻嘻。"

"一路上来不容易，先歇歇吧。"张队招呼妻子取了一条长凳摆在院中招呼高原坐下，这儿过风，最凉快。

李姐见高原穿着打扮讲究，特意给他泡了一盏茶。

高原细细抿了一口，点头时眼中带着一丝惊喜，没说话，李姐却因此开开心心地回了厨房。他也笑了笑，将杯子搁在了一旁。

"张叔，这段日子辛苦您照顾程央了，晚辈的一点心意，别嫌弃。"

张队本想拒绝，却发现高原递过来的东西不是别的，他闻了闻，味道纯正，是绝佳的手工烟。

"这个……"

"我不抽烟，不太懂行，也不知道有没有买岔。"

"错不了，错不了。"

话说到这份上，张队只好收下了。

秦煜将怀里的青果子一股脑儿倒进水盆里，眼睛一眯笑了笑——这小子，是个人精。

晚饭时分，程央才从房里出来，精妆绾髻，穿了一件略微性感的连衣长裙。

"哇，程央姐，你真好看。"毛猴惊叹。

"好看吗？那一会儿你挨着我坐。"

"好。"

程央赶在高原落座前拣了靠近秦煜的椅子坐下，毛猴跟着她，坐在另一侧。

"秦哥，我挨着你坐。"程央的口气并不如往常。

秦煜起身，她却偷偷用力在桌下拉了拉他的衣角。

高原坐在对面看着两人，喝着饭前的羹汤没有作声。

"放手。"秦煜低声对程央说。

"我不嘛。"

"我去盛饭。"

"哦。"程央悻悻地撒开秦煜的衣角，瞥了高原一眼，"给我带一碗吧，不要太多，我吃不完。"

她冲秦煜笑，像一只黏人的猫。

/047/

"我来吧。"没等秦煜接碗，高原便站了起来，他很熟练地将米饭铲得又薄又宽，一层一层放在碗里，散热很快。

"行啊，够会照顾人的。"秦煜随口说了一句。

程央剜了秦煜一眼，低垂着头，仿佛受了极大的委屈。

"我吃饱了。"她没有动那碗饭，愣了一会儿便想着从餐桌边走开。

"不许糟蹋东西。"秦煜看不下去。

"我吃不下。"

"哥，程央姐胃口不好，我替她吃了吧。"毛猴打圆场。

秦煜一把握住了她的手腕，藕段似的，很好看。他瞥了一眼，果然，高原整个脸色都沉了下去。

"听话，把饭吃完，吃完了我帮你把药换一下。"秦煜依旧是那副生生冷冷的口气，可说出的话却温柔无比。

"不麻烦你了，我来照顾程央就好。"高原笑，手中紧握的筷子变了形状。

"不差这一次。"秦煜丢下几个字。

这话一出，张队看着秦煜，其他人也看着秦煜，而他只是若无其事地将程央的碗筷重新摆了摆，拉着她在自己身边坐下。

"看我干吗？吃饭。"秦煜下命令似的。

"哥，你跟程央姐……"毛猴吃惊极了。

"吃饭。"

程央乖巧地坐在他旁边，顺势为他夹了一筷子菜。

李姐看着程央，其他人也看着程央。

秦煜回过头，挑起嘴角笑了笑："嗯，再夹片肉。"

"好。"

（四）

"不好！"

秦煜顿了顿，又说："在你房间里过夜，我成什么了？"

"是你的房间。"程央淡淡地说。

"……"

程央坐在画架前，握着一柄细刷听隔壁通讯室里的动静，她在等，等秦煜给自己一个肯定的回应。

队里住房紧张，只好安排高原在通讯室住下，两张桌子拼成一张床，张队说起时自己都觉得寒碜。

"嗯，费心了。"高原点头微笑，丝毫没有介意的样子。

他又怎么会介意呢？穿精致的衣服说漂亮的话，做事体面落落大方，单单那丝常年挂在嘴角的微笑，都不知道让多少不了解他的女孩神魂颠倒。

"呵！"程央觉得有些可笑。

"我明天还得工作。"秦煜无奈。

"我又没说留你非得做什么。"她窃窃地笑，有所指，又不色情。

秦煜察觉到了她害怕高原什么，因此才在餐桌上帮她，其余的，她不说，他也不问。

"程央……"

"哥！你快来帮我！"毛猴突然在外头喊，听着紧急。

秦煜连忙出去了。

"哎！"程央慢慢悠悠地应了一声，仰头躺在床上。

通讯室收拾妥当，高原谢过了李姐，打了一盆洗脚水进了程央的房间。

"什么事？这么快就回来了？"她以为是秦煜，随口问了一句。

高原不声不响，带上了门。

"那个男人，配不上你。"他将洗脚水放在地上，蹲下身子准备给程央脱鞋。

"怎么是你？"

"不然呢？你希望是谁？"他扶了一下眼镜，停下了手里的动作。

程央不再搭理他，自顾自地解起了鞋带，小腿肿胀，因此弯曲也并不方便。

"还是我来吧。"高原觉得她笨拙的动作很可爱，丝毫没有生气，依旧将手凑上去。

"高原，你是我哥。"

"嗯，但从血缘上来说不是。"

脱鞋、入水、擦拭……高原比料理自己的事还要认真许多。

"你是个律师。"

"所以我知道，有些夫妻能半路结合，就能半路离异，比如我们的……"

他嘴角含着笑，没有说完，像深冬的空气，寒进骨髓里。

"至少现在，你是我哥。"

"嗯，所以我照顾你才理所当然。"他擦了擦手，将水盆挪到了一边。

程央恨死了他这副正义凛然的模样，伸出手在他肩上狠狠地捶了两拳。

高原一动不动，依旧镇定自若地替她将要换的纱布与药剂挨个拿出来摆好。

/050/

"听话，换了药，才能早点休息。"

最后一拳，高原用手扎实地将她的拳头包住了，他看了看她的手腕，轻轻放在了被褥上。

"用不着，一会儿秦煜会过来帮我。"程央说。

"不，他不会。"

他很笃定，无数场辩护官司不仅将他从不败诉的金字招牌打磨得熠熠生辉，更赋予了他察言观色一眼辨真假的好本事。

饭桌上的暧昧，太刻意。

只是……就算是演戏，他也会嫉妒。

"程央，没有人会像我一样爱你。"

"我回来了。"秦煜从门外进来，脱下外套往柜门把手上一挂，径直坐在了程央床边，"我就说人走门关吧，刚才毛猴房里就进了一只黄鼠狼，挺大个的，你要是看到一准吓哭。"他与程央说了些闲话，而后才像突然发现了高原一般，“你哥也在啊？瞧我这眼神，你跟他说了明天不回去了吗？”

“嘿嘿，还没。”

她笑，像一轮弯月。

（五）

“好好休息，明天一早，我们准时出发。”高原就像没有听到秦煜的话一般，起身，朝秦煜也做了个请的动作。

“他就留在这儿，我有事找他。”程央说了一句。

高原出门，程央却没有听到通讯室门轴开合的声响。

“愿意做我的模特吗？我给你画个画像。”

程央指着门口。

秦煜点了点头：“好。”

她拿着调色盘挤了些颜料，秦煜靠在窗台上，从口袋摸了一根烟出来，望着窗外的某个地方。

他问：“介意吗？”

她摇了摇头，取了张新纸覆在画架上。

“你来这里多久了？”

“六年零十三天。”

“记得真清楚。”

“嗯。”他朝窗外吐了一个烟圈，将脸别了过来，“别把烟画进去，不然麻烦可不小。”

程央笑了笑：“怎么，影响护林员形象？”

“那倒没有，只是这烟，是我下午在队长口袋里摸的。”他也笑，烟幕从他鼻子中呼出，像是某种朦胧的云雾。

"你不是本地人吧？"

"嗯，不是。"

"为什么留在这儿？"

笔尖窸窸窣窣地摩擦在纸上，变成线条。

"没什么，来了，干着合适，就留下了。"

"这样啊。"她长长地吁了一口气，握紧画笔朝他的眉眼比了比。

能迅速识别动植物的学名与特性，能依靠空气湿度作出准确的分析，能将一笔行楷写得流畅俊逸，这样的人，必然受过高质量的教育。

"你不信？"他挑眉。

"你不擅长说谎。"

他没接话，红烈的火光又将手上的烟卷燃了几寸。

"说说你吧，你跟……"他往门口瞥了一眼，低声接道，"怎么回事？"

程央一边画画，一边拉起了自己的裙角。

宝蓝色的裙摆划过白嫩纤细的脚腕，玉雕似的一段在夜风里撩拨，是一种诱惑，而她偏偏又是一脸事不关己的模样。秦煜想阻止她，又出于男人内里的兽性挪不开目光。

"程央。"

"嘘！"她将手指轻轻靠在唇上，捏着画笔在纸上描下了挺拔的鼻梁。

裙摆下露出一道疤痕，暗红色，他见过的。

她冲他勾了勾手指，他将手伸给她。

"这是他吻过的地方。"她在秦煜手心里写下了这句话，又拉着他的领口低声说了一句话。他知道这是刀伤，更觉得她在自己耳边说的那句话每个字节都咬在牙齿上。

门外的人挪了挪位置，发出了一道闷闷的声响。

程央呵呵一笑，放大了声音："别动，我要开始画你的头发了。"

秦煜缩回手，依旧靠在窗子上。

程央画着画，用裙子重新盖好了伤疤。

她时不时地看他两眼，他也时不时地看她，只是交错着，从不对视。

浅黄的灯光，无尽的夜晚，秦煜觉得手头一烫，才发现烟卷已燃到了最末端。

"好了吗？"他弯腰将地上的几个烟头拾起来，扯了张废纸一包，塞进口袋。

"马上。"

秦煜看了看手表，五点二十八分。

"你再睡一会儿吧，天亮了，没人敢对你怎么样。"他说这话时叉着腰，似乎在门外蹲守了一宿的高原就能看到一样。

他往外走，程央却又叫住了他。

"秦煜……"

秦煜旋开了门把手，一开门，看到了高原，他笑道："起得真早啊！"

高原回以一个微笑："嗯，我听说山里早上的空气好，难得来一趟，别错过了。"

两个男人心照不宣地寒暄着，他提防他，他也提防他。

程央趁空说了提在喉咙口的话："你不看看我的画吗？"

秦煜一回头，洁白的画卷上立着一匹狼，仿佛站在雪地中，毛色野乱，气宇轩昂。

"怎么样？"她问。

“嗯，挺像。”

回到卧房，毛猴正摆着个“大”字形睡得酣畅。

秦煜关上门，毛猴动了一下揉了揉眼睛：“秦哥，你昨天晚上……”

“睡你的觉。”

“哦。”毛猴悻悻地挪了挪位置，听到院子里厨房那边已经有了动静，是李姐在蒸馒头了。

秦煜放下心来，脱掉外套往床上躺。

“哥，你要是真跟程央姐好了，以后我就包了孩子的小衣裳。”

“……”

“不过时医生知道肯定不乐意，没准以后你生病都不愿给你瞧。”

“……”

秦煜望着房顶听毛猴有一搭没一搭地扯闲话，脑海中想的却都是程央，她为什么会对自己说出那样一句话。

“不行，我得去找队长。”秦煜从床上坐起来，火急火燎地走了出去。

Chapter 04
等你好了，我跟你没完

（一）

程央穿了一件米白色的长衫站在门口扎头发，外墙上有一面公用的镜子，许久不擦，镜面有些花。

高原站在不远处跟人打电话，风带过来一星半点，都是工作上的事。

"急着回去吗？你先走吧。"程央边扎头发边说。

高原挂断电话，没有接话。

程央盯着镜子看了一会儿，模模糊糊的，多了一个人像，她回头，是张队。

"今天就准备走啊？"张队说话时将手背在身后，像在掩饰某种慌张。

高原微笑着回答："嗯，我明天还得赶回去出庭，何况我父亲，也在家里等程央。"

"那是，人命关天的事情耽搁不得，"张队点头，伸出右手摸了摸下巴上的碎胡楂，"程央呢？也急着走吗？"

"她需要更好的医疗环……"

"血清也打了，休养嘛，山里的环境绝不差。"张队假装没有听到高原的话，他低着头，露出一副十分歉疚的样子，"人是在这儿伤的，没能照顾好，怕是老程心里也要结个疙瘩。程央，你看能不能给叔叔个面子，让我们补偿补偿。"

"好，不过看来我哥有急事，张叔你得安排人送送他。"程央手上的皮箍终于绕完了最后一圈，高高的，一个马尾竖着。

高原说："你们的工作那么忙，这样太麻烦了，我看还是……"

"啧，你看你，不拿叔当自家人了不是，当年我不济的时候你爸帮我从没说过二话，我张航要是昧良心不把程央的伤照顾好，我就不算男人！"张队一下情绪上来，狠狠地拍了一下大腿，"得，我亲自跟老程把保证下了。"

高原还想说什么，张队已经拿起了电话。

江湖义气，话短情长，终归是中年人之间的戏码。

程央的父亲一心扑在年幼的儿子身上，知道女儿没什么大问题，在林队有人照顾又听了张航一肚子歉疚的话，很快就缴械投降。

最终电话里的一声"老伙计，劳你费心了"结束了这场谈话。

"嗯……"

高原的手机响，又是委托人的电话。

他接了，走到一旁，神色比之前还紧张。

张队冲身后招了招手，又扭头跟程央说："你放心，秦煜干了那些浑蛋事，叔一定帮着你弄他。"

程央觉得有些莫名其妙，冲张队比画的地方一望，秦煜正握着前天在院子里砍削的那根木头坐在门廊上，手上的抛光纸发出了细细的

"沙沙"声。

"什么事？"她低声问。

"就是……"

"给，没消肿之前你就挂着它。"秦煜走了过来，扔给她一根拐杖。

程央拿在手里摸了摸，木质细腻，是黄杨。

"谢谢你。"

"话别说太早。"秦煜板着一张脸，瞄了一眼张队。

不知道为什么，程央觉得秦煜在憋笑。

"什么？他说我跟他上了床？"程央手里拿着那根拐杖在砖地上敲得咣当作响。

毛猴一边往嘴里掰馍一边点头："嗯，队长说是秦哥亲口跟他说的，说你昨天晚上跟他睡了，他得对你负责，不然让你不清不白走了，自己下辈子会变王八。"

"我……"看着毛猴一脸天真的模样，程央"我"了半天也没说出句完整的话。

队里还有任务，出发前张队亲自吩咐了秦煜骑车送高原下山。

手头的案子有了新的变故，程央又铁了心留下，两头受力，高原只好先回去再做打算。

程央原本松了口气，却没想到秦煜为了让张队帮忙竟然扯了这么烂的谎。

"程央姐，你别怪他，秦哥性子直，藏不住话。"毛猴一副苦口婆心的样子。

"我没跟他睡。"

"以后他要是欺负你，我准站在你这边。"

"我没跟他睡。"

"不过队里房间小，这倒是个问题。"

"……"

秦煜从不说谎，昨夜他又的确彻夜未归，毛猴自顾自地嘀咕着，心里已经认准了这件事。程央见状，想起自己昨天在餐桌上为了向高原示威而做出的种种样子，放弃了解释。

她诚然感谢秦煜毫无条件地帮自己，也感谢他没能在队长面前提及自己与高原之间的尴尬，只是……

"一会儿他回来，我饶不了他！"她看着挂在画架上的那匹狼，觉得牙根痒痒。

"屋里的人快出来啊！"一个陌生的男声在院子里喊道。

"谁？"毛猴冲着窗外答。

"快来搭把手，你们有人受伤了。"

"坏了，难道是队长他们在林子里……"

毛猴连忙朝着外头冲了出去，不一会儿，传来了一声哭喊。

程央走得慢，拄着拐杖也朝院子里赶，一看到那张沾满血污的脸，"咣当"一声，拐杖便掉在了地上。

"这是怎么回事？"李姐从屋子里冲出来，手上拿着一把菜刀。

程央一把捞着陌生人的胳膊，用力过猛，像擒贼。

两人的阵仗将那陌生人吓得够呛，他急忙摆摆手说："我也不知道啊，我正拣蘑菇呢，拣着拣着看到草丛里一个大摩托，他就在摩托边上一脑袋血。"他晃了晃背上背着的竹篓子，几朵打恹的菌子软趴趴地趴在筐底。

程央蹲下身子将秦煜往自己怀里揽，沉甸甸的，很压肩。她安排着："我们俩先扶他进去，你赶紧打电话找时医生过来。"

毛猴点了点头，颤颤地掏出手机，眼睛却总往秦煜身上瞟。

带着血污的身体翻腾起记忆，毛猴总觉得眼前雾蒙蒙的，连手脚也不听使唤，按了好几下，屏幕还停留在主界面。

"小毛！"李姐大声号了一嗓子。

毛猴回过神来，一边抹泪一边打起了电话。

费了好大劲儿，几人才将秦煜安置妥当。

李姐说道："时医生上山得好一会儿，你照顾他，我先去找点应急的草药。"

程央点了点头，赶紧打了盆水，微湿的毛巾擦过他的眉眼、鼻梁、嘴……每挪动一处毛巾上的锈红色便加深几分。

"啧……"秦煜吐了弱弱的一口气，他眨了眨眼，看到程央正凑在他跟前，睫毛微翘，眼睛也很漂亮。

"弄疼你了？"她手上的动作又轻柔了几分。

/059/

"程央。"

他实在提不起力气，只侧过脸慢慢地叫了她的名字。

他一动，伤口又有了渗血的痕迹。程央急了，连忙用手扶住他的脑袋："你别动，你别动。"

她一着急便会流眼泪，自己不觉得。

秦煜深吸了一口气，抬了抬手："别哭。"

他的手只抬到了一半，悬在空中又往下落。几分钟之前，她还只想将他千刀万剐，一句别哭，倒像是把她当孩子一般。

她握住他的手在自己脸上擦了擦："别以为这样就算了，等你好了，我……我跟你没完。"

他嘴角有了笑意，眼皮跳了一下。

"来了，来了。"李姐从门外进来，手上捧着一团黑绿色的草渣，

"快替他敷上把血止住。"

程央松开手，从自己的药箱里翻出纱布。

"张叔知道了吗？"程央边忙着边问。

"林子里信号不好，没联系上，先把血止住就出不了大问题。"

伤得不算太重，只是失血量多人迷糊，李姐心里有数，拉着程央替他上了药，略站了站就准备走了："好了，你先休息，一会儿时医生来了让她给你好好看看。"

失血手凉，程央便将秦煜的手放进被子里，秦煜闭着眼，攥住了她。

她没有挣脱，蹲下身子，拉着被角将自己的手也盖上。

"秦煜，你……"

"颜颜。"

秦煜嘴里吐出了两个字，手上的力道又大了些。

"啧！"程央抽开手，搬着木墩坐得离床远远的。

毛猴打完电话蹲在门口，任凭李姐如何与他说话都只是呆呆地望着前方。

"小毛，没事的。

"小毛，你听我说，你秦哥很快就会好起来了。"

……

凉凉的身子，斑斑的血与土尘，毛猴越想越真切，越想越心慌。

突然，毛猴起身疾步朝林子里跑去，没有叫嚷，没有哭闹。

（二）

"在前面！"

李姐滑了一跤，依然指着毛猴跑走的方向。

程央准备扶李姐一把，李姐接着喊道："别管我，一定要追上他。"

　　树叶在耳边刮得哗哗作响，天色昏黄，早已看不分明脚下的是枯叶还是暗沉的黄土。毛猴在前面跑，程央在后面追，行经之处都是草丛林下，她拄着拐杖，追不上，只能跟一个大概的方向，但她总觉得，是奔着老虎口。

　　"啊！"程央一个趔趄，摔了一跤，拐杖顺着山体滑了下去，她捡不着，却发现自己的脚好了不少。

　　"毛猴，我是程央。"她没有停留，一边趔趄追赶一边大声喊道。

　　毛猴依旧往前跑，无数枯叶被踩上，又有无数的枝条被折断，沙沙吱吱，含混在淡淡的夜色里，有种吞噬一切的气势。

　　跌倒、爬起、追赶、再跌倒……

　　程央不再尝试叫毛猴，而是尽最大的努力让自己始终保持跟在他身后，一切都看不清楚，只能凭着声音前进。

　　不知过了多久，那声音停住了。

　　毛猴没有再移动，立在了一棵黑压压的大树旁，程央停住了脚步，没有急着靠近。

　　"唧唧——唧唧——"

　　像是尖锐物体划过黑板，听着很瘆人。

　　"我可以过来吗？"程央问。

　　"唧唧——唧唧——"

　　声音又响了几分。

　　她想起了秦煜之前对她说的话，怕毛猴做傻事，她往前挪了几步，这才发现，两人站的地方正在半山腰的一个崖子上，北面陡峭视线开阔，像一座瞭望台。

　　毛猴正站在台前，一面望向远方，一面用指甲盖划拉着一棵树。

没有过激行为，只是在重复整个抓挠过程，她站在旁边，向北看到了老虎口，一时不知道如何安慰他。

"唧唧——唧唧——"

这样的声音持续了很久，越来越慢，越来越长。

她耐着性子在那里等，他需要发泄，她尊重他。

当最后一声划拉声结束，月光洒满了这片地方。

"程央姐，我们回去吧。"

她一怔，发现毛猴正揣着双手冲自己笑，那感觉，很悲伤。

程央一下跑上去将他抱进怀里，紧紧的，像在弥补一种莫须有的缺席。

"程央姐，我……"

"以后，你就是我弟弟。"

"嗯，可是我……我有点喘不过气。"

程央急忙松手。

两人你看着我，我看着你，"扑哧"一声笑了出来。

"我们回去吧。"程央道。

"嗯，我背你。"

程央点头，反手在树干上一摸，深深浅浅，多少年的痕迹。

"姐，回去之后……"

"我什么也没看见。"

"嗯。"毛猴将她背在背上，掂了掂，如果姐姐还活着，肯定跟程央的个头差不多。

回到驻地时，张队和其他人都站在门口，屋子里亮着灯，时寸心正替秦煜处理伤口。

"又是那群王八蛋，有完没完了？"一向沉稳的老时朝地上啐了一口。

"孙子，下次我逮着非弄死他们不可。"

"没凭没据的，难办啊。"

"怎么没凭据，刚才妮儿不是说是石头之类的东西投掷受伤吗？又不是没遇到过，吃了他们多少暗亏了。"

"就是，干偷鸡摸狗的勾当打击报复，昧良心。"

"别说了别说了。"见程央拉着毛猴往这边走，张队赶紧摆了摆手示意他们停下，几个人瓮声瓮气的，一脸不平。

"张叔。"程央只当没听见，暗暗将这些话记在了心里。

"哐当"一声门开了，时寸心拎着药箱出来。

"秦煜怎么样了？"程央连忙问。

时寸心不回答，嘬着嘴上下打量了程央一番，说："怎么，腿好了？"

"差不多，能走，只是走快了疼得很。"程央回答。

时寸心却一把捞住了她的手，又从药箱中翻出了一个棕黑色的小瓶塞给她："减轻疼痛的，颜颜！"

最后两个字在时寸心牙缝中拖得长长的。

程央接过药，似乎明白了什么，呵，真是个不要脸的男人。

"你去看他吧，我累了，先去厨房找点吃的。"程央跟毛猴说完，不紧不慢地往厨房走去。

时寸心指着程央大喊："你有没有良心啊！他做梦都想着你，你要是不心疼他，就别占着茅坑不拉屎。"

程央觉得她这个比喻用得极妙，勾嘴笑了笑。

"程央，你要是现在不给我滚回去照顾他，就算你跟他好过了我也要跟你抢。"时寸心喊道。

一院子的人都把眼睛落在了程央身上，程央望了望队长。张队赶紧拍了拍自己的嘴巴："嘴上没个把门的，怪我，怪我。"

"凭什么我要照顾他？"程央笑道。

"因为……"

"我又不是颜颜。"

程央摊了摊手，一副无所谓的模样。

"程央姐，秦哥醒了，他有话跟你说。"毛猴从屋子里探出头，显然对外面的动静还不是很清楚。

程央冲着毛猴笑了笑，故意反问道："他真找我？"

时寸心脸色并不好看，毛猴却很快活地点了点头。

"哦，我没空。"程央转身走了。

（三）

"她肯定有空，刚才还坐在院子里看蚂蚁搬米呢。"毛猴很笃定自己的判断，张嘴咬了一大口苹果。

秦煜皱了皱眉头，从门缝往院子里瞥了一眼，什么都没有。

"哥，你真不吃啊，时医生下山前特意给你留的。"

"不吃，你把这个月的工作笔记拿给我，我再看看。"

"多休息一会儿吧，过两天中队开会的事让队长去说说。"

"一点小伤，再躺就废了。"

毛猴看着他精神头不错，想了想起身往通讯室走，每日入山登记、巡视情况都会汇总保存，这对病虫害发生的连续性观测有大用。

门被推开了。

看到来人，毛猴叫了一声："程央姐！你来看秦哥了？"

"唉，头疼。"秦煜往身后一倒，将手扶在了头上，动作幅度太大，不逼真。

程央进门看都没看他一眼，提着画架和颜料又准备出门。

为了让他静养，昨夜她搬了个睡袋睡在了通讯室中。

"程央！"

秦煜叫她，她像没听见一样。

"程央！"

又一声。

毛猴赶紧溜出门去，灵机一动，还反锁了门。

"说。"

程央站在门口，拽了两下把手，徒劳无功。

秦煜叹口气，拉下了上衣拉链，脖颈、锁骨……

程央赶紧转身，脸蛋要红不红："有话好好说！"

"你，转过来。"

秦煜从内口袋里掏出一张照片，许多年了，有些泛黄。

"他，叫秦炎，是我弟弟。"

程央小心翼翼地往照片上一瞥，先前搭在嘴角的舌尖还浅浅地露出了一小截。

"炎炎？"

"嗯。"

"关我什么事。"她别过脸，站在床边。

秦煜伸手抓了一把，将她的手腕握在手里，她受了力，往他怀里一靠，整个人都差点儿贴了上去。

"程央，你说话可得算数。"

程央眨了眨眼，想起了那晚留在他耳边的那句话——要是你该多好。

"算数，以后我说话几个字几件事都给算得清清楚楚。"

"少给我装傻。"

他俯下身来，程央一把抵住了他的脖颈："再这样？我叫人了？"

那块雄性特有的骨头动了动，程央不自觉地又伸出舌头舔了舔嘴唇。秦煜勾嘴笑："喜欢吗？"

自信，却太过狂妄了。

"大白天的关什么门，这样空气多不流通。"门外传来张队的声音。

"不是，队长，那个……"毛猴阻止。

"秦煜，过两天你记得……"

门开了，屋子里只有程央一个人，她站在窗边，握着一支画笔像夹着一根烟。

"嗯？"她侧了侧头，带着一点点惊讶。

"什么事？"秦煜从院子另一侧走过来。

"哥，你怎么……"毛猴有点摸不着头脑，怎么他秦哥会从那边过来。

秦煜笑了笑："一点小伤不碍事，出来走走有利恢复。"

毛猴张嘴还准备说些什么，秦煜把手搭在了他肩上。

"后天镇上消防中心例会，这个耽误不得，车子找回来了，没什么问题，不过你现在不许骑。另外……"张队在秦煜耳边说了几句，"你看看你要不要找个人跟你一起办这件事。"

"哥，什么好事？带上我呗。"毛猴自荐。

秦煜揉了揉毛猴的头："你还得工作。"他又扭头，叫了程央一声。

然后，他对张队说："不可能，没希望，想都不要想。"

张队却无视秦煜的回应，自顾自地点点头，倒很满意这个决定。

程央还想分辩，一群人被一阵哄闹声打扰，张队摆了摆手，看到老时和老林押着一个粗粗黑黑的汉子蹲在路口。

两人骂骂咧咧的，蹲着的那个汉子脸上却挂着笑。

"老乡，是你啊？"张队笑嘻嘻的，走上前也没叫两人松开手。

程央瞥了一眼，有几分眼熟。

"之前偷黄杨的那人。"

秦煜提醒她，有种打报告的意味。

张队啧啧："这是怎么了？又砍柴砍到什么珍惜树种了？"

那汉子蹲着苦笑了两下，不反抗也不否认："抬抬手，抬抬手。"

"捶不死你！"老林弯了弯手指，扬起手瞄准了汉子的前额准备来个脑瓜崩，那汉子下意识地闭眼，他的动作却又停住了，"尿包，专干老鼠的勾当。"

张队严肃下来："说说吧，怎么回事？"

那汉子回答："这不就在林子里走走，被两位同志叫来喝茶了吗？"

"喝茶？想得美！你拿石头砸伤了我们的人，你敢不敢认！"老林长得人高马大，一下将那汉子提到了秦煜面前。

那汉子看了秦煜几眼，眼睛一滴溜，一脸严肃："哎哟，这伤得可不轻，得好好养着，可怜了。不过，喝了多少啊，怎么摔成这样？"

"这事儿跟你没关系？"张队问了一句。

"这叫什么话，天地良心，我能干这种事？"那汉子将双手插进袖管里，昂着头，说话时脖颈额角青筋暴起，似乎在用极大的力气说明自己的清白。

"那我们刚才逮着你的时候你怎么抱着石头蹲在草丛里，好家伙，差点让你给砸着。"老时想着刚才的场景还觉得有些后怕。离驻地还差两百来米，刚下了一个急坡，一块拳头大小的石头就从天上掉了下来，沿着眉毛擦过，落在了脚边。他看了看，石头另一面还是尖尖的，有打磨的痕迹，这要是再准一点……

"我蹲着解手呢，这不是怕蛇吗？谁知道蛇没吓到吓到了您，同志，多担待。"那汉子惯会耍嘴皮，眼珠子一转便是一套说辞。

"王八蛋，砸秦哥的就是你，你……"毛猴忍不住出声。

"毛猴。"秦煜赶紧拦住了他，连张队也皱了皱眉。

程央算是明白了，是谁干的大家一早就心知肚明，可即便今天抓了个正着，那天的事依旧没有实质的证据，不过是图个嘴皮子痛快，最后终究不能将他怎么样。

"那人可恶吗？"她低声问毛猴。

"可恶，既是乡民又是滥采滥伐小头目，队长说之前抓他也被他偷袭过，砸了腿，肿了好久，可山里没监控。啧！该他断子绝孙。"

程央笑了笑，将头发拨在一侧往前走去。

她今天穿了一件水蓝色的无袖长裙，黑发垂腰，挤一挤，事业线还算清晰。

秦煜拉住程央，她回头，冲他眨巴了一下眼睛，长眉明眸，他总觉得，她想做坏事。

"哎哟……"程央轻轻叫一声，弯腰摸了摸腿上的伤痕。

那汉子见人群里走出了一个漂亮姑娘，声音诱人，不由得被吸引。

程央体位低凑得又近，那汉子自然低下了头。

"怎么了？"一群人关切地问。

程央突然抬头，没理会旁人，径直指着那汉子就说："臭流氓！往哪儿看啊！"说完提腿冲那汉子裆部狠狠地踢了一脚。

"嘶——"在场的几个男人都觉得头皮发麻，不由得倒吸一口凉气，没来得及阻拦。

程央一脚踢完，就抱着胸口咿咿呀呀地跑开了。

天真可爱，似乎受了极大的委屈。

"这……"那汉子还想分辩。

“你干吗盯着我姐胸部看，太不要脸了。”毛猴眉毛一竖。

“这事干得不讲究，老乡你也真是的。”

“就是，人家一个大姑娘，你也太不要脸了。”

经毛猴一带动，几个人便围着那人一脸正派地说了起来，你一言我一语，被踢的那汉子只好捂着痛处吃下了这个哑巴亏。

“我去看看程央。”秦煜交代了一句。

“嗯，好好安慰安慰她，年纪小嘛。”张队皱了皱眉，看着那汉子走路一颤一颤的模样还觉得胯下生疼。

秦煜朝着程央跑的方向追过去，在厨房后面找到了她。

她靠在墙头咯咯咯笑个没完没了，秦煜看了她一会儿，也不由得跟着笑了。

“怎么样，解气吧。”她咧嘴，像一朵盛开的海棠花。

“真好看。”

“啊？”

“解气，不过……”

程央拉了拉肩带，她裙子里还穿了件贴身的吊带：“放心，吃不了亏。”

秦煜从口袋里摸出一根烟，靠在她旁边。太阳快落山了，红橙色的霞光将各处洒了个遍。

“程央，你以后有什么打算？”

“出画册，办画展吧，出名发财，你呢？”

“这儿还有许多工作要忙。”

“嗯，我听说你们连年假都是轮休，的确很忙，不过我可以常常来这里采风，顺便见见你们。张队说林区面积广，很多没见过的……”

“你的计划在这里实现不了。”

两个人都没有再说话，踢的那一脚似乎也没有那么好笑，程央扭过头，拿下他嘴边的烟："秦煜，以后别抽了。"

他笑了笑，又从口袋里掏了一根："程央，我们过不到一块儿。"

"谁要跟你一块过了，你在张队面前瞎说的事我还没找你算账呢，装什么大尾巴狼。"

"呵！"他挑了挑眉，似乎在回味那件本就不存在的事，"随便吧，不过，你回去之前得空就找我，我学过几天格斗，教你几招防身没问题。"

"用不着，我会保护我自己。"她将手伸进他裤兜里，摸出了打火机。

指尖划过的地方痒痒的，隔着一层缝制口袋的纱绢依旧感觉清晰。

"你跟时寸心不一样。"

"当然，我是程央，绝无仅有。"

两个人靠在同一堵砖墙上抽烟，烟雾缭绕。程央的动作并不熟练，吸两口便会被呛着，她不说，他也不戳破。

秦煜也不知道自己为什么单单想让她知道炎炎不是旁人，或许是那日躺在床上听见了她与时寸心的对话，或许是那日她在自己耳旁说了那句"是你该多好"的话，又或许，是第一次她蹲在自己身旁舔着嘴戳了戳他肩头那团火光。

他有些后悔了，自己不该在解释完后还由着性子说那些叫她算数的混账话。

"秦煜。"她叫他，眼睛里落了一片霞光。

"说吧。"

"你比我想象的，没种多了。"

程央扔下烟蒂，点着脚将最后一丝猩红的烟丝灭在泥里，转身，离开了。

秦煜没有看她的背影，只是捡起了那个烟蒂攥在手里，林海上空浮着一层暗红的金色，烈火一般。他朝着空中吐了一个烟圈，又从内口袋里掏出了那张照片，被定格的秦炎制服加身，年轻英俊，笑容美好。

"这辈子，哥哪儿也不去。"

（四）

"不是说后天吗？大清早的扰人清梦。"

抱怨归抱怨，程央起身的动作却十分麻利。

"中队例会上午开，不骑车当天来不及，何况，我们还得在镇上逛一阵。"秦煜靠在门口等她，听到屋子里有瓶瓶罐罐碰撞的声响。

"程央，你在化妆？"

"要你管。"

他笑了笑，想起了第一次跟自己巡山时她的那两条眉毛，的的确确，是好看的。

"镇上有卖内裤的店吗？要纯棉的。"

"……"

"还有内衣，也要买一些，从中号到大号……"

"小号吧，就算热胀冷缩你也撑不破天。"

"咣当"一声，程央一下拉开了门，秦煜没留意，差点随着门倒在她身上。程央噘起嘴盯着他，两人的视线都莫名其妙地转移到她微微凸起的胸部上。

"给毛猴买的！"她将手放在他的胳膊上，本来想掐他一把，看着他额角的伤疤又没忍心，胡乱点了点，算是出气了，"买回来之后，你帮我给他，就说是统一采购的。"

秦煜打量她，酒红色的裙摆，淡淡的妆，为了应付山路特意穿了带抗震气垫的平底鞋，身后还背着一只大容量的迷彩包，不仅不突兀，反而有种混搭风的时尚感。

"好看吗？"她扬了扬裙子，对这样的注视有种天生的得意。

秦煜挪开目光，摸了摸她背包的布料，似乎他一开始就没有注意别的地方。

"买了回来你自己给他，明天……跟平时不太一样。"秦煜说道。

"生……"

秦煜赶紧捂住她的嘴巴。

毛猴拎着一把镰刀从后头走过，冲秦煜挥了挥手。

秦煜问："一个人巡山吗？"

毛猴回答："不，今天队长叫我跟着他一起去看看水道边上树叶泛黄的情况。"

"嗯，当心点。"

"哎，哥，你记着别欺负程央姐，她是女孩子，你得多夸夸她。"

毛猴走了，秦煜才从她脸上将手撒开，没留意，口红捂花了蹭到她的下巴上。他盯着她看了一会儿，忍着笑一本正经地说："你今天这妆，真漂亮。"

"那当然。"她笑了笑，欢天喜地地朝路口走了。

山势整体算不上险峻，但下山的小路却都是急坡，常常树荫夹道的场景一个拐弯过去便只剩下一片裸露的山体，羊肠一般的小路从中间穿过，倾斜度大，道路短促。

程央似乎心情不错，得了一句夸走路都带点跃起的韵律。

"这样就开心了？"

"要不然呢？"

"程央，你……"

"哇，都七月底了还在开花！"

程央走在前头，看到沿路开了一大丛月季，玫红色，一朵接着一朵。这样细碎的花朵作为元素，她用过许多，只是它的花期原本是三至五月，这个月份开花，格外新奇。

秦煜停下脚步，跟她说："去看看吧。"

她蹲在花丛边，伸出手又摸了摸。

"什么感觉？"他问。

"它想开了。"程央一边回答他一边从包里掏出手机。花瓣偏厚，卷翘力度大，花枝细且硬，她在记事本中记录下这些差异。

秦煜扫了一眼，也伸手去摸花枝。

"怎么样？硬不硬？"程央满脸期待地看着他，像一种猫头鹰。

他突然感觉到这个问题里夹杂着某种奇怪的东西，这才将手收回来，在她衣角轻轻提了一把："走了，离镇上还远着呢。"

"啧！"程央嫌弃地瞥了他一眼，收好本子故意走在他前边。

秦煜挽起袖子看看时间："有件事，我得提前跟你说。"

"说。"

"队里预算紧，我只订了一间房。"

"什么？"程央停下脚步，扭脸难以置信地看着他。

他笑了笑，见她下巴上的那一抹余红尤其鲜明。

"你！臭流氓！"

"说了是预算紧张，我跟毛猴下山也这样。"

"能一样吗？我是女孩子！"

她气呼呼地往回走，秦煜一把拉住了她："我看，也没什么不一样嘛。"

"那是你瞎！"她拽着他截住自己的胳膊晃了晃，打开了一个缺口，又赶紧往后跑，"我不去了，说什么也不去了。"

秦煜个高步伐大，两三步就追上了她。

"真不愿去了？"

"不愿！跟你睡一间房，打死我也不去。"

"行，那我就打死你。"秦煜一只手攥住她，一只手解开了自己的皮带扣。

"姓秦的，大白天的你干啥？"

他笑了笑，将皮带绕了一圈捆在了她手上，不至于太紧勒着她，却又挣脱不开。

"走了，再闹就不是大白天了。"他说这话时故意一脸坏模样，往前走，拉一拉皮带，她就只得跟着过来。

"秦煜，你不是人。"

"走啦。"

"秦煜，我回去之后一准儿告诉张队长。"

"走啦。"

"秦煜，"她看他依旧没有停下来的样子，这才放软了声音说，"你放开我吧，我不跑了。"

"真不跑了？"

她乖巧地点点头，眨巴着眼睛冲他笑了笑。

"那就走吧。"

他拉着她往前走，她一面被拉着一面生闷气。

过了个拐弯处，路面的碎石变成了干沙一般的小颗粒，深一脚浅一脚，路边的植物又是韧性不高却十分锋利的茅草，极易摔跤滑倒。程央无法想法他平时是怎么在这样的路段把控住车辆方向，自己光想想便觉得害怕。她不再叫嚷，一边死死地拉着那根皮带，一边注意着脚下的路。

秦煜走两步便瞅一瞅她，她小心翼翼地走着，不算太笨。

隔着半根皮带的距离，好受力，即便她摔倒他也能接着，这样的路一共两小段，中间就隔了几十米，她脾气大，他没打算放她。

"我饿了！"路过一块平地，程央仰着头冲他喊。

秦煜看看时间，将她牵到一块树荫下。

"饼干和馒头，你吃什么？"他问。

"吃馒头，自己拿着吃。"

她眼珠子一转，他便提高了警惕。

"那就别吃。"

秦煜从包里拿出食物，当着她的面大口大口地咀嚼起来。

早上胃口不好，程央没吃下多少东西，如今又走了一两个小时山路，肚子里早就空空荡荡，经他一勾，更饥饿难耐了。

"我饿，我要吃东西。"她在心里告诉自己吃饱了一会儿才有力气找他算账，想了想，冲他张开了嘴。

秦煜三两口吃完自己的那份，才从包里拿了馒头小口小口掰碎了喂她。李姐在馒头里加了应季的蔬菜汁，她吃得也香。

"还要吗？"拳头大的馒头就剩下一个小小的角，她咀嚼的速度越来越慢，大抵吃饱了。

程央摇了摇头，他便一口塞进了自己嘴里。

"秦煜，我要喝水。"

"嗯。"他解下水壶，喂到她嘴边，看着她闭眼喝水的认真样，突然觉得很满足，"像只鸭崽子。"

"噗——"程央被他这话逗乐了，还没来得及吞下的那一口水径直喷在了他脸上。

"你这女人……"

"谁叫你绑着我的，自己找罪受。"

看着秦煜，程央觉得自己扳回了一成，她仰着头，故作委屈地喊："我的手动不了，你还得给我擦擦嘴。"

秦煜用手抹去了眼前的水珠，叹了口气，在她脸上胡乱呼了一把。

"咯咯咯！"她又得胜一般地笑了。

四个小时的山路，两个人打打闹闹走了将近六个小时，来到镇上时已经过了晌午，秦煜替她解开了皮带，怕她闹，在镇口给她买了一块竹签串的糖糕。

"这就想打发我了？"

"爱吃就吃，不吃拉倒。"

程央想了想，又问小贩要了一串糖山楂。

过第二段滑脚的山路时，程央便发现了他绑着自己的真实意图，不然也不会那么凑巧，每每自己向后倒时手上便有了向前拉动的牵引力。她笑了笑，这样的男人，嘴贱死算了。

吃着这些小玩意，她跟着他进了一家旅馆。

"两间房，昨天订的。"秦煜冲老板娘递出了身份证，指了指自己和程央。

"不好意思，店里今天……"

"不是说住一间的吗？"单纯好奇，无关其他。

老板娘扭头看了看程央，掏出一把钥匙跟秦煜说道："大兄弟，我知道本来你订的是两间房，可是吧，今天我老舅打乡里来，店里又住了一队送亲的，实在是只有一间了，你看你媳妇生得这么漂亮，不睡一起，不可惜了？"

秦煜皱了皱眉，扭头去看程央，白的糖糕、粉的脸蛋、红的糖山楂，渐变色一样。

"行吗？镇上就这间旅馆了。"秦煜转头问。

"秦煜，拿一下。"程央似乎没听到他说的话，将糖山楂递给他。

秦煜接了一手，她便拿过钥匙飞一般跑上了楼："先说好，谁先进房谁睡床！"

"呵。"他勾起嘴角，咬了一颗山楂，追了上去。

老板娘将最后一间空房勾成了入住，从柜台上拿了一颗送亲队给的喜糖塞进嘴里，笑了笑："年轻，年轻真是好。"

房间在三楼最边上，开了两扇大窗，中间一张单人床。小镇大多建筑都是平房，从这儿基本能看到全貌。房子是木质结构，地板结实，但一踩上便会吱吱作响。

程央率先跑到了门口，掏出钥匙进了房，正准备摘包关门占领床，秦煜一手抵在了门框上。

"叫你吓唬我只订了一间房，这下成真的了，你就做'厅长'吧。"

她在屋里抵着门，刚跑过，脸颊还红彤彤的。

秦煜透过门缝朝里扫了一眼："别小气，我看那床也不算小。"

他压根就没准备跟她抢，只是瞧着她好玩，故意逗她。

"想都别想，你自己说的，咋俩过不到一块儿。"

秦煜眸子一沉，松了手："嗯，你睡床吧。"

Chapter 05

写日记的男人，最闷骚了

（一）

程央开了门，将背包扔在床上，他不争，反而没什么意思了。

她说："算了，以背包为界，一人一半吧。"

他没反驳也没应承，拿了张椅子坐下，从口袋里掏出了日记本。皮面封套，暗黄色纸张，与之前在山里她所见过的记录簿一样，只是这一本的扉页上，用小刀灵巧地镂了个"秦"字。

他看得认真，像个老学究。

啧，明明是个臭流氓。程央在心里想。

秦煜察觉到她正盯着自己看，抬了抬头，盯着她。

"本子看起来不错。"

"队里发的，喜欢的话回头你自己上通讯室拿。"

"你写日记？"

他点点头："重要的事情记一笔，不容易忘。"

"有写我的吗？我看看。"

他抬起眼睛打量着她，刚吃过糖糕的唇边粘了几颗乳白色的糖粉，像草莓上落了白霜。

"时间还早，跟我出去逛一逛吧。"秦煜顺手将日记本揣回口袋里。

程央嘴角扬了扬，肯定有写自己。

"走不走？"他问。

"嗯。"

"你什么时候生日？"

在一个卖饼饵的店面前程央问他。

"十一月十七日。"他买了两斤桂花糖糕。店员用牛皮纸封好装进塑料袋里，递给他时小店员用余光瞟了程央好几眼。程央直起腰身，觉得值回了今天的化妆品钱。

"那个……"

"什么事？"她笑了笑，想象中应该是温柔优雅的样子。

"小本生意，别试吃太多。"店员怯怯地冲程央笑，有点着急，又十分礼貌。

秦煜将点心装进包里，靠在柜台上看着她。

出来时唇上明明是五颗糖粉，不知为何，现在变成了六颗。

程央连忙掏出手机往脸上照了照，唇瓣上稀疏的白与下巴上隐隐的红跟了自己一路，像什么？她没想到，但大致接近白痴或弱智。

"走吧，我们要买的东西还很多。"

"秦煜，你早就看到了是不是？"程央用手擦了擦，气不过，追上去一把糊在了秦煜脸上。

"别闹，像什么话。"他忍着笑用手抵住她的额头，她不服气，依然将沾满口红的手往他脸颊上凑。

"叫你捉弄我。"

"啧，我看你也是只毛猴。"

"秦哥？"对面一家小铺里传来一个细细的女声。

程央停下动作去瞧。

时寸心一头短发向后扎成了一个小鬏鬏，棉制衣裳外套着的白大褂还没脱。

"寸心？"秦煜似乎也对在这儿见到时寸心有些意外，"这个点，你怎么在这儿？"

"卫生所里不忙，我捡漏出来买点东西。"时寸心将手上刚包好的小方盒提起来晃了晃，眼神却停留在了秦煜脸颊那一处绯红上。她走近他，从褂子里掏出来一个纱制口罩，折了一下，在他脸上擦了擦。

他没有躲，只说："不小心蹭到了。"

"你头上伤也没好全，自己多当心，一会儿有事吗？跟我回所里换个药吧。"

"毛猴生日，东西还没买全。"

程央凑上前，慢慢悠悠地说："要买什么，你发我手机上，我去买就行。"

她脸上并没有什么不悦，只是很明显补了口红。

时寸心盯着程央的嘴唇看了看，跟秦煜脸上的颜色一模一样。

程央说："好看吧？车厘子色。"

秦煜回头，程央却立马走了。

"秦哥，要不……"

"走吧，我跟你去卫生所换药。"

两人的对话从身后传来，程央感觉到手机响了一下，是一条信息，她匆匆扫了一眼，删除了联系人。

太阳西垂的时候，程央拎着大包小包的东西回到了旅馆里，老板娘兼做点粉面生意。程央要了一碗小馄饨盯着对面的一家小铺子发呆，下雨了，淅淅沥沥的。

楼上下来一个穿红裙子的女人，撑着把伞走出去又走进去了。

"是二婚，会今天晚上结。"老板娘端着一碗小馄饨放在程央跟前，顺着她的眼神说了一句。

程央没接话，低头，要的香菜放成了葱花。

她将手机摆在桌面上，一口一口地吃完了馄饨。

回到房间后，她还在思考香菜与葱花的问题，突然，听到房间外有鞭炮声响了起来。

她将买来的东西安置好，掏出小本子坐在窗台上。

一条长而狭窄的巷子，一片昏昏沉沉的天，鞭炮声卷起了红纸屑，她不惧怕这样的响声，盯着这种含混的场景画得认真。

"嗡嗡……"

一个来电，她瞥了一眼，接通了，开着免提放在一边。

"秦煜，今天晚上这儿有人……"

"程央，今天晚上我就不过来了。"

他的话比她的更快，像是这鞭炮，一燃起就会炸到最后一响。

"哦，正好。"

"嗯，刚遇上消防中心的同事，我去他家里打扰一夜，明天开完会来找你。"

"秦哥，这个好不好？"

程央愣了愣，确信自己听到了时寸心的声音。

"嗯，好。"她回答。

"你自己……"

"咣"的一声，她挂断了电话，哪用得着什么理由，又不是小孩子了。

她将手机扔到一边继续画画，画的是一只眼睛，是下午看到的那个二婚的新娘。

眼神里有一点点担忧、一点点喜悦，还有一点点程央也说不好的情愫。学生时代的素描老师告诉她，写实，是最难的画法。

次日，程央一觉睡到了中午，爬起来在楼下找了点吃的，看到秦煜领着时寸心朝这边来了。

"东西都买好了？"

"会开完了？"

两人都问，两人又都点了点头。

"那我把钱给你。"

"那我们走。"

程央像报菜名似的将昨天他在信息中罗列的物品背了一遍，一字不落。时寸心问起她的小腿有没有因为咬伤留疤，她却只注意了时寸心脸上的妆，眉毛画得不够好，口红……芭比粉色号。

"去取东西，退房吧。"秦煜朝程央招了招手，便往楼上的房间走去。

"要我去帮忙吗？"时寸心问道。

"不用，你在这儿等着。"秦煜道。

"那么多东西，多个人拎一拎多好。"程央是真心，说出来倒让秦煜嘴角挂了一丝笑。

"偷什么懒。"他叉着腰站在楼梯上轻声呵斥。

同样的房间，同样的人，入住时程央跑在前，临走时秦煜走在先。

拿钥匙、开门，程央弯腰清点昨天买的东西，秦煜靠在门口，"咣当"一声将门打了把倒锁。

"昨晚迎亲的队伍从这儿走，吵到你了吧。"

"你怎么知道？"

"门口都是红纸屑，消防中心离这儿近，上午开会也没听到声响。"

"一会儿的工夫，不吵，现在不是不让放鞭炮了吗？"

"小地方，说禁止一时半会儿也不能完全做到。"

"哦。"

清点结束，程央将东西都提好，却发现秦煜挪到了床边，闲适地坐下了。

"走了。"她叫了一声，他似乎也没什么反应。

程央扭了扭把手，这才发现锁上了。

"秦煜，把门打开。"

/083/

"不着急，坐下，我们聊聊。"他拍了拍自己身边的地方，垫着的被子发出"噗噗"响。

"说吧。"程央将东西放在一边，走过去，踮脚坐在了窗台上。

"时寸心住医院宿舍的，留不了人。"他从口袋里摸了一根烟，看到了贴在窗台边上的那只眼睛。

程央不接话，一脸的云淡风轻。

"我的话说完了。"他摆摆手，揭下了那张纸。

"我的！"

"你喊走的时候也没看你收走。"他折了两下，放进了口袋里，"你这人，小气得不得了。"

"要你管，我自己的东西！"

秦煜起身，打开了门，提着那些袋子出去了。

程央看着他的背影笑了笑，早就听说，写日记的男人，最闷骚了。

（二）

"程央姐，你可回来了。我跟你说，昨天我看到了好多毛虫，小半山的树都没叶子了。"毛猴凑上前一把挽住了程央的胳膊，一天没见，他似乎有许许多多的事要跟她说。

细长的蠕动着身子的毛虫，一列列地趴在叶子上啃食着，程央单单想着便觉得十分恶心，她赶紧告诉毛猴自己和秦煜买了许多好吃的。

"等天气再凉快一些的时候，我们要去滑坡区植树，接下来几天手上的任务都要做好扫尾工作，会很辛苦。所以今天晚上，我们就好好轻松轻松。"张队拍了拍手，将给毛猴过生日的事瞒得严严实实的。

待天色一黑，将通讯室的电视搬到了院子里，时寸心帮着李姐准备饭菜，程央将买来的瓜果点心分装摆盘。驻地的物资原本只供生活必需，今天，格外热闹。

"一会儿看什么节目？"毛猴问。

驻地的电视机还是去年配的，除了看看新闻和在重要节日里拿出来给没轮休的人解解闷，存在感并不强。

"你爱看什么？"程央问。

毛猴挠了挠头，笑着说："芭蕾舞。"

"哟，就爱看漂亮姑娘！"老时故意拿他打趣。

毛猴年纪轻，一听到这种话就耳根子发红，他鼓起腮帮子强壮镇定："才没有呢！我是欣赏艺术，艺术你知道吧。"

"艺术就是漂亮姑娘。"

"也有男的！"毛猴依旧认真地反驳。

"哈哈，那你小子一会儿可别让我发现你盯着姑娘看。"老时说的只是玩笑话，毛猴对于队里的老队员来说，更像是一个儿子。

"啧！那下次你别叫我帮你剪画报上的模特，还说自己剪不好，经常缺胳膊少脚。"

"你这浑小子！"老时脱下鞋佯装要打毛猴，毛猴刺溜一下跑没影了。

"嘿嘿嘿，这小子瞎说。"老时看着程央不大好意思地笑，脸上的皱纹堆积在一处，又憋得通红。

原始、真实，却又没有丝毫情色的猥琐，程央打量着周边忙活的其他人，目光停留在秦煜的身上。

将近三十血气方刚，身材和相貌都算一等一的出挑，这样的男人没有理由不对女人抱有幻想，可她又亲眼看到他推开送上门的姑娘。该不会……

"在哪儿傻笑什么，过来帮忙。"秦煜站在餐厅门口，冲她招了招手。

程央走过去，他赶紧将她扯进了门。

"你干吗？"她惊讶。

"不行，这也不像啊！"这时，角落里发出另一个人的声响。

程央一回头，看到老林蹲地上，他身前放着一张板凳，板凳上摆着一个七寸大小的生日蛋糕。

"别瞎改了，还说自己闭着眼睛都能画猴，让你戳的这两下，都快成狗了。"秦煜推了推程央的背，她便往前走，"订的时候交代老板画只猴，取蛋糕的时候没留意看，刚才一打开，发现上面画了乌漆漆一团，看不出是什么。"

"是狗。"程央一低头，盯着蛋糕面回答。

秦煜笑了笑："本来不长这样，老林说自己年轻时在动物园喂过猴，蒙着眼都能画出形状来，结果改了两下，就这样了。"

程央也笑了笑，从牙签盒里取了根新的牙签慢慢挪动果酱的位置。

"哎，像，真像了。"害怕破坏这个惊喜，老林将声音压得很低。

三个人蹲在小餐厅里凑着脑袋为一点一点的变化感到欣喜。

"好了！"程央横着签杆将原来的地方扫平，抽开牙签抬起了头。

"嘶！"秦煜的下巴被她这个突然的动作磕了一下。

程央也赶紧揉了揉自己的头："啧，真是块硬骨头。"

"这也怪我？我……"他还没说完，嘴里便被塞了一根沾着果酱的牙签，合上嘴，唇齿间有淡淡的甜味。

"好吃吧？"老林问他。

秦煜赶紧把蛋糕盖上："还行，小孩子的把戏，也就那样。"

夜风起，满院都是穿堂风，四周有树影，有蝉鸣。

队里有规矩，不能喝高度酒，否则第二天容易误事。几个人坐在电视机前喝啤酒，胡吹海侃，信口捏来。

"九点了，有节目。"毛猴记得有个频道一到九点就开始放芭蕾舞，兴冲冲地跑到电视机前换台。

"滋滋……"

刚才还播着小品的显示屏突然被杂乱的像素点填充。

程央酒量不行，很少喝，坐得离电视机格外近。

"我来！"她扬起手准备用最经典掌击修理法处理。

秦煜看着她，嫌弃地笑了："真是个傻女人。"

"你行你上。"

她回到座位上看热闹，秦煜走上前猫着腰修理了一阵，并没有什么起色。

毛猴期待的目光有些落空，程央灵机一动，起了身，路过电视机的时候调笑似的跟秦煜说："看来你，也不行。"

凉风撩人，这话久久地在耳边揉蹭。

程央回到房里换了一件月白色的长裙，将头发盘成了一个高高的髻，再回到院子里时，她看着毛猴说："姐给你跳支舞吧？"

"好呀！"其他人比毛猴更快应声。

"是我姐！是给我跳！"毛猴小孩心性起来了，一脸的自豪，麻利地将院子中央的椅子挪开了些，给程央空出一块地方。

程央背过身，纤长的手臂环成花瓣样，没有灯光，只有电视机的像素点在黑暗里闪动；没有配乐，只有来自林间无比温柔的风声；一个转身，扎起的发髻向着肩头散落，每一步都像极了缓缓而至的黎明。

秦煜看得入神，才喝到一半的啤酒不经意朝一旁倾了倾。

李姐觉得自己脚背发冷，一侧身，看到了秦煜看程央的眼神，她深谙世故地笑了笑，默不作声。

"程央姐！你真是太厉害了！"毛猴坐在板凳上将两只手拍得又红又肿，脸上是掩不住的笑容。

程央蹲在毛猴跟前，从自己脖子上取下了一条项链："我十九岁的时候跟朋友在可可西里写生，夜里扎营遇到了一头野狼。"

"然后呢？"

她笑了笑，将项链戴在了他脖子上："这是它的牙。"

毛猴在一旁不由得咽了一下口水，听程央接着说道："你是我弟弟，没有什么可以打倒你，孤独不行，恐惧也不行，"她笑了笑，"当然，你以后的老婆可以，不过，一定得要会跳芭蕾舞的才行。"

一群人哄堂大笑，毛猴也咧开了嘴，他认真地点了点头，将那颗狼牙紧紧地攥在了手里。

"小子，生日快乐！"

"生日快乐！"

庆祝、打闹、觥筹交错……时至半夜一群人才带着余兴和淡淡的醉意散场。

"秦哥，我扶你去休息吧。"时寸心看秦煜有些微醺，朝他身边凑了凑。

"寸心，帮我个忙。"李姐拉了时寸心一把，朝着满地的狼藉一瞟，两人将碗碟端进了厨房。

"你放着，我来洗吧。"时寸心挽起袖子，扭开了水龙头。

水流哗啦哗啦地倾泻在带着残渍的餐具上，时寸心干活麻利，却总忍不住往窗子外面瞟。

"听说前段时间你们医院来了几个年轻的男医生？"李姐拿出抹布细细地擦拭着那些洗过的碗碟，又小心翼翼地将它们放入橱中。

"您这都知道啊。"

"我也是听说嘛。怎么样，有没有合意的？"

"我还没想这事呢。"

"这么大姑娘了，该想了，两个人在一处，最合适不过。"

时寸心瞥了外头一眼，秦煜正扛着电视机往通讯室走，只是脑袋偏在一边，似乎也在张望什么。

"工作近的也不光是男医生，我看林队驻地离我们医院也不远。"

"光人近可没用，说到底这都是你情我愿的事。"

"瞧您，都快成大学问家了。"

"嘿嘿！"李姐笑了笑，言尽于此。

（三）

"哥，看程央姐跳舞的时候你有没有觉得身上痒痒的？"

"……"

"就是那种挠不着的痒。"

秦煜想起了程央的头发垂向肩头的那一刻，鬼使神差地点了点头，见毛猴正笑盈盈地看着自己，又慌忙改口："没有，睡觉。"

"哦。"毛猴打消了邀他互相抓背的念头，只是挪了挪身子，在床板上蹭了一下挠不着的蚊子包。

身边渐渐起了平稳的呼吸声，秦煜坐起身，觉得骨子里的那种瘙痒感依旧无法平息，他披了件衣服，出门了。

"还没睡？"

四周没有掌灯，连月光都被关在云层里，程央坐在院子中央，两指间夹着一根烟，暗红的火光在靠近时会将她的嘴角照亮，微微翘起，很性感。

"嗯。"秦煜拉了把椅子坐在她身边，却又故意隔着半来米的距离。

"你靠近点。"她说。

秦煜没有动，程央便拉着椅子坐了过去，手臂无意间蹭到了他的臂膀，结实且滚烫。

"嘿嘿！"她笑了笑，又将椅子挪回了原来的位置。

"你笑什么？"

"你知道我笑什么。"她顿了顿，又接着说，"我还以为你喜欢男人呢。"

"……"

"算了，不早了，睡觉吧。"程央伸了个懒腰，起身提着凳子往屋子里走。

"程央……"

秦煜还想说什么，她却将手上吸了一半的烟塞在了他嘴里。

"别浪费。"

声音轻柔，和在夜风里的三个字生出了无数的钩子。

秦煜吸了一口，从身后搂住了她的腰。

她挣扎了两下，没效果，烟灰抖落在她肩头。

"嘶……"

"疼吗？"他腾出一只手夹住了烟卷，照旧将她搂得严严实实的。

她能感觉到，他在笑。

"你放开，不然我叫人了。"

"哦？你舍得吗？"烟卷被掐灭，最后一丝光亮也沉寂在黑暗里，他将烟灰掸了掸，吻在了她肩头，"算了，去睡吧。"

这算什么？敷药吗？

秦煜撒开手，叼着烟回到了先前的座位上，掏出打火机，点上火。

程央不知道那点红光在院子里亮了多久，但第二日自己起身的时候，他依旧坐在那儿。

"程央，换双耐磨点的鞋，我们十分钟之后出发。"秦煜跟她说话的口气并没有什么异样，眼睛也是光明正大地看着她。

程央笑了笑，还真是个厚脸皮的男人。

"姐，这个给你，今天你用得上。"毛猴走过来。

程央低头，是一段一米来长的红丝绦，毛边被细细地修剪过，平整光滑。

"这个……"

"是环保材料。"毛猴说完便跑开了，她原本是想问问这丝绦的用途。

"妮儿，走吧。"身后老时喊了一句。

程央不由自主地回头，却撞上了时寸心的目光。

"拜拜。"她伸出手，礼貌性地冲时寸心扬了扬。

时寸心愣了一会儿，才想起回了她一个微笑。

"快一点，磨磨蹭蹭的像什么话。"秦煜起身，依旧是那副不苟言笑的模样。

"毛猴还没来呢。"

"他有别的任务，今天，就我俩。"

"这……"

"怎么，怕我吃了你不成？"

程央在心里想，可不是怕你吃了我吗。

"那我们今天去哪儿？"

"今天……我给你看个大宝贝。"秦煜靠近，勾起嘴角，颇有些市井小流氓的味道。

程央没有羞涩惊恐，而是不由得将目光往下挪了两寸，他"啧"了一声，扭头朝着路口，走了。

"秦煜，我还没换鞋呢！你等等我。"

"自己追上来。"

"秦煜，这红丝绦用来干吗？"

他不说话。

"秦煜，你要带我去哪儿？"

他不说话。

"秦煜，你说的大宝贝……"

"很快就要去滑坡区植树了，那里太危险你跟不了，不出意外的话，今天是我最后一次带你出来。红丝缘是许愿祈福用的，我要带你去看林场唯一的一棵降龙木，大宝贝是大风车，你还有什么想问我的？"他停住脚步看着她。

程央愣了愣，摇了摇头："那就没有什么了。"

"嗯，走。"

程央点点头，本以为昨晚张队的话只是一句玩笑。

两人一前一后地走，长久沉默着。

"想好许什么愿了吗？"秦煜问。

"灵验吗？"

"看运气。"

"那就是不灵验，你呢？许过什么愿望吗？"

"种的树都活，东西不被偷，林场不起火。"

程央想起了不久前那个偷黄杨的男人，笑了笑："嘿，果然不灵验。"

"当娱乐吧。"

程央点了点头："没有更私人的？"

他想起了昨晚烟头上那股口脂香："没有。"

"真是无趣，要是我许愿，肯定求个清秀白嫩的帅哥，职业嘛……医生或者作家都不错，又温柔又黏我。"

"哦，听起来不错。"他笑了笑，对她的小把戏置若罔闻。

"秦煜！你这人是不是……"

"嘘！"他捂住她的口，连跳脚发怒的话语也一同憋回了腹中，"你听。"

山林静寂，只有稀疏的鸟啼与虫鸣，此时倒是可以听到簌簌的风声，可眼前的林叶并没有与之相称地翻涌。那声音细微却连续，像是数百里外高楼上传来的弦音。

她在这声音里变得安静，秦煜将手放下，低声问："知道声源在哪儿吗？"

程央转了转身子，四面听了听。

"在那边！"她突然很高兴地指着西北方向朝他喊道，长眉舒展，明眸圆睁，别有一股稚气与童真。

他笑了笑："嗯，不算聋。"

"啧，真是不解风情。"

他没有反驳，朝着小径边的野地迈了一大步，正站在程央指的方向："我带你抄条近路，敢来吗？"

她朝着那个方向看去，终年无人路过，藤蕨类植物在地面匍匐肆意抽生，还没看到，心里已经有了成百上千的软体虫在蠕动。

"有什么不敢！"话才刚说完，她喉咙处却轻轻地动了一下，在咽口水，很分明。

秦煜未说破，只是问她："程央，会唱歌吗？"

"会。"

"唱首来听听。"

"没心情唱。"

"我有心情听。"

"那你自己唱。"

"程央，这儿可就我们两个人。"

说完，他还停下来，朝着她脚下坏坏地笑了一阵。

这个笑，与他在坑顶看着她时很像，与他骗她在镇上只订了一间房时很像，与所有她最狼狈的样子呈现出来前的预兆，都很像。

"想听什么？"她叹了一口气，推了他一把。

他心满意足地往前走："都行，唱些情意绵绵的。"

程央从身后给他一个白眼，将每一首情深义重的曲子都唱得咬牙切齿，他倒不嫌弃，只偶尔回头交代她小心看路。

没空为想象中的软体虫担惊受怕蹑手蹑脚，这就够了。

"来，给我手。"

秦煜三两步爬上了一处石壁，四周没有可借力的东西，他便将手伸给她。

她伸手，自然地抬头，目光相接时，嘴里还不忘唱："这里有值得我们爱的太多理由……"

不知是否是由于全部注意力都放在了攀缘这处石壁上，这一句，格外好听。

他将她拉上来，她也没再接着往下唱，背后杵着风力发电用的大风车，约莫十层楼高，单个叶片长至三十米，数小时前听到的动静，便是它运转时的声响。

高处山体裸露，岩石居多，程央往后一躺，呆呆地看着头顶三片扇叶顺时针转动，秦煜的身影，在她眼眶里逐渐模糊起来。

她困了，她第一次这么觉得。

"程央。"

"嗯？"

"最后那首歌，唱得还不错。"

"嗯。"

程央彻底闭上了眼睛，任凭呼呼的风声将耳朵填充，她突然很想骑一匹马在某个不知名的湖泊边飞奔，没有马鞍，没有缰绳。

她的嘴角渐渐勾起一丝笑，发线杂乱在脸颊，有几分并不俗气的风尘。

"你会主动联系我吗？"想象中的马匹正骑到一个小土坡，她睁开眼睛问秦煜。

他坐在方才拉她的那一处石壁上，背着她看着很远的地方。

"秦煜，你会主动联系我吗？"她坐起身，又问了一次。

"山里信号不好。"

她从地上抓了一把细碎的草，丢向他，经风一吹，什么也没砸着。

"你要是不联系我，我也不会联系你的。"她扬起头很认真地跟他说道。

"嗯，信号差，也不一定能接着。"

他从落地的碎草中拣了相对较长的一根，搓了两下，叼在了嘴角。

程央看了他一会儿，他将头扭开了。

她笑了笑，他一定会联系自己的。

"走吧，带我去看看那棵降龙木，我给你唱歌。"

（四）

降龙木并非学名，只是当地一个通俗的叫法，由于它是林场内树龄最大的一棵古树，树种算得上珍稀，根系发达露出地表看上去又很有些盘龙的意头，这才得了这个雅号。

隔老远程央便看到了满树艳丽无比的绸带，花花绿绿，一棵树便是一座小山包。

她从口袋里掏出丝绦，想了想，还是塞回了口袋里。

"不许愿？"他问。

"林场不起火，从我做起。"她知道手上拿着的是易燃物，但却是故意跟他打趣，真实理由是，她没想到自己应该冲着原本就不相信的东西求些什么。

秦煜围着树走了一圈，在树根下拣了几根掉落的缎带，带末系着小块的石头，即便落下也飘不走。

他将那几根缎带重新搭在树丫上，说："这里有人打理，周边的杂草都扫干净了，祈福算祈福，不搞烧香拜神迷信的那一套就行。喏，一会儿你记得往缎带底下系上小石头，别给轮值的人添麻烦。"

"系石头？"

"嗯，不然飘到别处容易起火。"

程央想起了一些沉重的报道，也注意到说"火"这个字眼时他的眼皮总会跳一跳。

他说自己有个弟弟，而贴身的照片上，那人穿着森警的制服，程央心里有了八九分猜想。

"那我希望……你走开，我求财求色，被人听见了不灵验。"

她将那根红缎带绑了块石子抛在枝头，扶着树身说："要是真有用，你就帮我保佑林队的那群人好好活着。"

一阵风过，缎带尾端的小石子碰撞树干发出"咚咚"的响声，程央笑了笑："好，我当你答应了。"

Chapter 06

秦煜，我抓到你了

（一）

秋植前有大量的准备工作，地段惊险，对于护林员而言是场拉锯战。

林队这几日都在整理行装，程央也开始打包一些琐碎的东西。

秦煜说："你可以住在这儿，李姐会留下的。"

程央笑了笑："怎么，舍不得我？"

秦煜白了她一眼，不知几时起她青天白日便能说出这些肉麻的话。

他走上前往床上一躺，许久不在这儿过夜，枕头被子上都是程央的味道："什么时候走？我看看我在出任务前能不能再睡一回自己的床。"

"你什么时候有空送我下山，我就什么时候走。"她看着他将自己晒得蓬蓬的被褥压成饼状，想起了上一次随他下山时他喂给自己的馒头，也是蓬蓬的，怪有意思。

他说："我今天就有空。"

"那我今天就走。"

"好啊。"

程央没有生气，拿着撑衣杆往外走，再次进来的时候带着一大捧晾干的衣服和另一个人。

秦煜见来的是队长，起了身。

"真的连午饭都不吃？"张队侧过头再次跟程央确认。

她点头，将衣服叠好塞进了背包里。

"秦煜，那一会儿你送她下山，在镇上给买点吃的。"

话音刚落，秦煜便大步走到了她跟前，他盯着她，她也不躲。对视了一会儿，秦煜才说："我去检查车。"

出发前，程央挨个告别，轮到毛猴时，她却只说："屋子里的画板太重我就不背了，记得替姐看着它。"

毛猴点了点头，愣是没让眼泪流出来。

"走了。"

"好，来了。"

她跨上车后座，自然而然地环住了秦煜的腰。

秦煜一言不发，确认她坐稳后便发动了车。

摩托车行驶在满是碎石的山径上，出发的前几分钟还相对平缓，待拐过了第一个弯，坡度便明显大了不少，顺坡而下，车辆有了正常的增速感，发动机轰鸣声、风声、碎石摩擦声……她走过这路，知道它颠簸，只是不想坐在车上这种恐惧会成倍放大，她身子缩了缩，双手也越环越紧。

"不会有事的。"他终于肯开口了。

"嗯。"鼻翼间轻轻的一声听起来有些委屈。

他胸中有怒火，减速、停车，轮胎止住的地方旁有一大丛开败的月季，她上次路过这儿，看了好一会儿才走。

"秦煜，我父亲住院了。"她没下车，依旧坐在后座上跟他说，"今天早上的事，所以我才急着走。"

他想了想，从兜里掏出了一本小册子："很久以前的东西，用得上就给你了。"

程央左手接过，刚要拿右手去翻一翻，却被他按在了原来的位置上。他说："不是急着走吗？东西又跑不了，回去再看。"

"哦。"

背包捆在后头，一时不好解开，程央只好拉开了拉链一把塞在了外套里。

车子重新启动，每一次颠簸册子的小角便会偷摸在他的背脊上硌一下，不痛，反而像是故意的挑逗。

"程央。"

"啊？"

"你……坐稳了。"

"嗯。"

后背酥酥麻麻的感觉一直延续到目送她坐上往高铁站去的大巴，又延续到他载着她硬要给队里人买的礼物回到驻地上。

"怎么能让她破费呢，你也不拦着。"张队说。

"她的心意，买了就用，别浪费就行。"秦煜擦了擦额头上的汗，连身上的背心也一把脱了下来。

"哇，哥，你这……昨天晚上还没有的吧？"毛猴盯着秦煜的后背叫了一声。

一群人的视线都从东西转移到了秦煜背脊位置一个一个的红印

子上。

秦煜侧身在镜子上照了照，才发现被硌出了满身的红。

"想女人想疯了？吻痕能长这德行？当她是蚊子精啊。"

"哦，你管程央姐叫蚊子精。"毛猴起哄，一群人也围着笑了起来。

张队摆了摆手，从兜里掏出了一张地图："别闹了，我给大家说一下之后这段时间的安排，我们明天出发去老虎口北面，那儿……"

（二）

"央，深山老林，有那么好吗？"简书坐在一把高脚椅上，将一杯醒好的红酒晃得风韵万千。

程央从他手中接过，毫不客气地"咕咚"一口吞了。

"哎呀，小祖宗，这一口下去好几千呢。"

"知道好几千你还在我口渴的时候递给我。"程央冲他笑了笑，一段时间没见，他的眼妆化得更精致了。

简书走下椅子为她倒了一杯水，鞋子踏在大理石地板上砰砰作响。

"不是说你父亲身体不太好吗？怎么有空上我这儿来了？"

"一下车就去看过了，医生说只是一般的盲肠炎，打给我的时候还没上医院查，痛得死去活来以为自己不行了。"程央想起了两个小时前自己火急火燎地赶到医院，结果只在普通病房看到了父亲盯着自己割下的盲肠在那儿抱怨。当然，虚惊一场是最好的结果，可总也有种说不出的郁闷。

简书见她扁着一张嘴，赶紧转移了话题："央，灵感找得怎么样？你现在正热门，有好作品我们就可以筹划个人画展了。"

程央看着他，"扑哧"一声笑了。

简书是商人，但按照他自己的说法，他是艺术的加盟商与同行军，因此才在追求美的道路上突破性别限制，高跟鞋、项链、美妆……一个不落，讨厌他的人说他不男不女唯利是图，可程央却觉得他为人仗义、别具慧眼，发的都是审美智商财。

"有戏？"他挑了挑眉毛，"别急，我去冰箱拿些点心过来我们慢慢聊。"

"多拿点，我最近饭量大。"程央打量了一下他的房子，装饰元素越发多样了。

简书取来点心，又从橱柜里取来餐具烹了一壶上好的锡兰红茶，这才拉着她坐下。

程央看了看，点心都是简书手工制作的，甚至是一块指甲盖大小的曲奇上都有食用材料标记的编号。她笑着说："下这么大本钱，不怕失望？"

"你让我失望过吗？"

程央勾嘴一笑，从背包的卷轴筒里取出了一幅画，是一匹狼。

简书细细看了看，愣了半晌，撤走了那一壶刚烹好的红茶。

"你等着，今天我们喝点更好的。"说完，他便喜滋滋地下了酒窖。

程央将画重新收纳好，往后一靠，想着狼首那双坚毅深邃的眼睛，笑了。

万事谈妥，接下来便是筹划展会，选址、宣传等琐事自然不用程央操心，可参展作品却需要她来敲定。

以往作品可以挑出一部分，新作仍然需要她来孕育。

"如果你愿意，央，我可以在我的房子里给你腾出一层。"简书故意拿脚蹭了蹭她，却是诚心相邀。

"行了，大美人，这招对你女朋友管用，对我可不行。"

“那高原……”

“放心吧，不会有事的。”

最后一滴红酒入喉，程央拎着东西走出了市中心这栋独门独户的白色建筑。

“您走好。”

“辛苦了。”

跟门卫寒暄了一句，程央伸手拦车，好巧不巧，一辆蓝黑色的豪车停在了她跟前。

她视若无睹地往前走了两步，那车也跟着滑了一下。

“高原，你跟踪我？”隔着车窗玻璃，她跟驾驶位上的人说道。

高原踩下刹车，开门下来。

“这是哪里的话？小锦在医院陪爸爸闷坏了我才带他先回家的。你去哪儿，我载你。”他绕到另一侧，十分贴心地打开了副驾驶的门。

“从医院到家里，这儿可不顺路。”

“是不顺路，可是，顺心啊。”

“姐姐。”程锦在后座叫了她一声，跟着高原兜风心情正好，一笑露出了两颗小虎牙。

“小锦，想姐姐没有啊？”程央不理会高原，大大方方地朝着后座走去，尽管不是同母所生，这个弟弟不吵不闹的时候也还是可爱的。

“嗯，想姐姐，爸爸妈妈都玩不好迷宫游戏的。”

“那一会儿姐陪你玩。”

程锦笑嘻嘻地点头，圆乎乎的脑袋很快就靠在了程央肩头。

高原坐回驾驶室，没开车，看着后座的两个人笑了笑。

如果自己跟程央有孩子，或许也会在自己车里这样依靠着。他看了看程央，觉得这并不一定只是一种妄想。她是喜欢自己的，只是不够勇敢，不能去打破一些束缚罢了，她的心意，从母亲第一次带自己嫁入程家时他就知道了。

"哥哥，你是天使吗？"

"不是，滚开点。"

"别生气嘛，我看你的耳朵，跟动画片里的精灵王子一样呢，真好看。"

"真……真的吗？"

"嗯！程央不骗人，程央可乖了。"

"可其他小朋友都不喜欢我。"

"我喜欢你呀！"

五岁的程央睁着圆溜溜地眼睛看着他，语气坚定、模样认真……

"哥！"程锦急着回家与程央一起玩迷宫游戏，见车子长时间没动，有些着急。

"乖，系好安全带。"说完，高原下意识地摸了摸自己的耳朵，幼时发育的问题早已在数次矫正手术中得到妥善的解决，肉眼毫无差异，只是摸上去还有一道轻微下凹的小缺口，本可以通过耳部整形解决，但他拒绝了，这像是一个约定，关于一个女孩喜欢精灵王子。

回到家，摆设布置都差不多，只是一家人这一两天都扎在医院里，保姆得多做一顿病号饭，一忙起来，好几个花瓶里的鲜花都因为照顾不善而显得疲软。

"爸爸刚做完手术，闻一些清爽的花香会有好处。"程央说。

"嗯，一会儿我就换。"保姆不好意思地笑了笑，意识到自己的失职。

"辛苦了，对了，这段时间我的房间和楼上的画室我自己收拾就好。"程央能理解，交代了两句后便领着程锦上自己的房间玩游戏去了。

高原停好车后回到客厅，只看到了保姆在往垃圾桶里丢作废的花枝。

跟保姆说了两句，高原便独自去了后厅。

程央一边与程锦玩迷宫游戏一边竖着耳朵听着楼下的动静，过了差不多一个小时，汽车发动声才再次响了起来。

"小锦，肚子饿不饿呀？我们下去吃点东西吧。"

"嗯，好。"

她牵着程锦往餐厅走，保姆见了，麻利地将食物端了上来。

酱汁适宜做工考究，程央却每一口都想起在林队的生活，真奇怪，明明这儿才是自己的家。

"阿姨，今天的菜真好吃，你真棒！"程锦吃得香，还不忘给保姆竖了个大拇指。

"这可夸错人了，这些都是高先生做的。"保姆笑着说。

"咣"的一声，程央的筷子落到了地上，她麻利地捡起来，自己将用过的餐具放回厨房，又从冰箱里找了些水果回到了餐厅。

"姐姐，你不吃了？"

"嗯，我减肥。"她往楼上走，想了想又回过头，"我有点累了，今天会睡得比较早。"

言下之意，仍凭谁回来，都不必去找她。

保姆点了点头，想起了之前送上门的鲜花："那我现在就帮你把房间里的花换了，这样睡得好。"

"嗯，好。"程央回答。

过了一会儿，保姆走进来，抱着一瓶开得正艳的黑魔术放在了她床边的柜子上。程央觉得这捧玫瑰品相很好，比了比，每一朵都有拳头大小，她喜欢这样热烈肆意的花，很潇洒。

她勾嘴笑了笑，手机一抖，收了条信息：喜欢吗？

"阿姨。"

"嗯？"

"这花好看，麻烦你帮我放在我爸爸房间里吧。"

"哎，好，这花的质量真是不错，又大又香……"

程央轻轻咳嗽了一声，保姆便笑了笑端着花瓶出去了。

关灯，门缝合拢，她一头向后倒去，黑乎乎的房间，只有手机上"from 高原"的信息提示还闪着莹莹的光。

（三）

程央的父亲出院了，割了盲肠，硬生生地在医院躺到连疤痕都淡了才肯出来，年纪大了，稚子年幼，越发怕死。

程央整日待在画室里，四壁隔音，拜访的人一律不见，画得尽兴了就靠在窗口喝点东西，检查一遍手机上的未接来电。

"啧，信号有这么不好吗？"她将手机扔到一边，看了看画架前秦煜送给自己的小册子，三个月了。

"嗯，放在这边。"继母的声音透过窗户从楼下传来，程央只觉得很长时间都没有与他们见过面，便放下杯子，下楼了。

"程央啊，过来。"父亲冲她招了招手，继母也坐在一旁带着微笑。

她点头示意，坐在了两人对面的沙发上。

"你们要在家里开舞会？"

交谈了几句，程央皱起了眉头。

"嗯——"父亲这一声应得又缓又长，很有些劫后余生的味道。

程央没有说好或者不好，既然想要热闹，那么热闹热闹也无妨。

"央央，我有个朋友的儿子是画油画的，人长得很标致，那天……"

"妈。"高原正巧从外面进来，什么都听得清清楚楚，却只是叫了她一声。

看高原一脸的春风得意，话题很快便从办舞会的事情转移到了高原的工作上。高原连回答父母的提问时都会带着礼貌的微笑，倾听的时候也会注意看着对方的眼睛。

"这样的男人是最理想的坟墓，不分男女。"这话是简书第一次见高原时说的话。程央笑了笑，不置可否。

"高原。"程央莫名其妙地叫了他一句。

"是哥哥。"父亲纠正程央，又很快摆了摆手，表示自己有些累了。

继母扶着他，走了。

高原从先前位置上起身，看着程央笑了笑，坐在了她身边。

"你……"

"嗡嗡嗡……"

程央刚要跟他说些什么，手机便响了起来，没有名字，是个未知来电。

"喂？"

电话没挂，却也没有听到回答。

程央看了一眼归属地笑了笑，撇下高原独自上楼去了。

"我挺好的。"她自顾自地说，"你呢？在那边……"

"嘟嘟嘟……"

电话被挂断了。

程央丝毫没有生气，反而抱着手机兴奋地蹦跶到了床上，滚了两圈，看着天花板依旧忍不住咯咯直笑。

她将扎起的长发放下，将素色的被面围绕着自己的脸蛋摆着一环一环的形状，搞怪，却很有趣味，"咔嚓"一声拍下照片后发给了方才的那个号码。

"……"

对方给她回复了六个小点，像极了他平日一脸严肃的模样。

程央将手机攥在手里，笑了："秦煜，我抓到你了。"

原以为继母那日说媒拉纤的想法只是一时兴起，不料舞会当日，程央还真见着了那个"画油画、人长得很标致"的男人。他坐在一把圈椅中央与三四个穿着小礼服的姑娘调笑。

程央穿着一件简单的白衬衫下楼，反而被他招了招手要了杯香槟。

"我很像个侍应生吗？"程央坐在简书家的高脚椅上，没有抱怨，反而想着前两日的那通电话表现得有些高兴。

简书左右晃了晃食指，眼角下垂的幅度恰到好处："不完全像，你忘了打领结了。"

程央听着简书的调侃哈哈大笑，简书眼睛一眨，看着她不动了。

"亲爱的，我闻到了哦。"

"嗯？"

"恋爱的酸臭味。"

"得了吧，交际花似的。"

简书勾了勾嘴角，鎏金的唇彩带着一点奢华的荧光："我说的，不是他。"

程央抿了一口酒，伸了个懒腰开始转移话题："今天我家估计是消停不了，借你的地方睡个觉。"

"行啊，正好今天我女朋友过来，我一边一个，搂着你们俩。"

"知道了，给我找点吃的，一会儿我就走。"

简书笑了笑，迈着性感十足的步子走进了厨房。

程央离开吧台往他沙发上一靠，不经意，身子压着遥控器打开了电视机。

她随意调换着频道，脑子里却想着一会儿得找人收拾一下自己在城区的另一套房子，说来可笑，那是两年前喝醉酒买的。

"现场因塌方导致交通中断，目前失踪人口已经上升至五人，根据……"

程央盯着播报员头像下方滚动的新闻资讯字幕看了好一会儿，确定了事故发生地点后才摸出了手机。

"嘟嘟嘟……"

线路通畅，只是一直处于无人接听的状态。

她又拨了一遍那串电话号码，仍然只传来"嘟嘟嘟"的空响。

程央做了个深呼吸，毛猴的，队长的……一个一个拨过去。

没人接，还是没人接。

"喂？人找到了吗？"

就在她的指甲快要抠破沙发的那一刻，老时的声音从电话里传来。

她听到了嘈杂的雨声和窸窸窣窣的脚步声，老时似乎正忙于参加搜救工作而无暇分辨是谁的来电，他将她当作搜救队伍中的一员，问询的声音里带着一股强忍眼泪的急切。

很快信号中断，电话也被挂断了。

"亲爱的，牛排和鹅肝，你想……"简书从厨房走出来。

"我要你送我去一个地方，越快越好。"程央打断了他的话。

简书看到她眼神里的急切，麻利地将餐具放在一边，拉开了一个红木壁柜，数排带着名车 LOGO 的钥匙映入眼帘："挑一辆。"

"那边交通中断，车子进不去。"程央指了指身后的电视机屏幕，正好显示着事发地版图。

"这个……"

"我知道你可以。"

简书笑了笑，极其性感地俯着身子从柜子里摸出了一副护目镜："上楼顶。"

程央点了点头，这句话，最爷们。

（四）

程央从直升机上落地时，现场的塌方情况已经得到了有效控制，失踪人口数也回减为三名，只是秦煜、毛猴等人的电话始终处于无人接听状态，连老时的号码也没能再拨通。

"下面刚下过雨，山体随时可能再次发生塌陷。"简书说道。

"我知道。"

简书不拦她，丢给她一件冲锋外套："找到他，睡了他，让你玩命的人，别放过他。"

程央笑了笑，点点头。

沉堰林场刚过深秋，山腰以上却带着一点初冬的寒气，程央觉得冲锋衣口袋里鼓鼓囊囊的，一摸出来竟然发现是一副热成像眼镜。

简书工作之余喜欢探险远足，各种高级设备都不考虑价格，按他自己的话说，那是他阳刚的本钱。

程央将眼镜戴上，这个季节，飞禽走兽大多蛰伏，反而安全。

"秦煜！"她一边叫嚷着一边冲事故发生地摸去。林场上方红蓝光束不断攒动，所有参与搜救的人员都十分心急。

"嗖"的一声，她一脚踏进了不知底的草丛里，想用力拉出时却发现另一只脚被淋湿的黄泥牢牢地吸在了泥洼里。

程央没有挣扎，而是慢慢地将身子往泥洼那边倾。

"死就死吧。"她嘟囔了一声，将整个上半身都摔进了泥里。

被干草藤缠绕的脚由于身体的重量拖拽了出来，她从泥洼里爬起来，抹了抹脸继续往前走。

"秦煜！"

"秦煜！"

叫喊声回荡在树林里，照明用的光线随着时间的流逝慢慢弱了下去。

"咳咳……"

停下脚，程央听到了不远处有人咳嗽，很虚弱。

程央戴上热成像眼镜四处看了看，在山脊侧一条排水用的人工渠下发现了蜷缩的一团。

体温低于常人，他受伤了。

"喂，听得见吗？"

人工渠道位置靠近山体坍塌的一方，附近草木碎石随着滑落的山体堵在这个地方，天色昏暗，凭借肉眼和一般照明设备程央根本看不到他，更别提一个人拉他上来了。

"喂，听得见吗？"她又冲着那人喊了一嗓子。

"咳咳咳……"那人拼尽了全力应和她，却只能发出类似咳嗽的声响。程央很快意识到他可能拖不到自己再去找别的人来帮忙，即便拉不上他，自己至少可以替他处理一下身上的伤。

她壮了壮胆子，从路边找了根结实的藤条套在树上，沿着水渠残余的部分往下爬。

"救命！这边有伤员！"

她一边观测那人的位置一边用力呼喊着，无论自己能不能救下那人，上来都需要其他人帮忙。

"哗啦哗啦……"

雨点顺势往下砸，浇在她脸上搅和着泥污往下淌。

"糟了！"在照明的余光里，程央看到了原本堆积在一处的碎石又开始重新向下滑，她加快了向下爬的动作。

而天色，彻底黑了下来。

就到了，就到了！她在心里默念着，任凭冰凉的雨水沿着脖颈滑过滚烫的身子。四周黑乎乎的，她只能看到脚下蜷缩的那一团越来越近的红光。

"哥！这儿有人！是个瘦子！"

一个声音从头顶的坡上传来，很快一束强烈的白光照在了她的身上。

"别管我，下面有伤员。"程央匆忙朝他们喊了一声，透过眼镜只看到了一大一小两个人，小的体温正常，大一些的那个影子，通红通红的正盯着她看。

秦煜实在搞不懂，前一天还给自己发搞怪照片的女人为什么会突然撅着个屁股满身泥污地挂在山脊上。

"程央，下面几个人？"秦煜一边将藤条往上拉一边问她。

毛猴见秦煜这么叫，这才细细打量起了那个"瘦子"。

程央随着藤子往上升，取下了眼镜看着秦煜。

"一个，受伤了，这儿看不到，被挡住了。你戴上我的眼镜，热成像，红橙色的那团就是。"她不由分说地将眼镜套在秦煜头上，有点冷，自然而然地往他怀里缩了缩。

秦煜没多想，脱下了自己的外套包住她，沿着先前的藤子下去救人。

"最后一名失踪人员位置确定，人受了伤……"毛猴替程央紧了紧身上的衣服，对着通讯设备大声报告了现场情况。

"姐，你怎么来了？"

"我是来找秦煜和……"程央被冻得打了个哆嗦，"你们"两个字还没说出口，冲锋衣另一只口袋里便掉了些东西出来。

毛猴捡了起来，认认真真地读道："杜蕾斯芳香型无感……"

程央赶紧一把捂住了他的嘴。

"嗤！"

水渠下一个看不见的角落，有个男人毫不掩饰地笑了一声。

Chapter 07

怎么，还不够让你喜欢

（一）

"你别看着我。"

"嗤！"他笑一声。

"东西真的不是我的。"

"嗤！"他又笑一声。

队里其他人听到程央这话都将脸别过去，就秦煜一个人直勾勾地盯着她笑话。

程央蹲在地上，冲锋衣已经被烤干了，毛猴做事仔细，将兜里的安全套包装擦干净了挨个摆在她跟前。

"姐，你数数，少没少？"

"……"

程央解释不通了，连自己都觉得这时候拉简书出来反而更像狡辩，她气呼呼地钻进了张队临时给她支的帐篷里，从脸蛋一直红到了耳朵根——大老远过来，带了一口袋避孕套，口口声声说是找秦煜，跳进黄河也洗不清了。

"她是担心我们出事，这不，手机上都有未接来电，程央这姑娘仗义，以后大家都不许用这事取笑她。"

搜救时分为了解决信号问题配发了无线电设备，老时怕女儿担心才偷偷带了手机，如今张队一看，才发现程央给每个人都打过电话。

张队收起地上的安全套，一把塞在了秦煜手里："大姑娘了，有点想法也正常，你小子，别乱来。"

"我……"

"再过两天该下雪了，剩下的树得在土层封冻之前种下去开春才能长，带着女眷住在这儿不像话，你明天找个地方先安置她。"

"好。"秦煜点了点头，看着帐篷里还在翻来覆去的影子笑了一下。

"哥，队长说不许笑程央姐。"毛猴好意提醒他。

这下，全队都扭过脸看着秦煜抓着一把安全套偷偷瞄程央。

"别乱来！"

"别乱来！"

"别乱来！"

张队和老时、老林挨个拍了拍秦煜的肩膀，毛猴没反应过来，却也学样凑到秦煜跟前说："哥，别乱来。"

秦煜"啧"了一声，捂熄了篝火，一头钻进了自己帐篷里——明天，明天自己一定将这些奇怪的东西还给她，原封不动的那种。

程央觉得昨天晚上发生的一切都像是一场梦，因此早上才会像在家抱着枕头一样抱着帐篷垫赖床。

"程央。"秦煜看了看手表，隔着帐篷布戳了她一下。

"嗯……"她鼻子里哼哼了两声，没起来。

秋植进入收尾工作，前两日的塌方更加重了任务。安置程央，张队没给他多少时间。秦煜想了想，拉开她的帐篷门钻了进去。

她睡得沉，将冲锋衣挂在了帐篷杆子上，秦煜见她衣服口袋开着，便想着将昨天那些东西先塞还给她，免得当面说尴尬。

"你干吗？"程央突然睁开眼睛很惊恐地看着他。

他本想解释，看到她眼睛睁得浑圆的模样，似乎把握到了制伏她的秘方："不想起床，我来陪你睡会儿。"

"臭流氓！"程央双腿蹬了蹬，将帐篷摇得哗哗作响。她起身，穿上外套，赖床的心思经他一吓兴味全无。

秦煜笑了笑，这招倒管用。

一开帐篷门，两人撞上了回营区拿工具的张队。

"我刚来，刚来。"张队将锄头不停地换边扛，烫手似的，很慌张。

"嗯，那我领着她下山了，三个小时之后我就回。"秦煜不理亏，没往别的地方想，他跟张队交代了两句，便冲程央指了指下山的路。

程央向队长点头示意，而后自顾自地往前走了。秦煜正要跟上去，张队一把拉住了他："以你的脚力，最近的村子两个半小时来回足够了，我掐表等着，可别停留耽搁。"

秦煜总觉得队长这话意味十足，他勾嘴笑了笑："小瞧人不是，真有那心思，半个小时也不够啊。"

"浑小子，你说什么！"

"知道了，两个半小时一准儿回来。"

山雨过后林区内空气格外清新，他小跑着跟上程央，看着她深一脚浅一脚走路的模样，心情很好。

"我们回驻地吗？"她问。

"不回，那边离这儿太远了。"

"那你带我去哪儿？"

"库儿庄，一个小村子。"

"有什么？"

"有鸡。"

"这你也知道。"

秦煜看了她一眼，两条眉毛微微蹙起，嘴巴抿得紧紧的，一副小气的模样。

"用来吃的！你昨天也算是立功了，一会儿我问老乡买一只奖励你。"

"嗯！"她点了点头，想着简书要是见了这场面肯定笑话她——成堆的豪车名表没能追上的女人，一只还没兑现的散养鸡便收拾得服服帖帖。

"你笑什么？"

"吃鸡呀！"她紧了紧身上的冲锋衣，快活地朝着前方的羊肠小道走去。

枯草黄、微白霜，他只离了她一丈。

程央一边走一边观察，闷在房间里作画时那些难以言明的感觉，此刻正随着朔风一阵一阵扑入她脑海。

她的手，渴望表达。

"秦煜，你能帮我找些画纸和颜料吗？普通的就可以。"

"嗯。"

"你真好。"她笑了笑，无意识地夸了他。

秦煜平白咳嗽了两声，加快了脚上的步伐，很快越过了程央。

她喊："你等等我。"

"不等，慢慢吞吞的像什么样！"

"啧，王八蛋。"她嘀咕了一声，又想起了王八跟乌龟一样跑得慢，本来不贴切，可自己骂的是王八蛋，蛋面光滑阻力小滚得快，似乎又很科学，一个人天马行空地想着，倒又高兴了起来。

他在前面疾步走着，为着一句"你真好"连看都没好意思看她一眼；而她在后面跟着，却想着"王八蛋"三个字盯着他分析得头头是道。

"就这儿，你自己进去。"两个人这样走了一会儿，秦煜突然在一座两楼两底的砖瓦房前停下了脚步。

程央顺着小楼往后看，视线之内不过七八座低矮的小房子，从外观看来没什么区别，只是身前的这一座门口种着两棵枇杷树，树下立着的一块破木板上写着"家养老母鸡有售"的字样。

"这家就一个老婆婆在家带孙子，住房外租，你报队长的名字她就会给你安排食宿。我还有事，先走了，自己注意安全。"秦煜看了看时间，朝着过来的路走了。

程央站在门口没动，眼睛一瞥，看到了不远处田野上的几个坟包。

"我晚上，过来看你。"他又着腰，低声跟她交代了一句。

程央笑了笑，她原本只是想起了民俗讲义里讲丧葬仪以坟头树种分男女的一段，他既然以为她害怕，她便顺杆子羞羞答答地回了他一个"嗯"。

他嘴唇动了一下，走远了。

程央报了张队的名字住进了房子，发现老婆婆对林队的几个人都格外熟悉，随便一个名字都能说出许多故事来。

"秦煜呢？"她帮着铺床单时问了一句。

"那孩子人倒是不错，就是……"老婆婆眼睛眯成一条线，带着一种长者特有的担忧。

"就是什么？"

"不会来事，前年来这边住，我们村还有女孩子专程煲汤来送给他，他倒好，当面就叫大家一起吃了，吃完还刷干净碗按材料算了钱给人家。"

"这样啊。"程央笑了笑，打开了房间的窗户将风引了进来。

门口两棵枇杷树的干叶子在风中磨蹭着，程央回忆了一下，他最后留在唇齿间的那个字眼，应当是"乖"。

（二）

傍晚时分，程央给家里和简书都打了报平安的电话，却迟迟没见秦煜的影子。她拿起手机想问他是不是碰上了什么麻烦，却从老婆婆那儿接到了一个小包袱。

一打开——画纸、水彩颜料、笔刷，外带一些牙刷毛巾类的生活用品。

"小卖部老板送过来的，说他第一次进这些货，没买对也不让退。"

"嗯，挺好。"

程央合上房门，又听到楼梯间窸窸窣窣作响。

"还有什么事吗？"她在屋子里问，门外的人却没有答。

"房东婆婆？"她将门开启了一条小缝，正往外探出头，一只健硕的手臂扼住了她。

"怎么，注意安全白交代了？是谁都不知道就敢开门？"秦煜似乎有些生气，额角的汗渍还没擦干，眼睛里也带着一点疲累的红。

程央愣了一下，紧紧地抿着嘴巴。

"想舔嘴就舔吧，我不笑话你。"他凑得更近些，没有汗臭，反而带着松针与成熟桐果混合的香味。

她不知道他几时注意到了自己这个习惯，此刻却因此有一丝羞耻感。

"怎么，还不够让你喜欢？"他将她逼进角落里，鼻尖在她小巧的鼻子上蹭了蹭。

程央嘴唇都快咬得发白了，他还没有放开她的意思。

"程央，你跟我说实话……"

"哥，你问好了没？程央姐明天去不去呀？"毛猴没敲门便往里闯。一进来，秦煜坐在椅子上喝水，程央趴在窗户上吹风。

"她说去，明天她负责提桶子。"

"哇！那太好了。"毛猴凑到程央跟前，发现她嘴唇青紫青紫的，便顺手替她关上了窗。

/119/

"明天……去哪儿？"程央问了一声，想着方才发生的事情有些心虚。

"去捉小鱼，一下雪小溪里的小鱼就傻乎乎的不爱动弹，可好捉了，张队他们正在下面用清回来的竹子编筐呢。"毛猴似乎很高兴，这算是山林冬季的保留节目。

"你们明天没事？"

"哥，你怎么什么都不讲清楚呀。"毛猴噘着嘴，对秦煜的沟通结果并不满意。

"你们聊，我先洗澡去了。"秦煜伸了个懒腰，若无其事地从程央的房间走了出去。

毛猴接着说："明天会下雪，下雪就封山了。所以我们今天才连夜把活都干完了，不然也不会挨到这个时候才回来的，这得算是加班，连李姐都给队长打了好几个电话，平时干完活他们都会视频的。不过也好，接下来几天都能休息了。"

他有一搭没一搭地跟程央讲，脑子里却装着一尾一尾游动的小鱼。

程央这才舒了口气，合着刚才秦煜，是在怪自己不想着他。

她笑了笑，想起了老婆婆的评价——不会来事。

第二天程央起了个大早，秦煜在走廊上撞见她也不搭理她，倒是她一头迎上去追着他问："你说奖励我喝鸡汤的，什么时候喝？"

"你想什么时候喝？"

"今天晚上，等捞了鱼回来一起做大餐。"

"嗯。"

"嗯就完了？我不会捞鱼，你得教我。"

"你拎桶子就行。"

"不行，我好不容易来一趟，我捞鱼，你给我拎桶子，还有，你教我捞。"

她将秦煜堵在走廊洗漱间的入口，看着秦煜左右闪避却无法摆脱她的模样很高兴，一笑，觉得嘴唇有些干干的，很自然地舔了一下。

秦煜单手拿着脸盆牙刷，揪住她的后衣领提了提："大清早兴致这么好？"

她挣扎了两下，没脱手。

"吃饭了！"住在楼下的老林叫了一声，帮着老婆婆端着一锅热气腾腾的小米粥进了餐厅。

秦煜撒开了手，走到走廊尽头的水房准备洗漱。

程央站在原地叉着腰，被拎过的衣领还往上突出了一个尖尖，眼睛要红不红，盯着墙壁不说话。

/120/

他朝窗外瞟了一眼，下雪了，能看到玻璃窗上细小的冰花。

"一会儿教你，下去吃饭吧。"

"好，我们拉钩。"

"不用，我不骗你。"

"哦。"程央将手揣进兜里，不知道他是不想拉自己的手还是对自己的信誉有足够的底气，总之，秦煜在这种事情上，似乎真的不太聪明的样子。

"这样多好，不容易被别人骗走。"

"那倒是，他是我的。"程央没头没脑地接了一句，才发现全队都在盯着她看。

"就两条小鱼，谁犯得着来骗。"毛猴冲老时翻了个白眼，认为他执意在桶里放几片树叶遮住小鱼的主意纯属个人怪癖，不仅不能起到他说的防骗效果，还耽误自己数数。

两人嬉笑着斗嘴，很快大家又忙活开了。

"还有空发呆？到现在为止可就我们俩桶里一条鱼都没有。"秦煜冲她摇了摇手上的空桶子，觉得她今天有点不在状态。

"捞鱼最少的一队可要承担今天晚上的伙食费啊！"张队瞅了瞅，自己和老林的桶子里已经有六七尾鱼了。

"啧！"程央不服输，哈了口热气搓了搓手，拿着网兜朝水草茂密的地方走去。

这儿水浅流速慢，河岸结水草的地方积了薄薄的雪，胶鞋踩上去发出咯吱咯吱的声响，像许多只小仓鼠同时咀嚼干脆的坚果。程央将网子压了两个石头安置在下游，又拿着棍子从上游的水草间一路搅和过去，水色昏黄，有活物在游动。

“快！秦煜，快收网！”

秦煜将网兜拉出水面，她便将头凑过去看。

一红一黑，两尾手掌长的鱼。

“嘿！”秦煜笑了一声，露出一口白白的牙。

“几条几条？”毛猴在另一侧的河岸喊。

秦煜刚要回答，程央便伸出三个手指大声回答：“三条鱼，比你们多了。”

“程央，你数清楚……”

她回头，冲秦煜眨了眨眼睛。

“对，三条。”秦煜将并不透明的桶子冲毛猴晃了晃，对岸的两人便为暂时的落后叹起气来。

秦煜与程央相视一笑，没有闪避。

一朵雪花慢悠悠地落下来，落在程央鼻尖上，凉凉的，很快就融化了。

“阿嚏——”她打了个喷嚏，依旧快活地沿着河岸捞鱼，一尾两尾，两尾三尾，有时就一根水草或一只冻得傻傻呆呆的小河蟹，但下一次收网她依然会兴致勃勃地朝他冲过来。

“秦煜，是什么？”

“秦煜，有几个？”

……

漫天都是絮絮的白，只有远处层林的深灰和近处洁净的雪色有些许区别，她带着最朴素的装扮奔向自己，笑着，跳着，明媚到每一丝发线都熠熠生辉。这一刻，秦煜觉得自己与手中的鱼没什么两样，被缠绕着，擒获了。

“扑通”一声，程央踩着鹅卵石脚下一滑，摔进了小河里。

秦煜赶紧将她拉起来，手脚脖子统统检查了一遍，所幸只是衣服湿了，没伤到什么地方。

"快回去把湿衣服换了，当心感冒。"

其他人都围了过来，程央只觉得身上发冷，其余倒没什么。

"那我们先……哎，秦煜你放我下来。"

"哪来的这么多话。"秦煜抱起她往自己怀里一塞，放下桶子便往回走。他步伐大，每走一步她的脑袋都会在他胸前的肌肉上蹭一下。

"我自己能走。"她小声说。

"就你？比爬快不了多少。"他话里嫌弃她，手上却将她的身子搂得紧紧的。

河水透过衣服将寒意传进她骨子里，她在他怀里哆嗦了两下。

他加快了步伐，却低头用下巴蹭了蹭她的脸蛋："冷吗？"

"嗯。"她轻声回答，听起来有些委屈。

"鱼在你网子里又不会跑，你慢慢走过来，我也会等着你的。"

程央觉得自己脸上一阵滚烫，不知是受凉而病发的高热还是他话里的温柔击中了自己的心脏。

她偷偷伸出手圈住了他的脖子，凑到他耳边说："那我下次，听你的话。"

（三）

程央发烧了。

老婆婆替她搭手换干衣服时便觉得她身子滚烫，一量体温，三十九度八。

姜茶、退烧药……每个人都拿出了自己的独家秘方。

张队在行李里摸了好一阵，只掏出了一包火锅底料。

"队长，你这也……"

"刚才医生说了，要能发汗是最好的，这一包，川味魔鬼辣！一般人我还舍不得给他。"

秦煜摆了摆手，总觉得这是个偏方："我先把药给她。"

"嗯，不行就试试我的川味魔鬼辣。"

秦煜端着水和药上楼，敲了敲门，应了。

程央没有躺在床上休息，而是包着被子坐在窗口画画，他走近时她正撸着鼻子勾勒一片杨树叶，叶柄微微翘起，画的是风。

"给我的吗？"她朝他伸出了手。

秦煜先将水给她，见她喝了一口才递上药。

"吃了药休息一会儿，不然，张队可是打算让你吃魔鬼辣火锅。"

程央冲他笑了笑，鼻子又抽动了一下。

"我刚才闭上眼，就看到一片一片的杨树叶从天空往下掉，带着风，金黄金黄的，就好像……"

"要发财了。"

"对！"程央一口吞下掌心的药丸，认为这个比喻，最通俗、最恰当。

"头晕吗？"他将手放在她的额头上。

她也不挣扎，依然拿着画笔在纸上细细地画，草稿上的叶脉若隐若现，她确实觉得有些恍惚，但正是这样，掉落的叶片才能诠释她心中的那种飘扬感而不至于凌乱。

"嗡嗡嗡……"

手机响，是简书。

程央并不觉得自己被打扰，反而接通开了扩音听他的电话。

"亲爱的，你最近……"

是个妩媚的男声，秦煜微微皱了一下眉头，但很快又笑了一下——她对自己毫不遮掩，自己有什么理由不给她信任。

　　"我先走了。"他几乎是用口型与她说话。

　　程央有些迷糊，但大致猜到了他的意思，她点了点头，目送他出去了。

　　"我活蹦乱跳，还有命画画。"

　　"这我已经知道了，我想问的是，那个勾走你魂的男人你尝过了没有，什么味道？"程央猜想简书此刻肯定正泡在浴缸里一边看时尚杂志一边跟自己通话，他说过，最赤裸的时候才能说最露骨的话。

　　她将方才秦煜递给自己的水杯握在手里，沿着杯壁慢慢旋了一圈："他，变态辣……"

　　"哈——"电话那头传来简书艳羡的赞叹。

　　"哈——"

　　"哈——"

　　晚餐时分，餐桌边这样绵长的叹气声此起彼伏，一群人围着一团红旺的炉火吃得面红耳赤。

　　"不行了，我舌头起火了。"

　　"涮鱼片香是真的香，不过这也太辣了。"

　　"就是就是，下不了口啊！"

　　程央端着一只小瓷碗坐在板凳上，一边听着他们调侃一边咀嚼着细白的鱼肉，说是让她吃川味变态辣，真的准备起来却着意照顾她的病情准备了清汤，一红一白的鸳鸯锅，白的里下着鱼背脊上最好的一块肉，红汤里却五花八门什么都有。

　　"不然，我也试试？"她将筷子朝辣锅里探了探。

一群人停下看她，目光里有期许，赤诚友善。

夹起，入嘴，咀嚼，程央突然睁大了眼睛张大了嘴："要命，真过瘾！"

看着她往外呼呼吐着气吃得高兴，张队赶紧在辣汤里也下上跟清汤一样的东西。

秦煜看破了她的小心思，倒了一杯温开水，推到了她跟前。

"你不用跟他们客气的。"睡前两个人在水房外遇到了，秦煜跟程央说。

程央笑了笑，假装自己并不知道他在说什么。

"好些了吗？"

"嗯，已经退烧了，不过有点……咳咳咳……"程央话还没说完便咳嗽了两声。

"被子扎紧点，捂出一身汗明天就能好了。"

"好。"她点了点头，走进房间睡了。

秦煜看着她的门合上才进了浴室洗澡，刚冲完香皂还来不及擦干身子，就听到外面"哐当"一声响。

"怎么了？"他穿上衣服慌忙跑到她的房间。

程央盖着被子缩在床上，颤颤地往边上一指："窗户，掉下去了。"

所幸没有砸着人，秦煜看了看，木窗格的连轴已经起了一大堆铁锈，是正常的老化脱落。住在隔壁的毛猴闻声过来，看过了现场情况后下了楼捡了窗格上来，秦煜找了两个钉子，暂时固定住了。

"得明天买了合页才能修好。"毛猴看了看，窗户边始终有条大缝漏着风。

"嗯，你先去睡吧，我给她把缝堵住就来。"秦煜摸了摸毛猴的头，打发毛猴走了。

旧衣服塞、报纸堵……效果都不理想，秦煜想了想，索性搬了条板凳自己坐在了她窗户口。

"咳咳咳……"她又咳嗽了几声。

"你睡吧，被子盖好。"

"你坐在那儿，我……睡不着。"她缩在被子里，只露出了半个脑袋，声音轻轻的，连带气息都有些弱。

他走近她，伸手摸了摸她的额头："怎么这么烫？"

"不知道，刚才还好好的。"她在被子里动了动，被子掀开了一个小角，"咳咳……"又接着咳嗽了两声。

"程央！"他盯着她，直勾勾的，也不说别的话。

窗外有淡淡的月光洒进来，才钉好的窗格迎着风又开始了咯吱作响，她被他看得有些慌张，脸红了。

"明天我们要回驻地，你得好起来。"他说完，附身隔着被子抱住了她，"我就这样睡在这儿，好吗？"

她想了想，整个脑袋都埋进被子里了，没过多久，闷闷地传出了一声："好。"

Chapter 08
花和叶子会对你笑

（一）

第二日，雪停了，只剩门口的两棵枇杷树上还结着白而绵的雪。

程央从窗户缝隙里看到了，心里很欢喜。

"嘻嘻！"她笑了一声，惊醒了还在睡梦中的秦煜。

"几点了？"他隔着被子搂着她，没有睁眼，说话的气息扑在她脖颈上，热热的。她回头，他的眉骨有很好看的弧度。

程央动了动，从被子里伸出了手。

"别动。"他很自然地捉住了她的手往被子里塞，捏了捏，清醒了。

她看着他，目光很乖巧，也不害羞。

秦煜松开她的手去摸她的额头，劲使大了，连带着她的眉毛都往上提，他觉得她这个样子有点傻，"扑哧"一声笑了："好了。"

他起身，将身上本就没有脱下的衣服理了理，然后一开门，"咣当"一声。

一个，两个，三个，四个，队里其他人都摔了进来。

"……"

"嘿嘿……"笑，只是笑，四个皮肤黝黑的汉子四口白花花的牙，似乎这是一件难得的喜事，情理之中，众心所望。

秦煜没多解释，朝着外面扬了扬手，一群人爬起来又赶紧出去了，合上门。

程央穿好外套起身，听到门外还有七嘴八舌的嬉笑声。

"请客吃饭！"

她只听清了这一句。

早餐照例是小米粥跟自制的酱菜，只在队伍出发前秦煜修好了木窗格又特意问老婆婆买了两只散养鸡，绳子一绑往编织袋里一放，所有人都笑了。

程央身体好了，穿着胶鞋走在队伍的最前面将还未化尽的白雪踩得咯吱作响，没有人再提起昨天晚上的事，怕她害羞，知道分寸。"往左拐""走右边"只在出现分岔路时走在队伍最末的秦煜才招呼她一声。

"哎，林哥呢？"程央回头数了数，走着走着发现队伍里少了一个人。

一群人低头笑，心照不宣。

"等等我！"老林从斜后方的一条小路跑来，怀里抱着一大包新鲜核桃。

再往后看，远远的一座房子前站了一个女人和一个孩子，看不清模样，但一直看着这边。

"昨天晚上不去，不然我也不用挤，一个人睡一张床，不知道多舒服。"老时笑了笑，将"舒服"两个字拖得极长。

"这不是吃火锅喝酒了吗？吓着孩子可怎么好。"老林追上了，从怀里给每个人都摸了一把核桃。

程央看了看，颗粒饱满，青皮也去得很细致。

"是林哥的老婆，年底办喜事。"

"那孩子……"

毛猴只是笑了笑，老林见她一脸疑惑，大大方方地跟她讲："她前夫的，那男人挣了点钱不要她了，她想不开寻死，被我救了，现在孩子管我叫爹，那就是我的孩子。我年底结婚，你也来喝喜酒？"

程央点了点头，原来住在这个村子，并不是凑巧。

她似乎开始理解了在驻地时张队脸上那种满足的神情，也开始理解了前天夜里秦煜那种莫须有的愤怒。

"姐，你会画人像吗？"毛猴走在她身后，一边剥核桃一边问她。

"会呀，你想画谁？"

"嗯，还没想好，等我想好了告诉你行吗？"

"行！"

回到驻地，李姐看程央的眼神跟以往不一样，都是笑，却带着一种意味深长的担忧。

程央照例还住在原来的房间，画架和先前留下的东西都保存得很好，只是折叠床上多了两件叠放整齐的男人衣服。她伸手在衣服肩部量了量，这个尺寸，是秦煜。

"记清楚了？"他不知道什么时候走到她身后，静静地看她比着手指丈量。

程央揪起衣服丢给他："这是我的床，我回来了，不许你放。"

秦煜笑了笑，将衣服往兜里一塞："你这个女人，真没良心。"

院子里那两只散养鸡一离开编织袋便成了李姐的刀下鬼，程央收拾好东西出去看时锅子里已经飘出了香味。

"我来帮你吧。"程央不会做饭，但可以帮着摘菜。

李姐似乎有话说，忙活的时候总忍不住瞟她。

程央管张队叫叔，因为他是父亲的旧相识，但也跟着其他队员一起管李慧叫姐，这又是另一种亲近。

"李姐，有话就说吧。"

李姐搓了搓手，忙活了一阵没有下文了。

程央不再追问，开始张罗一群人吃晚饭。

"喜欢，就咬死喽。"在程央准备将最后一道菜端上餐桌时，李姐突然很郑重地跟她说。

程央勾嘴一笑，点了点头。咬死喽，带着荒蛮气息的三个字，比所有词汇都来得更浪漫。

"李姐，怎么没水了？"

"哦，忘了说，下雪之后水管被冻住，这两天一直没水。"李姐恢复了神色，探出头瞅了瞅站在水龙头前准备洗手吃饭的毛猴，"你上后面那个蓄水池里提一点来吧。"

"嗯，好。"

毛猴拎着水桶往屋后走，程央将鸡汤放在餐桌上，她偏了偏头，一时没想起驻地怎么多了一个蓄水池。

秦煜看到她在发愣，低头吹了一段口哨。

程央听了，耳朵一下子便红了，第一晚来这儿时野解，可不就摔进了一个大坑里吗。

"就剩个底了。"毛猴拎着水回来，队员们挨个洗了手。

"快要回暖了，管道冻不久，明天开始我们五个先轮流去山涧边背水吧。"这样的情况每年冬天都会出现，张队很快做出了安排。

没人有异议，都坦然地喝着汤。

秦煜坐在程央边上，突然抬起头说："程央，明天你跟我一起去。"

她确信张队的原话是"五个"，倒不是偷懒，只是这活她实在力不从心，她朝其他人看了看。

"好汤！"他们都这么说。

（二）

说是背水，但秦煜还是先带着程央去了一趟天门卡点了解情况，这段日子护林队调去做生态恢复，巡视的任务便暂时拨给了卡点的两个工作人员。所幸这个消息并不对外张扬，再加上叶稀天冷，病虫害和偷树挖草的情况都算正常。

"那姑娘，还在啊？"

卡点的工作人员见过程央，对她有印象。

秦煜交接了工作，看着蹲在两个塑料水壶之间的程央笑了笑："日子还长呢。"

他出来之后叫了一声程央，她也不偷懒，拎着一个空水壶就往溪涧的方向走。

秦煜拎着另一个，追上了她。

"知道为什么叫你来吗？"

"压榨劳动力呗。"

"……"

"不然就是……"

话还没说完，程央便发现身后的脚步声消失了，她朝四周看了看，水壶端端正正地摆在山径上，可秦煜连影子都不见了。

"秦煜！"她朝四周喊了一声。

"哎！"

他在高处应，她一抬头，看到满天金黄色的树叶掉了下来，缓缓地，卷着风，一片接着一片，这感觉就像……

"要发财了！"她望着天空笑，树叶落尽时，看到了秦煜的脸，专注的、严峻的，却透着一股子性感劲。

她舔了舔嘴唇，他从树干上跳下来。

"这一带就这儿还有一棵没落尽的杨树了，你回去，要把它画完。"

他记得她之前勾勒的轮廓，到离开库儿庄也再没进展。

"走吧，我还要压榨你的劳动力呢。"他拿起地上的水壶往溪涧边走，路过程央时撞了一下她的肩膀。

她叹了一口气，这个男人，真的骚。

冬天的溪涧边没有密密掩掩的植物，一眼流水边只剩些暗绿色的水草，程央怕虫子，觉得只有冬天最适合她。

"瓶口对着水流，一半浸在水里一半露出水面，这样装得快，水也干净。"

"好。"

她照他说的方法取水，两人之间隔着一米左右的距离。

"这水是暖的。"她将壶盖封紧后又将袖子挽起伸到水里拨了拨。

"嗯，不算冷。"

他将两个盛满的水壶拉到一边准备捆绑，任由程央蹲在水边玩耍，水壶重，绑成易背拉的样子需要费点工夫，他只偶尔留神她没失足摔下去就行。

"好了！"拉紧最后一个结，他起身叫程央。

"我看看！"她过来凑热闹。

秦煜笑了笑，看了她几眼后却突然神色紧张地抓住了她。

"程央，你把头别过去。"

"干吗？"

"别过去！"

他说话声音凶，她也意识到了不对劲。

程央别过头去，秦煜才慢慢将她的袖子卷起来，四五条黑乎乎的东西正吸附在她手臂上，碰到了还会轻微蠕动，他没敢告诉她，是正在吸血的水蛭。

水蛭不能硬拔，不然虫体吸盆会越吸越紧，且一旦拔断，余下部分便会拼命往伤口里钻，很容易引起感染、溃烂。

程央隐隐约约感觉到了什么，抖了抖。

秦煜皱了皱眉："程央，三围报一下。"

"你问这个……"

"啪！"她话还没说完，秦煜便将手拍在了其中一条水蛭叮咬部位的上方，她吃痛"啊"了一声，水蛭收缩松开吸盘，他赶紧捏住虫体扔到了一边。

"三围！"

"92。"

"啪！"

"57.8。"

"啪！"

"91.7。"

"啪！"

手臂上只剩下最后一条水蛭，其余的伤口都零星地淌着血，程央以为他处理完了，觉得手臂发冷不由得回头看。

"啪！"

他动作快，程央只看到了几条红红的血渍。

"回去消消毒就好了。"他帮她将袖管放下来，另一只手捡了把枯树叶赶紧遮住了一旁蜷缩的水蛭。

程央没看清楚，但猜到了是什么。

"谢谢你。"

"谢我什么？"他忽然饶有兴味地问她。

"谢谢你帮我转移注意力。说实话，我挺怕这些的。"她隔着衣服捏了捏自己的手臂，想起来还有些后怕。

"这个啊，我是在测谎。"

"嗯？"

"程央，"他看着她，视线挪到了胸部位置，挑了一下眉毛，"82吧？"

程央下意识地抱紧了胸口，他却扭脸背着水壶走了。

她气不过，穿着皮靴狠狠地踩在之前取下的水蛭上，除了恶心，似乎也没有想象中那般恐怖。

"82，快点！"

"秦煜，我跟你没完……"

来回几个小时山路，回到驻地时程央的气消了一半，秦煜将背回来的水倒进大水缸里，程央便坐在院子里给手臂上的伤口消毒。

"是水蛭！"毛猴一眼认了出来。

"嗯。"

"不该让你去的。"他朝着伤口给她吹了吹，是一种心理安慰。

/135/

"对了，你想好画谁了吗？"

毛猴一愣，伸手挠了挠头："想好了，不过姐你的手……"

程央将袖子放下来："不碍事。"

见毛猴依旧没有开口，她还特意将手臂晃了晃，很灵活。

毛猴笑了，弯腰在她耳边耳语了一阵。

"行！"她点了点头。

晚饭时间刚过，冬日里鲜有人光顾的浴室外便排起了队。

从队伍最后一个成员加入林队算起，今天正好六周年，毛猴找了程央给大家画集体相，消息一出，年龄略大的老时和老林都害羞说不好，可洗澡收拾起来，他俩却抱着回家省亲才舍得穿的衣服排在最前头。

"啧，有些人……"毛猴排在队伍最末数落他俩。

他们笑了笑，只说是为了讲卫生。

"省着点用水，明天还做早饭呢。"秦煜只交代了他们一句，嘴角带着笑。

"你不去？"程央用手理了一下他的头发，很干净。

"我的长相对其他人本来就已经很不公平了。"他故意开玩笑，声音也大。

排队的人群中发出一阵嬉笑，程央也取笑他："猖狂。"

待一切都准备好时，日光已经只剩下了天边的一轮金黄。护林队节俭惯了，今晚却在院子里额外开了许多灯，程央站在画架前，看着椅子上坐得高低错落的五个人，点了根烟。

她从来没有画过这样事先安排好的画面，但为了他们的心愿，她倒觉得值得，只是一手夹着烟，另一只手也迟迟没有下笔。

"笑一下嘛，笑一下才好看。"张队不放心，挨个检查他们的表情，程央对这一点并不在意，只是觉得他们太过拘谨。

"随便聊聊吧，会需要很长时间的。"

她试着引导，可画架后的人一动不动，很较真。

程央开始勾画基础线条，夹着香烟的手凑近，画几笔便吸上一口，她倒不爱吸烟，只是有时乐意看那些朦胧的烟雾。

张队嘴角动了动。

"来一根？"她停下画笔。

女士香烟，烟味锐减而更多了一丝香甜气，不过瘾，但胜在新鲜，一递过去便人手一根空了半包。没带打火机，程央上前独独替秦煜点了烟。

"乖。"他张了张嘴，没出声。

程央将打火机放在他手里，队员们挨个借火，她回来时却抽走了毛猴嘴里那一根。

"姐，我二十岁了。"毛猴嘟囔着。

"那也不行。"她笑了笑，从一旁李姐准备的零散吃食里摸了半截黄瓜给他。

"哈哈哈……"大家一哄而笑，却都清楚她是为了毛猴好。

毛猴不介怀，大家笑，他偏得意扬扬地吃着，将一截黄瓜咬得清脆作响。

程央觉得此刻他们鲜活了许多，握着画笔又开始投入创作。

"嗡嗡嗡……"

张队的手机响，他本来打算挂掉，看了一眼来电人赶紧往安静的地方走。

不一会儿，他又铁着脸回来，开口只说了四个字："有情况，走！"

（三）

分散、取工具……从坐在她眼前到全队消失在驻地尽头的林子不过三十秒，程央吐了一个长长的烟圈，放下画笔坐到了先前秦煜的位置上，凳子还是暖的。

"总是这样。"李姐独自感叹了一声，看着程央只泛起了一个苦笑。

程央将烟卷掐灭换了半截黄瓜，起身熄了两盏灯又回到了那个座位："挺好的。"

李姐在她肩上拍了拍，听到厨房水开的咕噜声，走了。

先前还光如白昼的庭院只剩下一盏灯，程央一半坐在光里一半坐在暗处，脸上没有一丝伤感，只专注地听着屋后树上的枯叶在寒风里摇动。

"挺好的。"她又说。

趁着这个空隙，程央给简书打了个电话，将画展定下的地址从颇有格调的美术馆改到了商圈中心某玻璃大厦。

简书并不问为什么，笑着应下，挂断了。

程央在院子里坐了许久，李姐替她倒了一杯热茶，发现时间已经不知不觉到了深夜里，明天自己得早起给他们准备吃食，进屋先睡了。

风冷，程央紧了紧身上的衣服喝了一口热茶，她心里想着那幅没有完成的画，一口、一口、又一口，待她察觉杯子里的茶水已经与周围的空气一般凉时，五个黑影出现在了驻地的路口。

"就知道他狗改不了吃屎！"

"可不，要是由着我的脾气，我能卸掉他两条胳膊，看他还拿什么作恶。"

"还有腿，腿也给他卸了。"

　　几个人你一言我一语，手上提着一些程央分辨不出品类的植物根茎。

　　"姐！你还没睡啊！"毛猴发现程央依旧坐在院子里，兴高采烈地朝她跑过来。本想来个拥抱，他瞅了瞅自己的衣服，有些杂乱不整，些许地方还被划开了两个细小的口子。

　　程央探过头，其他几个人也没好到哪里去，有人内里还穿着干净白毛衣，现在已经黏上了枯枝残叶，这次的事情，显然不止口角之争。

　　"怎么了？"她掸了掸毛猴肩头的细小枯叶，看着他的表情由嬉笑变成一种愤怒。

　　"别提了，卡点的人起夜看到林子里有好几点不动的灯光，我们一听就知道坏事了，结果一看……"他扬了扬手上的东西，"不知道回来好好栽下还能不能活过来，啧！"

　　程央知道这些东西大概都是些珍稀植被的根茎，讨回来肯定也吃了许多苦头，她没具体问，是不希望他们的眉头再往深里皱一分。

　　她侧过脸去看秦煜，鼻翼间正呼出热气，默不作声，很生气。

　　"早点休息吧。"她问候他们，眼睛却看着秦煜。

　　没有得到回应，她便起身去收画架。

　　"那个……"老时拍了拍外袄上的土尘，慢慢地问，"姑娘，你困吗？"

　　"不困。"

　　"那要不咱们……"

　　老时的话还没说完，几个人便像约好了似的回到了之前的位置上，一样的座次，一样的衣饰，眼角却多了许多奔波的疲累与对暂时结果的释然。

　　"记得人工美颜一下。"毛猴与她开玩笑，大而圆的眼睛很亮很亮。

程央勾嘴一笑，终于，嗅到了这幅画的魂。

"这种情况很多吧？"

"嗯，家常便饭。"张队说。

"既然这么苦，有没有想过不干了？"

"那怎么行！"老林脱口而出。

"几个人能念着你们好？"

老时想了想："没人念吧。"

"但是进林子的时候，花和叶子会对你笑。"毛猴补充。

"你说什么？"

"花和叶子会对你笑。"他重复得很小声，却很坚定。

程央从来都不喜欢将物拟人化的说辞，认为这是一种单方面的臆想，但这一句，她觉得很美妙。

画像工程量大，一直到天边隐约露出了晨光才完成，老时、老林不经意间睡着了，程央也如实画了下来。

画卷中昏黄的灯光下，两个年纪稍大的队员由于困倦而合上了双眼，队长精神却带着一脸舒展不开的愁，毛猴天真地笑着，秦煜仍为那些毁了的植被愤怒不已。没有穿统一的工作装，却带着一致的疲累与狼狈。队员们挨个凑过来看，却都在画架前一言不发，六周年的画像，真实得如同他们在山林中度过的每一天。

"我会带回去装裱做好防护措施，然后重新带回来。"程央说。

队员们点了点头，眼睛红红的，没有说话，她懂他们，他们知道。

程央连画带架搬去通讯室里让颜料风干，队员们各自回房补觉，过不了几个小时，又要开始一天的工作。

"我来吧。"秦煜与她说了今天第一句话。

程央点了点头，跟在他身后。

画架搁置在通讯室中间，既过风又不必担心窗口透进的日晒雨淋。

"好好休息。"

程央转身往后走，秦煜却从身后一把抱住了她。

他累了，低头的时候将下巴靠在她肩膀上。

"秦煜。"

"嘘——"

两个人静静地站着，隔着一扇门，屋外有悦耳的鸟啼声。

"是喜鹊。"

"嗯。"

过了许久，他松开手："累了一晚，你去睡会儿吧。"

程央转过身子，盯着他看。他没动，就让她看。

"怎么了？"他问。

"这不公平。"

他笑了笑，觉得她说这话可爱。

突然，程央一把搂住了他的脖子，踮了踮脚，在他耳垂上不痛不痒地咬了一口。

"属狗？"

她撒开手，趾高气扬地往门外走："我的了。"

秦煜一摸自己的耳垂，有个浅浅的牙印，笑了一声："真俗气。"

Chapter 09

嗯，是我的女朋友

（一）

年关将近，护林队照旧轮休。张队夫妇回城跟孩子团聚，执意带走了毛猴，老时回琅华镇，老林岁末新婚破例放假，这样一来，只留下了秦煜一个人。

"去年我也跟秦哥回家过年休息了，今年我不该休息，我得留下来帮忙。"毛猴嘟囔。

秦煜在毛猴头上揉了一把："得了吧，尽给我添乱，祸害队长去。"

老时笑了笑，也拿毛猴取笑："不是说省城大剧院年下有芭蕾舞表演吗？你不去？"

毛猴脸一红，支支吾吾地没回答。

他年纪小没有家人，队里的人都照顾他。

"到那天大家喝完我的喜酒，我就跟着秦煜回来，今年我不该休息的，啧，为了一个女人就坏了规矩？不能够。"老林拍了拍胸脯，说得很激昂，眉梢眼角却都藏不住笑。

程央在院子里，将他们春节的安排听得清清楚楚，她翻出手机上的日历，红色格子中框出的除夕提醒着她也该回家去。

鞭炮声响，漫天的红纸屑与白蒙蒙的烟，老林在笑，新娘子在笑，连带那个五六岁大的孩子也在笑。程央接过一杯盛在碗里的酒，一抿，整个口腔都是那股浓烈的味道。

她咳了两声，秦煜扶着她的碗一侧，琥珀色的液体顺着碗沿流入了他碗里，无人察觉。

喜酒不能剩，他一饮而尽。

"走吧，还要送你去坐车，时候不早了。"秦煜跟队长打了个招呼便提醒程央退席。

"不等林哥一起走吗？"

"傻啊？"他笑了笑，竟然真有人信了老林的鬼话。

身后还有鞭炮礼乐声，程央背着为数不多的行李坐在秦煜后座，摩托车发动时会将地上的红纸屑扬到空中，不像复起，像初放。

"我过完年把画裱好送回来？"

"听说，你要开画展？"他答非所问。

程央笑了笑，答了一个"嗯"。

"好好准备。"过了许久，他才说了四个字。

程央不满意，接着问："到时候，你来吗？"

摩托车停在镇上的大巴站入口，秦煜替她清点了一下行李说："荒山野岭的，不知道。"

喇叭响，大巴司机开始催促乘客上车，程央冲他勾嘴一笑，走了。

荒山野岭的，连她开画展都能听说？这个谎，她喜欢的。

"所以你就回来了？"简书将程央带回来的安全套在桌上排列开来，数了数，一个没少。

程央看到他眼里的失落觉得很可笑：有些男人，裸露着才性感；有些男人，穿得再多都很撩。而秦煜，属于后一种。

"算了，物归原主。"她摆了摆手，将桌面上的东西扫开。

简书将手指慢慢悠悠地划过高脚杯上壁，露出一个意味深长的笑："我先替你收着。"

"说正事吧。"程央起身从保护筒里抽出一幅画，又小心翼翼地铺展开，"替我处理好。"

简书猜到了是新作，只需要联系专人来做装裱防护处理即可，他凑上前看，程央却给他扔了一副手套。

他愣了一下，放下酒杯，白皙的手指滑进柔软的套管："有意思。"

程央为自己倒了一杯红酒，踩着细碎的步子走到了落地窗前，简书的庭院里新添了一个雕塑，野兽派风格，难以捉摸。

她没有其他动作，只是细细品尝着手里的红酒。简书看了许久，抬头望了她一眼，无话可说。

她说："尽早处理好，过完年，我要带走。"

他将画卷收入保护筒，抱着它坐到了沙发上，心头有一种莫名其妙的感动，从画纸里溢出，包裹他，吞噬他。

"程央。"

这是他第一次以不加修饰的嗓音叫她的全名，低沉，带着略微的嘶哑。

程央不习惯，但也并未表现出惊讶。

他看着她，目光深邃，带着十足的贪婪："展览结束之前，我绝不会让它离开我的视线。"

她倒并不反感，意料之中的事罢了。

"一个条件。"

"你说。"

"画展及附带的所有盈利，捐给绿化基金会。"

"原因？"

"因为……花和叶子会对你笑。"

简书笑了笑，应了一句"同意"。

钱是一时的，而名声享用不尽，这个道理，他懂得，所以也更富有。

他将保护筒摆放好，端着高脚杯迈着一贯摇曳的步伐走到程央跟前："亲爱的，合作愉快。"

碰杯，调侃，程央这才发现自己有多喜欢简书故作姿态的范儿，他贪婪却绝不小人，浮艳却慧眼如炬。

"提前祝你新年快乐吧。"

程央翘舌舔尽了嘴角的酒渍，放下杯盏，是要走的意思。

"我送你吧。"

"不了，我想自己走走。"

一分微醺，三分暖意，程央一边走一边拨通了秦煜的电话。

接通了，她将画卷作为展品、后续的盈利作为捐款的事情告诉他。

他应了，没多说别的话，但程央听到了他在笑，觉得很安心。

她说："不送画，我可能要过一段时间才会来了。"

"嗯，挺好。"

"你在干吗？"

"在走路。"

"边上有什么？"

"几棵矮松树和一株山茶，"想了想，他又补充，"开红花。"

"这个季节也开？"

"不开，但是我记得它开花的模样。"

"挺好。"

"有点事，我先挂了。"

"好。"

通话界面消失在了程央手机上，她想了想，拦了一辆车直奔家里。

（二）

"后天是大年初一，你知道？"

程央点了点头，只觉得几个月不见，父亲发福不少。

他在客厅来来回回地走动，程央却闲适地靠在沙发上剥一只橘子。

"就不能多待几天？"他放低了声音，听上去却也并不急切。

程央笑了笑，这是他每年必走的过场。

继母和父亲喜交际，喜热闹，程央却疲于应付年下来往不绝的商贾名流、亲朋好友。她过完除夕便走，有时是去旅游，有时只是去另一处房子里清清静静地待几天，但一提要走，父亲肯定会留，只是最后，拗不过她的心意总会结以一句"算了，你开心就好"。

父亲说："你弟弟呢？他也希望多跟你在一起待几天。"

程央剥掉了橘子的外皮。

"还有你哥，兄妹之间也不如小时候亲近了。"

她又细致地撕下了白色的橘络。

"你是我的女儿，不在身边我总记挂着。"

她掰开橘瓣，这样的话倒是第一次听父亲说，正要接腔，父亲摆了摆手："算了，你开心就好。"

程央舒了一口气，什么都没变。

"给，挺甜的。"她将橙红鲜亮的橘瓣放在父亲手中，不觉得薄情，反而是让每个人都过得舒心。

高原从门外进来，看到程央，顿了一下。

"回来了？"

程央点了点头，在林场时他给她打过许多电话，只是一次也没接通。

高原将外套顺手挂在了门口的衣帽架上，隔着二十厘米看似无意坐在了她身边。

"你们兄妹俩聊吧。"父亲拿着车钥匙出了门，没说去干什么。

程央瞥了一眼墙上的挂钟，下午五点整，离程锦的双语培训班放学正好三十分钟。

"他去接小锦。"高原说。

"我知道。"

"最近，他还找公司的法务聊过离婚法案的一些细节，"高原也从果盘里捏了一只蜜橘，"真是活到老学到老，有趣。"

程央侧过头，觉得他就像是一条蝮蛇，优雅，但冰冰冷冷的。

"心情不错？"她问。

高原毫不避讳地点头，看她的眼神却又埋着一些少见的温情。

"对了，你的新年礼物提前给你吧。"他起身，走到衣帽架前从口袋里掏出了一只小方盒。

保姆绕到前厅来做年假前最后的清扫，程央碍于有人，接过礼物径直放入了包中。

"打开看看。"他压低了声音，带着浅浅的笑意。

程央伸了个懒腰，假装没听到他的话，拎着包上楼了。

高原不紧不慢地坐回沙发上，看着程央坐过的位置正在缓慢地回弹，他挪动了一下位置，感觉到了她的温暖。

除夕家宴，餐厅订在了江岸顶层的一面，城市灯火，一览无余。

程央很少为这种事情打扮，今年却破例穿了一条暗金色的小礼服。当镶着碎钻的细高跟踏在深色的大理石地板上时，包厢外开门的服务员都愣了神。

"高原，好看吗？"她落座，当着父亲和继母的面问。

"叫哥哥。"父亲提点说。

程央笑了笑，像小女孩撒娇："哥，好不好看？"

高原神色平稳，点了点头，但目光没有一刻从她身上离开过。

继母没察觉有什么异样，却注意到了她左手的中指上戴着一枚硕大的粉钻。

"这个……"

一听继母出声，程央很自豪地在父亲和她面前晃了晃："漂亮吧，高……哦不，哥哥送我的。"

"怎么戴这根手指？"父亲的神色有了变化，而这正是程央想看到的。

"这根手指尺寸最合适呗。"粉钻在灯光下折射出耀眼的光，而她也似乎很高兴。

继母看了看高原又看了看程央，只说："疼起妹妹来也没个讲究，戒指是可以乱送的东西吗？戴中指人家还以为她订婚了。"

话题到了点子上，程央才装作恋恋不舍地摘了戒指，从包里掏出锦盒，装好，推到高原面前。

"只是觉得好看罢了。"高原倒并不慌张，嘴角的笑容也如常，他揭开盖子看了看，只说，"买都买了，我也用不上。"

"可以留着送给嫂子。"程锦坐在凳子上将悬空的腿晃了晃，童言无忌，但确实是个好主意。

话题自然而然地被带到了高原的婚恋问题上，程央低着头吃东西，只偶尔笑着附和两句。从前她觉得这样尴尬的关系不便放在明面上处理，但看到戒指的那一刻，她恐慌、害怕。

小波折一过，台面上说的都是漂亮吉祥的话，吃饱喝足回到家中，谁也没能记住一句。

程央回到房间，着意将空调温度上调了几度。开灯、拉帘，在落地镜前褪下了昂贵的礼服。

她皮肤白，四肢也匀称，玉琢似的，只在腿部有一处划伤。她对着镜子看了好一会儿，才往浴室里走。

卸妆沐浴，收拾东西换上了轻便的冬装，她看了看时间，差不多该出发了。

"程央。"正当她走出客厅大门时，高原叫住了她。

"哥！"她应了一声，很响亮。

高原看了她一会儿，叹了口气："去哪儿？我送你吧。"

"好。"

一路上，高原什么也没说，只在程央下车时才象征性地抱了她一下。

他回头钻进自己车里，驶远了。

程央掏出手机给父亲发了一条短信：老头儿，芳姨挺好，别瞎想。

刷票、进站，年节的列车上空空荡荡，手机一响，看到父亲回了个"好，注意安全"。

程央勾了勾嘴角，准备从包里取出眼罩休息一阵，一摸，却被一个硬邦邦的东西硌了一下。

不用看，是什么，她知道。

她向座椅上靠了靠，闭上了眼睛，列车顶部的灯光透过眼皮变成了一种发虚的白雾。

一次换乘，再加三个半小时的步行，程央脚下又变成了驻地入口的路。再拐一个弯，她就能看到一排环绕式的平房，正值年节，她特意从镇上带了春联窗花和一些食材，看了看时间，将近饭点。

她算准了这个时候秦煜应该还在巡视没有回来，谁知道一扭头就撞上了蹲在院子里摘小葱的时寸心。

"新年快乐。"

"还行。"

（三）

没有多尴尬，时寸心麻利地给程央倒了一杯热茶，又洗了水果招呼她。

程央坐在长凳上望了望，春联窗花，四壁结彩。

"今天天气好，不像前天我上来的时候，下小雨，连秦哥都说路太滑，要不是他扶着，我肯定摔惨了。"

程央明白时寸心的心思，真假难辨，没接话。

坐了好一会儿，时寸心锅里焖的鱼泛出了香，秦煜抱着一包东西回来，看到了程央。

"你怎么……"

"秦哥，可以吃饭了！"时寸心闻声从厨房里钻出来，见了秦煜，喜笑颜开。

秦煜有些意外，点了点头，走过程央身边时小声跟她说："回来了。"

时寸心很高兴，打了热水叫秦煜洗手，秦煜也不跟她客气，将手上的东西放下后把手伸向了水盆里，她准备帮着将东西拿进屋里，秦煜眼疾手快，拦住了她。

"别动，是样本。"

程央瞥了一眼，布包里露出了几只透明的样本储藏袋，装着一些黑乎乎的东西，像是枝条，又像是根茎。

"哦，这样啊。"时寸心缩回手，有种自然的不好意思。

他问了一句："你今天怎么来了？"

时寸心没接话，而是转身走进了厨房。

秦煜将装着样本的布包抱回通讯室，出门时冲程央勾了勾手指。

程央不愿动，他又自己走了过去。

"用不着说给我听。"她推了秦煜一把，听得懂他冲时寸心说的那句"你今天怎么来了"的意思。

他若无其事地仰着头，暗里却隔着衣服在她腰上轻轻掐了一把："知道你小气。"

大年初一，三个人坐在餐桌边吃饭，秦煜隔几分钟一个电话，说的都是这两天林区内的一些情况，时而皱眉。时寸心看着也揪心。

"这鱼好吃，是不是放了干紫苏？"程央跟个没事人一样吃得香，不仅对秦煜的情绪视而不见，时不时还会中肯地夸奖两句饭菜味道好。

时寸心觉得程央并不如自己一样真心在意秦煜，想了好一会儿之后才说："明天，我们俩一起做早饭吧。"

不是问询，更像挑战。

程央夹起一块吸满鱼汤的豆腐放进嘴里，嚼了嚼："吃饭干活，应该的。"

秦煜无暇顾及两人的话，只是站起来走到了门口跟电话另一头的人说：“是腐枝，影响面积比较大，具体原因暂时还不清楚，我带了一些样本回来，明天拿给你……好，你把地址发到我手机上。”他神情紧张，说完便抱着工作日志和几本册子一头扎进了通讯室。

“出什么事情了？”时寸心忧心忡忡地嘟囔了一句。

程央放下饭碗，打了个饱嗝。

第二天一早，程央进厨房时喉咙里又漏出了一个“呃”，打嗝似的。

时寸心在剁肉末，程央早起闻不惯油腥味。

她不知道时寸心比自己先起床多久，只是桌子上的小配菜已经满满当当备了好几样。

“冬天早上吃碗暖暖的肉末面汤最养胃了。”时寸心带着十足的底气说这句话，肉末下锅焯水，捞起后又开始换水煮面条。

程央只当她是在打招呼，走到灶台前看了看，倒上水，往锅里丢了一个鸡蛋。

“就这个？”

程央点了点头：“我早上吃不了多少。”

时寸心不知道该哭还是该笑，为了在秦煜面前与程央一较高低忙活了一个早上，而程央却只给自己煮了一颗蛋，这样的女人，真不知道有什么好。

水汽沸腾，面条出锅了，同样的餐桌，同样的三个人。

秦煜昨晚几乎忙通宵，一进餐厅才隐约想起昨天听到的那句话，他在餐桌上扫了扫，都是时寸心的手艺。

“你做了什么？”他随口问了一句。

程央也不瞒他，指了指桌上那一颗圆溜溜的鸡蛋。

时寸心端了热气腾腾的面汤来，程央早餐不吃油腥，只是一个人拿着一柄铁勺子慢慢地敲着蛋壳。蛋壳破裂均匀，从顶端剥开，环绕着一撕，蛋壳带着薄膜一圈一圈地掉落，只留下底座的一小块，垫在手里头。

秦煜吃光了面条又喝了一口汤。

时寸心问："好吃吗？"

他点头，看着程央正张大嘴对着鸡蛋咬，他伸手一挡，她的嘴唇碰在了他手指上。

"怎么，你要吃人啊？"他一边取笑程央，一边将鸡蛋捏起放进自己嘴里，只一口，便吃下了。

程央侧过头看着他，他也不躲，而是跟她说："好久没吃煮鸡蛋了，别小气，再去煮一颗。"

程央往厨房里走了，知道他是护着自己，可女人并非天生就要为男人做这些事，这样的竞争，她倒不在意。

厨房门关上了，秦煜笑着跟时寸心说："我这儿顾得过来，你跟老时说不用闹腾着你来帮忙。"

"秦哥，是我自己要来照顾你的。"

"怎么，看不起哥？我一个大男人还照顾不了自己了？"他揣着明白装糊涂，话说得太透，怕女孩面子上挂不住。

"我喜欢你，你知道。"

"你为队里做了不少事，我们也喜欢……"

"我想给你暖被窝生孩子。"

"这活儿……我包给别人了。"他的语气带着几分玩笑，但脸上的表情是极认真的。

时寸心不死心，还想说些什么，她伸手一挽秦煜的手臂，他却突然吃痛地"嘶"了一声。

"秦哥，你怎么了？"

"快扶他去房间里躺着。"程央手里还握着一颗温热的鸡蛋，从厨房出来，正好撞见。

躺下的过程中秦煜一声不吭，只是身子微微蜷缩，额头上也冒出了细密的汗珠。时寸心赶紧给他看了看，扭过头跟程央说："是急性胃肠炎。"

"病因？"

"长时间饮食不规律，发作诱因……应该是早上吃得太多太急了。"

程央点了点头，不由得想到了那些样本，他着急干什么，她懂得。

时寸心从药箱里取了些葡萄糖电解质液给秦煜口服，见他没有出现呕吐和脱水现象放心了不少。

"谢了，我没事。"秦煜缓了一会儿后忍着腹痛从床上坐起，大面积的腐枝烂根是大问题，不尽早反馈给林业局揪出原因配药喷洒容易出事，约定碰面交样的时间早，不能耽误了。

"你得卧床休息，直到腹痛现象完全消失才可以活动。"时寸心对病理上心，又强调，"这是医嘱。"

秦煜笑了笑，依旧起身去够床尾的皮靴。

程央冲时寸心眨了眨眼睛，时寸心懂了，随便编了个理由叫着程央出去了。

"他，严重吗？"程央问。

"目前看不算严重，但是也得卧床静养，而且需要持续观察有没有并发现象，如果有，还需要静脉补充 5% ～ 10% 葡萄糖盐水及其他相关……"

程央摆了摆手，觉得她认真的样子倒比体贴温顺的模样鲜活有趣。

"他的脾气你知道？"

"知道，比牛还倔。"

"嗯，所以要他静养我们得想点别的办法。"程央笑了笑，眼神往她手里的药箱瞟。

"这种主意你都能想出来，程央，你这个坏女人！"时寸心的短发在耳侧轻微抖了抖，这句话，是夸奖。

"安眠的同时不再次刺激肠胃，有把握吗？"

"小意思！"时寸心拍了拍胸脯，颇为自豪。

"嗯，交给你了。"程央交代了一句，听到房间里秦煜的手机又响了。

时寸心倒了一杯水重新走进了房间里，程央跟在她后面，趁他喝水的空当扭脸就顺走了他的手机。

"密码……"她想了想，这样的男人怎么会把脑子花在这种琐碎的事情上？

回屋换了鞋取了背包，程央朝着天空伸了一个懒腰。

（四）

"程央！"

秦煜睡下后，时寸心满院子找程央，怕惊醒了房间里的人，喊得并不大声。

屋前屋后，连同卫生间她都找了好几遭，实在没地方找了，她才搬了把椅子坐在了路口。

"你在哪儿？"她视程央为情敌，可也不放心，于是问张队要了号码给程央发了一条消息。

看晨光从东面洒来，又慢慢挪到了头顶上，吃了点东西，又逐渐朝着西边去了，只是不远的地方浮着一朵气势压城的乌云，今夜，似有大雨。

"我没事，你照顾好他。"响了两声闷雷才收到程央的回复。

时寸心嘴一翘，自顾自地说："那当然，我男人。"

时寸心回屋子里看秦煜，昨晚熬得太久，他这会儿睡得格外香。她见他身体舒展，知道腹痛的情况缓解了不少。

"这么好的男人，凭什么便宜她。"她在心里想，觉得自己无论是工作地点还是性格脾气都比程央更适合他。

"你就是个木头，也总有一天会觉得我更好。"她伸手小心翼翼地点了一下秦煜的脸。

还没碰着，秦煜揉了揉眼睛醒了。

"嘶——"他长呼了一口气，觉得脑袋有些沉。

"几点了？"秦煜在周遭没看到自己的手机，问时寸心。

时寸心的意识还停留在半分钟前的那次偷偷接近，没回答，他也没再追问。

窗外响起了淅淅沥沥的雨声，他赶紧穿鞋起身，抬头时看到了柜子上那杯仅剩四分之一的水，不算混浊，细看却有些悬浮物，一下子明白了过来。

"你……"他只是指了指时寸心，知道她一贯老实本分想不出这种损招，便接着问，"程央呢？"

时寸心摇了摇头。

"程央！"他只当她不想说，自己走到院里喊了起来。

"她出去了。"

"去哪儿了？"

"不知道。"

秦煜想给程央打个电话，才发现自己的手机也不知所终。时寸心赶紧将自己的手机递给他。翻到程央的号码，他愣了愣，想到了什么，转身便往通讯室跑，果然，装着样本的布包已经不知去向。

雨势越来越大，屋顶上的干草和石棉瓦被砸出了错落的声响，他取了件雨衣便往山下跑。

有寒风，一下掀落了他头上的尼龙帽，时寸心撑着雨伞追上他，地面的泥水溅污了她的裤脚。

"秦哥，你才好一点，不能淋着。"

他扶起耷拉在肩头的尼龙帽，将盖过来的雨伞往她推了推："寸心，我爱她。"

直截了当，坦诚如他。

她看到雨水顺着雨衣边缘滑进他领口，暗色的，跟他认真时的眸子一样。

"这个给你，你们用得上。"她将伞柄塞到他手里，淋着雨，转身跑回了屋檐下。

秦煜走了，背影在残冬的闷雷声和庭院昏黄的灯光中拉得很长很长。

"程央！"

交接样本的地方定在镇子口，下山的路他摸黑也一清二楚，边走边喊，边喊边走。

不知道为什么，他脑中总闪过秦炎的笑影。收到通知接回烈士骨灰的那天也下着同样的雨，他一滴眼泪也没掉，平静地听完了负责人关于那场森林大火的讲述。

她不会死，可人不在身边，焦虑相似。

"程央！"

他在雨中喊，冰冷的雨水滚入喉管里，大山沉寂，只听得满耳无差别的哗哗声，像一头狮子，嘶吼在囚牢。

"哎，你带伞没有？"

拐弯走到坡度最大的那一段，他正要喊，听到了路边黑漆漆的地方传来一个女声。

"程央？"他将时亮时暗的手电筒转向她。

"啧，挪开，晃眼睛。"

他咧开嘴笑了，一把将她往自己怀里抱，雨伞掉了，手电筒掉了，连他雨衣的尼龙帽也再次耷拉了下来。

"撒手撒手！臭流氓。"她在他背上拍了两下，手麻了，便干脆搂住了他。

"不是存心晃你，手电筒进水，坏了。"他贴着她的耳朵说，极平常的话，极深情。

雨水慢慢透入两人的衣服里，程央打了个喷嚏。

他赶紧撒手，将伞撑开，捡起了手电筒。

目光所及，程央蹲坐在一处凸起的石壁下，头上顶着一个空空的布袋，淋湿了不少，但很眼熟。他想拉起她，这才发现她裤腿破了，连手肘处的衣物都有不少磨蹭的痕迹。

回路过半时下起了雨，天黑路滑，她扭了脚，只好暂时找个起些遮蔽作用的地方待着。

他心疼，开口却只说了一句："摔着了？"

她点头，向他伸出了双手，像个孩子，要糖，而她要背。

他蹲下，听着雨声中夹杂着她磨磨蹭蹭挪动与呼吸的声音，缓缓的，真好听。

"怎么不给时寸心打个电话？我要是没来，你怎么办？"他嫌她动作慢，反身将她抱起，又扶着腰把人转到了背上。

程央圈紧他的脖子，想起来了，第一次推自己出土坑时，便是这样，力量感十足、支配自如，仿佛自己是他的一件小行李。

"扑哧！"她被莫名戳中了笑点，"你这不是来了吗？"

他背起她，掂了一下，似乎比上次抱她时重了一些。

程央腾出一个手握住伞柄，有些疼，手上有几道细小的伤口。手机没电了，一个人待在暗处时害怕得不行，在地上攒了几块尖石头防身，抓得太紧，划伤了。

她不跟他提这些，只得意扬扬地问："你不谢谢我？"

秦煜不说话，他不赞成她这么做。

程央知道他不高兴，便说："你身上真暖和，男的都这样吗？"

"差不多。"

"那冬天可以用来暖被窝。"

"怎么，你想睡我？"

他说这话的声音正经得不行，她听了，反而觉得受到了撩拨。

"看路，别摔着我。"

秦煜想着这事有点生气，听到她的话又乐了。这时夹在腰间的手电筒闪了闪，熄了。

她不适应，身子一缩，秦煜没绷住，笑了。

回到驻地时雨停了，只剩檐角的凹槽里还往下滴着水，"咕咚咕咚"几声，屋前的排水渠里漂来几点肥皂沫。洗了个热水澡，时寸心替程央看了一下伤口，疼，问题不大，只给了一些跌打损伤类的外用药叮嘱她擦一擦。

"像这样，擦的时候要用些力气……"

"嘶……疼。"程央缩了缩脚。

时寸心扁着嘴："秦哥在的时候你不喊。"

程央笑了笑："我又不傻，你是女生怕疼我喊了才有用，跟他喊，他十有八九叫我忍着。"

时寸心"扑哧"一声，被程央抖机灵的模样逗乐了。为了替他交一份样本，来回八九个小时，清一色的荒僻山路，暗夜冷雨，给自己一百个胆子也不敢，这个女人，有种。

"自己揉，没工夫伺候你！"她故意跟程央板着一张脸，将药瓶放在程央手里，"我明天要下山了，这地方鸟不拉屎，留给你了。"

"好。"

秦煜拿了一床厚实被子过来给程央，听到两个人在说话，没进去。

手机响，是林业站的技术员。

说完样本分析的情况，最后话题落在了送样本的程央身上。

"嗯，我女朋友。"他应了一声，隔着一扇门，她听到了。

—— ◆ ——
Chapter 10
你得把我藏起来

（一）

"我是来这儿画画的，谁要跟你回家。"

程央说这话时冷着一张脸。

今天更早一些的时候，秦煜从屋里出来，在院子里碰上了，指着程央说："你回去，不要留在这儿。"

而当时，程央正满心欢喜地想告诉他，周年纪念那天他们从盗挖者手上夺回来的那些植被根茎发芽了，翠绿色。

"接下来几个月我不在这儿。"

"关我什么事。"她坐在画架前，弯曲着一条腿，一头黑发由一根老旧锃亮的原木画笔杆绾起，清爽冷洌。

她一般不这样，这是生气了。

秦煜走近她，将手从身后伸过来，环在她腰上："小母狼。"

她不叫不挣扎，依然握着画笔画自己的画。

秦煜抱了她好一阵，哄不好，开口了："今年天气暖，防火期提前来了。昨天有乡民烧荒，沉堰西北角靠着平川镇的那块出事了，死了三个。这事得防死，所以今天队长他们提前结束休假回来了，开会决定二十四小时轮岗，基本都会待在林子里，你一个女人在这儿不安全，李姐也是，所以她都没回来。还有，上次送去的样本查出了……"

她扭过身子，径直吻在了他唇上，进攻式的，带着怒气。

良久，她才抽身说道："知道了，你安心做就好。"

她再次坐正，提起画笔。

"不生气了？"

"占了你便宜，活该受你的气。"她伸出舌头舔了舔嘴，刚才画得这一笔，极好。

"怕你担心不是？"

"我今年，二十三岁。"

他笑了笑，摸清了她的性子。程央不是在怪他赶她走，而是在怪他不信任她能有与他一同面对一切的勇气。

"除夕我当值，节后补四天探亲假，你要是不愿意跟我回去，我送你回家。"

程央盯着画卷上的那一抹天青色出神。

"秦煜。"

"嗯？"

"你……哪里人？"

他一愣，倒真没跟她提起过。

"西安，赏脸去看看？"

程央放下画笔，从兜里掏出了一根女士香烟，点了火，狠吸一口。

"真远……"

烟雾腾起，她的眼神，像俯瞰什么极广阔的东西。

"哥，队长找你。"屋外毛猴喊了一声。

秦煜开门出去了，门缝渐窄，他听到身后程央小声嘟囔了一句："真是的，怎么稀里糊涂就被他骗到手了。"

秦煜勾嘴一笑，总觉得这句话，带感。

"还笑。"程央揪了揪秦煜的衣角，有些不好意思。

鲜红色的出租车停在西安车站出口，司机等着他们知会目的地，很耐心。

"女子南方人？"

司机问程央，总觉得她身上带着一股子烟波水雾的曼妙气息，跟当地的女孩，风味相异。

程央点了点头，答了个"嗯"。

又看了秦煜一眼，司机才想起了正事，问："两位，去哪儿？"

"去那儿。"秦煜指了指车辆操作台，台面上的鎏金鼓楼摆件正在照明灯下闪着隐隐的光。

鼓楼靠着回民街，一年四季人声鼎沸。

程央来过西安数次，差不多的景点看了差不多十几遍。特色处看特色，噱头处看装修特色。

这儿热闹，只是属于后一种。

泡馍、皮影、糕点……夜色将近，整条街的店面的叫卖声此起彼伏。

他拉着程央的手在人群里穿梭，停在了一家青旅前。

程央看了看时间，确实有些晚了。

"今天不回去了？"

"回去。"

他拉着她走进那家店，打从招牌进去，是一条长廊，街面不足，寸土寸金，便只好削尖了脑袋往里延伸。

廊道左侧贴了许多过期的火车票和游客照片，照片映在灯光下，男人、女人、绿吉普、汉服……右边则是一家挑皮影的小店，上书三个大字——皮影戏，简单粗暴。

程央听到了紧密的锣鼓点，想是开场了，往里一瞟，只看到几个啃着羊蹄的观众。

"想看？"秦煜依旧牵着她往里走。

她摇了摇头，兴味不大。

再往里走，别有洞天。编号排开的房间建成了环状，四楼四向，中间带个小花园，围着灌水养了几条锦鲤。年节里住宿的人还不算多，但一楼大厅处的小舞台却热闹，几个学生模样的人正弹着吉他唱着歌，算不上好听，但不刺耳。

秦煜弯着手指在柜台上叩了叩，正清点今日流水账目的老板娘问："你好，几位。"没抬头，但声音是热情的。

秦煜出声："两位。"

老板娘愣了愣，抬头看了一眼秦煜，笑了，流了一滴眼泪。

"才艺换宿。"程央盯着柜台边的一块牌子念了出来。

老板娘麻利地绕出柜台，紧张激动地上下打量她。

"这是程央，我女朋友。"

在秦煜口中，老板娘的猜想得到了验证，眼神更热烈了。

程央没留意两人的对话，只是回过神来撞见老板娘看自己的眼神时，明白了。

"这是我妈。"秦煜介绍。

"阿姨好。"程央点了点头，礼貌大方，全然没有一点羞怯。

三个人站在一处，不尴尬，却也一时没找到要说的话。

"老板，我们是网上订的房间，你看……"正巧走进了几个游客，凑上前来跟老板娘说话，老板娘只好抽身招呼他们，扭脸跟秦煜说："别站着了，快带人家去楼上歇歇。"

两人往楼道里走，程央回过头，总能看到老板娘带着泪眼望秦煜，他很久没回家了，程央知道。

下三楼供旅客住宿，顶层是自留的居所，宽敞整洁，连装修都精致了许多。

秦煜领着程央往最东边走，她趴在挂着彩条的栏杆上，没动了。

"怎么了？"他问。

"这个地段可不便宜。"

"嗯，现在是。"

"那，为什么当护林员？"

程央眯了一下眼，护林员工作辛苦，收入也并不可观。家住在这样人流如鲫的地方，又有这样大的铺面，生活完全可以更安逸一些。

秦煜不知道如何开口。

工作、家庭、往事……

他意识到自己对她欠缺太多的交代，而即使在这样多的空白之下，她依然爱他。

程央挑了一下嘴角："改天吧，先带我看看你的房间。"

一年没回来了，开门亮灯，房间里的摆设倒是依然干净整洁，床上备了应季的枕头褥子，连小桌子上都放了年节的瓜果点心，似乎一直在等着他回来，又似乎他从来没走。

程央留意到了窗边藤椅旁整齐地码着几摞生物学学术专著，从基因探索到物种研究，知识深广度远远超出了一个护林员的需求。

他还没准备好说，她便等着。

"今天晚上我睡哪儿？"

"怎么，你对我的床不满意吗？"

她噘了一下嘴，推开窗，看到残余的晨光里有一座古城楼，描彩飞檐，挂着一块牌匾。

她擦了擦眼睛才勉强分辨，牌匾上写着四个遒劲有力的毛笔字——声闻于天。

"砰砰砰！"一阵敲门声。

来的人是秦煜的母亲，先前在楼下时，她见过。

程央开了门，没说别的，笑了笑，很相宜。

"肚子饿了吧？这小子不会疼人，你教训他，我准帮着你。"秦母看了看秦煜又看了看程央，这一天盼得太久，真的来了，倒有些不知所措。

程央点点头，没说别的。

"程央？"秦母试着叫她的名字，眼角带着局促的笑意，手往身后一捞，又有些不好意思地缩了回去。

程央很响亮地应了一声，走上前挽住了秦母，顺了一个母亲的心意。

秦煜知道，带她回来，是对的。

一家人吃饭，餐厅在临街的一面，高高低低的叫卖声，韵味悠长的秦腔……透过窗格漏进房间里，倒别有一种生活的情致。

秦煜的父母话不多，饭桌上也不兴客套做作，看着程央，喜欢她，认准了，给添酒，给添菜。

程央觉得很放松，这情景，与自己母亲在世时一家人吃饭无异，俗套、温馨。

"嗡……"秦煜的手机响，在桌下握了一下程央的手，出去了，许久未回。

　　秦母怕程央难为情，特意拿出相册给她看，秦父怕老婆烦着程央，说了两句，自己却又兴致勃勃地给程央讲了每一张照片的故事，欢声笑语，其乐融融。程央突然意识到，秦煜在时，他们反而是拘束的。

　　（二）

　　程央在挑皮影的店面外瞟过一眼，秦煜有心带她出去转转，只是今天，她实在没有精力折腾了。

　　从沉堰林场到西安，汽车、高铁、出租车，奔波一天，她累了。

　　秦母替她安排了南面窗户最大的房间，景色好，只是才十点，她便洗澡准备上床了。

　　在驻地时不方便，蛇虫鼠蚁防不住，这儿收拾得妥帖，关了门，她只围了一条浴巾准备裸睡。

　　她睡得很香甜，枕头被套都有好闻的肥皂味。

　　不知夜里几点，一阵反复的脚步声将程央惊醒，她擦了擦眼睛，透过窗户看到一个红点，一个黑影。

　　她无意识地"嗯"了一声，秦煜在门口停住了，连燃了半截的香烟也掐灭在夜色里，怕烟灰掉在她房里，明天她难为情。

　　他随手拨了拨额前的碎发，却迟迟没有听到屋子里的脚步声。

　　程央觉得困倦，翻了个身，又睡了。

　　大约过了半刻钟，响起了钥匙转动声。

　　她猛然睁开眼睛，才意识到刚才所见并不是梦中的情景。

　　没来得及亮灯，她就被人连人带被子抱了起来。

　　她想喊一声，却被他伸手捂住了嘴，走路气势汹汹，搂着就往门外跑。

楼道里有光，她扫了一眼，果然是秦煜。

他将她径直抱到了自己房里，关了门，往床上一扔。

程央身材纤细，落在床板上的那一瞬，被子散了，人也从包裹的浴巾里滑出了一截，没露点，但一双大长腿风姿绰约。

"秦煜，你是不是疯了！"程央骂了他一句，怕被别人听见，压着声音。

她赶紧拽了拽浴巾，想着怎么能盖住更多的地方。秦煜笑了笑，隔着浴巾抱住了她，像鹰，扑住了一只鸡崽。

"你这女人，真没良心。"秦煜在她耳边说话，手脚倒老实，抱住了就只是安心抱着。

她使足了力气踹了他一脚，他受着，扯着一边的被子将两个人都罩住了。

"放我回去！"程央牢牢抓住了胸前的浴巾。

他将被子拉了拉，让她能够将脸露出来透气，没关灯，她便瞪着他。

眼睛对着眼睛，秦煜的脸上毫无悔意，他在笑，像考试时作弊才拿了一百分。

程央算是明白了，他根本就没有对自己乱来的意思。

窗户开着，旅店楼下传来了一对男女的说话声，细细的，带着一点不知哪儿的乡音。没一会儿，那声音消了下去，接着有窗帘拉动声、窗户与框架摩擦声……

程央冲他笑了笑："窗户隔音效果不错，啧，可惜了。"

"……"

见他没有进一步动作，程央挪了挪身子，他怀里暖和，挣不脱，就不挣脱。

"秦煜，晚安。"

她坦然地闭上了眼睛，谁有话说，谁会先开口。

"……"

他叹了一口气，撒开了手。

起床，关窗，打开柜子。

他不常在，留在家里的衣服并不多，大部分还是学生时期的，他挑了挑，取了一件长袖衬衫丢给她。

"穿上。"他背过身去，将空调温度调高了些。

程央拿着冲身上比了比，刚好遮到腿根位置，莞尔一笑。

"没想到你有这种嗜好。"

他没接腔，安静地听着身后织物与皮肤磨蹭的声音。

"好了。"

他回头，程央叠放着腿坐在窗口的藤椅上，光着脚。

秦煜坐在她对面，看着她，平静地问："你在哪儿？"

隔几秒，程央意识到他并没有在开玩笑。

"你家。"

"具体一些。"

"西安市莲湖区北院门……"

秦煜的嘴角微微上翘："很好，记牢，别忘了。"

"不会。"

"家里有座机，号码我告诉你，不仅要存，而且要背熟了，号码的最后六位数字倒叙，是一组密码。"

他没细说是什么的密码，意思便是全部——银行卡、保险箱……

秦煜抓住了她的手，用自己的指尖一笔一画，将数字摹在了她手心里。

"记好了？"他看着她，眼里带着期望。

可这种期望似乎没有感染到程央，她抬了抬下巴，是疑惑。

秦煜也不解释，对视着重复了自己的话。

"记好了？"

她没说话，空调运转，房间内温度升高，他渐渐闻到了她身上淡淡的味道，不是家里花香味的沐浴乳，更像成熟的水蜜桃。

"你真香。"他莫名其妙地说道。

程央莞尔，跷起的那一条腿穿过桌底在他裤腿边蹭了一下。

她是故意的，他知道。

秦煜起身拿了被子将她的腿包住，依旧是坐在藤椅上，只露出上半身的她倒像是一条美人鱼，鱼尾偏胖。

"秦煜，你工作最好当点心，要是敢出事，你刚说的这些，我扭头就忘。"

疑惑转化为了平静，消化了一番，程央摸到了他话里的门道。

秦煜故作轻松地笑了笑，扭头却撞上了程央的眼神，很安谧，像群峦之间夹带的一个湖泊，湛蓝无风，深不可测。秦煜知道，她足够聪明。

从她踏入他家起她就有疑惑，过道里，餐桌上……秦煜想了许久，自己不该瞒着她。

"关于我的事情，应该让你多知道一些，本想带你四处走走，找个更合适的机会告诉你，可是……"

程央看他气得不行，将被子一把丢回了床上。她起身，绕桌半周，光着腿坐在秦煜腿上。

"可是我却没同意跟你出门，甚至连睡前来你房间里说上两句情话的心思都没有。"她按照心中的猜想补充完了他的话，踮了踮脚，整个人都倒在了他怀中。

秦煜感觉到轻压、柔软，某种冲动在苏醒。

"秦煜，你真可爱。"她说话时鼻翼有微弱的风，扑在脸上，是女性的荷尔蒙。

聪明、健壮、英俊……可从来没有人用可爱形容他，他愣了愣，程央抱着他的脖颈将头贴在他胸膛上笑了。

再由着她，自己可就忍不了了。秦煜起身，将她再次丢在了床上。

"噗"的一声，身子压到被褥，发出一阵低沉的响声。

程央揉了揉跌疼的屁股，蛇似的钻进被窝里哈哈大笑。

秦煜扭脸看她，表情很严肃。

她不怕，越笑越欢了。

"你是不是以为我当真舍不得对你怎么样？"他翻身上床，隔着被子一把将她扑在了身下，像捕猎：快、准、狠。

程央一惊，想起了自己画的那匹狼。

安置在床位正上方的灯光被他的身子挡住了，黑压压的，只有碎发间往下漏出几缕光。

程央从被窝里伸出手，摸了摸他的头发、眉骨、鼻梁……最后手落在他肩膀上，一用劲，身子被带起，仰脸吻在了他唇上，温柔的，娇羞的，点到为止。

"秦煜，接吻得闭着眼睛。"

程央撒开手，整个人又下落到了枕头上。

他看着她，眉线流畅，双睫纤长，刚亲过他的嘴唇依然湿润着，带着一点点反光。

"忘了，下次……下次我一定闭上。"

他撒开手，躺在了她身旁，两个人枕着同一只枕头冲着房顶的灯光傻笑，像有风，卷过高原上七月份的草场。

程央想了想，说："你要说什么，我都听着。"

(三)

一家四口，早些年家境不宽裕，父亲身体也不好。秦炎小秦煜一岁，同届入学，没能考上大学不知怎的去了沉堰。秦煜上大二时，秦炎牺牲于一场森林大火中，他亲手接回秦炎的骨灰与遗物。大学毕业后，秦煜放弃了研究生保送名额去了沉堰当护林员，家里闹得很凶，一直到现在，父亲都不愿跟秦煜说话。

秦煜告诉程央这一切时声音很平静，就像是在给人介绍一朵花、一棵树。

程央安静地听着，逐渐觉得顶上的灯光有些晃眼睛，伸手挡了挡。秦煜见了，扶着她一同坐起，靠在床头上。

"因为秦炎？"程央问。

秦煜从口袋里摸了一根烟，点燃了，她将头往他肩上偏了偏，看着他准确地掌握着燃烧的节点，每一寸烟灰，都被准确无误地掸落在烟灰缸里。

抽完最后一口，他点了点头。

"你不必这样。"

"不，程央，我必须这样。"他侧过头，在她额头上亲了一口，起身，从行李箱里摸出了一个一个的本子。

深棕色外壳，人造皮封面，看上去跟林队常用的那一款有些像，只是封底上用钢印压着"保障生态安全、维护林区稳定"字样。

他递给她，她翻开，是一本日记。

九月七日，周一，晴。

　　听妈说老哥在学校打球扭伤了腿，打电话问他，大姑娘一样，只说没事。他肯定有事，犟着不说，等我休假⋯⋯

　　程央读了两页，除去一些穿插的工作记录和随笔小画，大部分的内容都是与家人通话的琐事。看得出来，秦炎是个顾家且体贴人的孩子。

　　"秦煜⋯⋯"

　　"你往后看。"秦煜将烟头掐灭，搓了搓手指。

　　程央继续看，他静静地陪着。

　　这大概只是秦炎日记中的一本，篇幅所限，只记录了三个来月的内容。

　　文字里秦炎的世界温馨干净，而这便更让程央想不通。

　　她疑惑渐深，没张嘴，翻开了最后一页。

　　"嘶⋯⋯"一张塑封的硬片从后封底中掉了下来，划过程央的手，留下一道浅红的印记，即有，即消。

　　秦煜别过头去，情绪不明。

　　她翻开，塑封之下八年前的纸张依旧鲜亮如新。

　　"这是⋯⋯录取通知书？"

　　话音刚落，门外抱着一床厚被子的秦母慌忙捂住了自己的嘴，被褥掉在地上，没有发出任何声响。

　　程央望着塑封下秦炎的名字出神，一瞬间，她似乎明白了秦煜口中的"非得这样"。

　　秦炎在沉堰因火牺牲，他便要投身沉堰排查防火的第一线，每一次将火苗扼杀在摇篮之中，就救下了许多个秦炎。

　　"他本可以不在那儿。"

　　秦煜摸了摸口袋，掏出烟又放进去。

程央看穿了他的手足无措，不向家人解释，是怕他们背上比自己更深的内疚。

她将录取通知书夹回了原来的位置，一扭身，握着日记本紧紧地抱住了他。

沉寂将屋内屋外的三人严严实实地包裹着。

秦煜顺着程央的背脊拍了拍，算是安慰。

他手上的力道恰到好处，程央却看着日记本突然说："不，秦煜，你错了。"

册子翻开，内容仍旧是那些内容，秦煜看过许多次，烂熟于心。

"他一定会在那儿。"程央指了指零星散布在页脚的小插画，"你看看这些。"

金樱子、小飞蓬、白车轴草、波斯婆婆纳……都是些林场常见的植被。

"很多人都有随笔勾画的小习惯，可不是每个人都会准确无误地把握那些细节。金樱子果实为披针状卵形、五片蒂叶；小飞蓬苞半球形，总苞片两至三层……"

秦煜不言语，跟着她说话的节奏细细地看那些小插画。

线条生硬，但这些不惹人注意的特征却都清晰可见。

干一行精一行，程央对这些总是特别敏感。

森林消防不必考究这些，如此细致，只能是真心热爱着林场的一切。没有迫不得已，程央说得对，他一定会在那儿。

秦煜一瞬间湿了眼眶，不知道该哭还是该笑，这份内疚就像一只雪球，这些年在自己心头越滚越大，而她就像光，遇到了，便开始融化。

程央从床上爬起来，取了柜子里他的牛仔裤穿上，摆了摆手，走了。

人都会悲伤，不然，就成神仙了。

她没穿鞋，光着脚点在地上的身影有些摇晃，不单薄，风韵万千。他抿了抿嘴，这个女人啊！真好。

程央一开门，被秦炎的事情惊呆在门口的秦母还愣在那儿。

秦母小声解释："降温了，给……添床被子。"

人枯站在门口，被子在地上，泪痕掩在不算深的皱纹里，红了眼角。

程央不拆穿，帮着捡起被褥，拍了拍。

"真软，应该很暖和吧。"

（四）

西安风景名胜遍地，秦煜有意带程央出来转转，可常年隔绝与这座城市的联系，生疏了，许多被标榜为特色的东西都讲不出个所以然。

程央也不介意，攥着他的手，笑得比风景更好看。

"什么好事？"

"刚才卖柿饼的那个小摊，两个女人在看你，都漂亮。"

他笑了笑，有男性天生的得意："我问你买东西，你也看我。"

"那不一样，她们想睡你。"

"这你也知道？"

"当然，漂亮女人了解漂亮女人。"

他驻足看她，想起了昨晚她伸腿在自己脚边蹭的那一下，脚踝偏上，有点痒。

"你得把我藏起来。"

"那多没劲，好看的男人一起看。"

"这么大方？"

她侧过身，俏皮地冲他眨了一下右眼："好东西不拿出来炫耀，太可惜了。"

他想伸手揉一揉她的头，只是今日她的马尾梳得又高又顺，扬起手，怕弄乱，舍不得。

程央抬起头，鼻翼呼出的气息在空气中呈现出一道白色的薄雾，薄雾外有他的手掌，结实且分布着一层厚实的茧，但指骨修长流畅，很性感。

"秦煜，以你的学识完全可以去做一些更重要的事。"她这么想，很快又觉得有些滑稽，绿水青山，还有什么比这更重要。于是，她仰起脸，迎面贴上他的手掌，"像风筝，糊在我脸上。"

他手暖，碰上程央鼻尖的那一刻觉得手心里化开了一片雪花，笑了一阵儿。

"孩子气。"

"喜欢吗？"她侧过身，脸蛋从手掌下露出半边，带着小狐狸般狡黠的笑容。

只一瞬，秦煜慌了神，三十出头铁骨铮铮，见识过投怀送抱丰乳翘臀能做到不为所动，而这个眼神，太能撩拨人心。

他突然疾步往路口走，双手揣在兜里压了好几下裤头。

"秦煜，你等等我！"

"……"

"你等等我！"

夹道的商铺正卖力吆喝，她声音不大，混淆其中却依然让他听得很分明，他立住了，可并不急着回头。

满大街都是脚步声，但他知道她追赶着离自己越来越近，十米，七米，五米……

"程央，我喜欢……"

他回头，可身后只有几张陌生的面孔。

"程央！"

"这儿呢。"她扬了扬手，隔着五六米的距离站在一个摊位前，没看他，手里攥着两个带拖尾的手绘风筝。

他咬了一下牙，咽下了那点冒头的春心。

"哪只比较好看？"她问他，丝毫没有纠结于刚才"喜欢吗"的问题。

秦煜瞥了一眼，一个蝴蝶一个燕子，竹骨满彩，都是传统的风筝造型。

"那个。"他指了指她左手上的那一只，黑羽红喙，像她。

"燕子长情。"胡须微白的老板将脸凑出摊位又很快缩了回去，以至于这话落在两人耳里却不知道是谁开的口。

程央挑了一下嘴角，掏出手机付了钱："挺好，就买这只。"

人头攒动，她捞着他的手臂也擎着燕子风筝。

"程央，你是不是经常注意力不集中？"

"怎么说？"

秦煜看她，她正小心地提防着过往的行人撞坏了她的风筝，手上的动作忽高忽低，倒像是某种滑稽的舞蹈。

他笑了笑，突然意识到，最美好的一天，就应该不干正事，只和一个小女人胡吃闲逛放风筝。

"我们得找个空旷少人的地。"程央踮了踮脚，寻找只是一种徒劳。

他想了想，拉着她的手往回走。

身后一家挂着百年老店招牌的商铺敲了一声锣，成套的吆喝词儿从端着一大锅牛羊肉的店员嘴里蹦跶出来。游人被吸引，纷纷往这边凑，秦煜拉着她逆向行走，嬉笑声、叫卖声、窃窃私语闲话声……

"跟着我。"秦煜说。

程央将竹骨的风筝举过头顶，应了一声："嗯。"

刚到家门口就撞上了秦煜的父亲，四目对视，除去皱纹深浅与肌肤色泽，几乎是两张一模一样的脸，倔强、坚忍。

跟在后头的程央冲秦父招了招手，秦父却看着秦煜问："带丫头放风筝？"

"嗯。"

"没技术，这玩意儿可不好控制哦。"

秦父将双手背在身后，极其沉稳地踱出门去。

沉堰的风雪在秦煜耳边吹了这么多年，此刻终于落进了父亲的声音，没有争执，没有矛盾，平易寻常得像一对真正的父子。

"今天有风吗？"旅馆前装饰的布幡未动，程央随口嘟囔了一声。

秦煜回过神，笑了笑拉着她往楼上跑。

楼道里配合文艺格调安装了复古感十足的黄白色顶灯，一盏、两盏、三盏，第四盏闪过后出现在她眼前的便是一扇大铁门，门上有锁，生了锈，看着并不结实。

程央伸手去够，秦煜却突然拦住了她。

"你闭眼，说芝麻开门。"

她"啧"了一声："幼不幼稚？"

"你说。"他依然不放弃，表情也十分认真。

程央犟不过他，闭上眼小声说："芝麻开门。"

"哐！"

是金属的撞击声，睁开眼，门缝中存积的灰尘还有一些扬在空中，这扇门关上，已经很久了。

程央倒不在意，大步跨上了天台，四周有水泥砌的护栏，不高，却隐隐约约画了许多小东西。

"秦炎画的？"

　　秦煜蹲下，看着护栏上斑驳的痕迹，咧开嘴笑着说："嗯，那时他十三岁。"

　　天台依据楼势呈环形，地面平整四周无遮蔽，程央擎着风筝走了一圈。

　　"这个……"她停在一处保存较好的图画前，张了张嘴，脑袋里却没找到准确的评价词，"扑哧"一声笑了。

　　"这是什么？"

　　"是你。"

　　"我？"

　　"嗯，第三个被带着进入秘密基地的人。"最末的六个字他说得很小声，有些不好意思，但还是如实说给她听。

　　"芝麻开门是口令？"

　　他别过头，一贯冷峻的脸上泛出了微微的红："嗯。"

　　程央咧开嘴笑，她知道，他所展示给自己的，是一个男人最男孩的那一部分。

　　"秦煜，这画的是个男孩吧！"

　　"那时不认识你，只是……"他赶紧回头，嘴唇撞在了她鼻梁上，很细很挺拔的一根。

　　程央踮了踮脚，吻到了。

　　"芝麻开门。"她回味似的舔了一下嘴唇，慢悠悠地将这四个字重复了一遍。

　　他搂过她的腰肢，一俯身，嘴巴火热地贴回了她的唇瓣上，她握着风筝享受着他的吻，不留意，却感觉到了口腔中破入的舌尖，像蛇信，一点一点贪婪地推进。

　　这时，他却从她手中取过风筝抽身起来了，看着她失神的样子笑了笑："程央，芝麻……开门。"

楼顶起了风，"开门"两个字被拖得极长。

"啧，浑蛋！"

"浑蛋带你放风筝？"

程央想了想，嫌弃地看着他："好。"

花哨的燕子风筝被他高高举过头顶，她数一二三，便像孩子一样撒丫子跑了起来。

风刮起了风筝，也为站在原地的秦煜刮来了许多年前的笑声。

"哥！拉线！拉线！"

"哎哎哎，松松松……"

他抿嘴笑了笑，看着她手上的燕子风筝一点一点往高处蹿。

楼下年轻的游客仰着头望，冬日里肃空中的一只花风筝，与古都里喧嚣的繁华，最相悖、最相衬。

"啊！秦煜你快来，它又掉下来了。"程央慌忙喊。

他却不急不慢地答："没事，我们再放一次。"

他笑着朝她走去，刚要帮她收线拉回往下掉的风筝，手机突然响了起来。

是林队，他接通了，捂着手机小声跟她说："我先接个电话。"

"好。"

他走到一边，才听了两句便皱起了眉。

街末的一家酒馆口，秦煜的父亲拎着一瓶新买的西凤酒朝着天空正缓缓下落的风筝望了望："嘿嘿，这两人……"

"不是说不喝酒吗，买这么大一瓶？"一个熟人走过，问候了一声。

秦煜的父亲将视线从风筝上移开，笑了笑："儿子带了儿媳妇回来，大了，晚上得跟他喝两杯，嘿嘿嘿！"

熟人也陪着"嘿嘿嘿"一下，便看着他悠闲地踱着步子往回头。

穿过街道走进店面，一进门，听到了妻子半靠在前台盯着另一侧的两个人讲："什么？现在就走？"

秦煜点了点头，只说有急事。

"不是说在家待三天才走吗？"秦父拎着酒瓶走进门，气势汹汹的，额角的青筋有了肉眼可见的凸起。

不止面前的三人，一旁小舞台上正弹琴唱歌的旅客也被这一嗓子吓得不轻。

秦父愣了愣，摆了摆手，琴声依旧，眼角的光泽却黯淡了许多。

"今早队里有人被马蜂蜇了，人手不够。"秦煜说这话时瞥见了父亲手头拎的东西。

秦父无处可藏，索性将酒放在了柜台上："忙完了，休个假带丫头再回来，这酒，我先存着。"

秦煜点了点头，道过别，走出门去。

"小子！"

身后一声高吼，带着陕西秦腔特有的铿锵。

秦煜回头，看着巷道里父亲往后背着双手，眯着眼睛冲他苦涩地笑了笑："注意安全啊。"

—— ◆ ——
Chapter 11
喜欢你的小心思

（一）

"谁被马蜂蜇了？"

"张队。"

"情况怎么样？"

"时寸心给开了药，李姐在那边照顾着。"

"我或许……"

"你安心回家，完成你自己要做的事。"

"我……"

"你是程央，插画师，打算出画册，办画展，出名发财。"

"嘻，你还记着哪。"

秦煜扭头看她，眯着眼没说话，认下了。

程央看了看车窗外闪过的光影，将头往他肩膀上靠了靠："其实你不用送我。"

他也朝她看的方向望去，楼房、灯火、霓虹，都往后飞速退去。她心满意足地靠在他身旁，却说其实可以"不用送"，这一点少女的小心思，他也很喜欢。

"难得有一回，不耽误事。"

前半句实话，后半句说谎。

她懂，便在心里告诉自己，程央啊，自私一回吧。

从程央所在的城市换乘去沉堰地区的列车一共两列，按两人出站的时间算，分别间隔九十八分钟与一百七十二分钟。前一列正好够时间送她回家再折返，后一个，则可以空出时间做些其他事情。

"走吧？"秦煜推了推她的肩膀，感觉到了空气中明显增多的水分。

她眼珠子一转，发了条信息，将打车软件上的目的地换了一个。

他瞥了一眼，不由得想起了一些失联事件。

"得空了我教你开车。"他说。

"摩托？"

"其他也会开，摩托是队里发的，能跑山路。"

"什么车，开得最好？"她的嗓音细细的，和在这样湿润的空气里，很暧昧。

他不作答，程央便换了一个问题："可是，你什么时候得空？"

秦煜还在想，接送的车辆已经停在了两人跟前。

他回答不了这个问题，她知道，笑了笑，又若无其事地捞着他的手臂上车了。

同样是冬天，南方的风物大不一样，建筑风格、空气水土，连带人的长相都有着微妙的区别，车辆驶过五六条干线，又从跨江大桥上疾驰而过，左转，过两个红路灯，停在了一个高档小区门口。

白色建筑，独门独户，唯独每栋小楼前种的植被有些差异。

"你住哪栋？"他问。

"那个。"

田园式的围栏掩住了门牌号，他只看到了一大丛开得烂漫的五彩石竹。

"嗯，知道了。"

他看了看时间，从自己背包里腾出了她的物件和母亲给她的礼物。

"是什么？"她问。

"不知道，只说是给你的。"

程央将东西抱在怀里，从口袋里掏出了门卡，没用过几次，新得很。

小区门闸开了，他却没有进去的意思。

"不进去坐坐？"她直勾勾地盯着他看，意味再明显不过。

"下次吧，快发车了。"

"你可以坐下一班。"

他勾嘴笑了笑："那时间也不够。"

"真能吹。"

他不反驳，只是自信满满地挥了手，先前的出租车司机走开没两步，见有生意，又兜了回来。

"秦煜，下次你来，我开车去接你。"她向他喊道。

"你会开车？"

她点了点头，冲他潇洒地挥了一下手，进去了。

舍不得，可再也找不到别的话来拖延。

"好。"他看着程央的背影回答。

"程央？"

她赶紧回头，可小区门闸外叫自己名字的人却不是秦煜。她脸色一沉，问道："你怎么在这儿？"

高原扬了扬手上的文件包："跟委托人谈点事情。"

"哦。"

她没走，也没说别的话。

门闸旁保安厅中的门卫见两人相识，冲业主程央笑了笑，热情地按下了闸门开启键。

高原点头致谢，进来了，看到了她手上拎着的门卡与钥匙。

"不请我进去坐坐？"

"没这个必要。"

"啪"的一声，程央怀抱的行李中掉下一支口红，高原一伸手，接住了。

他细致地旋开，正红色。

"它可不这么觉得。"

程央转过身，不急不慢地朝自己的房子走去："随便，想跟就跟来吧，这儿的安保系统，一流。"

高原抿了一下嘴，笑了。

这房子买得莫名其妙，程央也只在年节逃避家中繁缛的人情往来时住一阵，装修都是现成的，冷色调，后现代风格。

高原四处看了看，空空荡荡，只有两个原木色的画架诡异地摆在浴室与大厅玄关下，一个画纸洁白如新，一个画纸被撕去了一半。

"没椅子，自己找地方坐。"程央将东西放进房间里，随口招呼了高原一声。

"房子不错。"他倒不介意，自顾自地拉开了落地窗前深棕色的窗帘，"程央，那边是不是有个小学？"

"似乎是。"

"挺方便。"他喃喃自语，听到了门铃声。

响了两次，高原挪开目光，程央人不在客厅里，他走过去，开了门。

"你好，小区生鲜到家。"派送员递过水蓝色的保鲜箱，果蔬肉食，列了长长的订单。

高原没接，派送员又不安地问了一句："程女士家吗？"

"是。"程央从屋子里出来，签收了。

合上门，她却只是将保鲜箱随手放在了一边，想共进晚餐的人没留住，这些东西，就不重要了。

"你会做饭？"

"不会。"

"那还买这么多。"

她没有拿手菜，也不知道秦煜爱吃什么，一个信息过去，只说店里所有种类都来一份。而这些，没必要让高原知道，于是她礼貌性地笑了一下，只说："我乐意。"

高原的嘴唇动了动，还没开口，程央的手机响了起来。

她自顾自地走进卧室，下了锁，留下高原一个人站在空荡荡的客厅里。

"亲爱的，之前封存的作品我都给你做了重新装裱，抽个时间来看看？"

"嗯，过两天我去找你。"

"这次参展的作品数目我得跟你……"

这通电话打了许久，放下时耳边有了明显的热度。

程央一头倒在床上，没开灯。

"哐当！"是客厅大门的关门声，高原走了。

她的内心毫无波动，有些口渴，便起身拿着手机走去了客厅。

窗帘被拉回了原来的位置，各处都亮着灯，保鲜箱不见了，小吧台上放着她的口红和几碟热气腾腾的菜，高脚杯立在旁边，里面装着三分之一的红酒，醒得恰到好处。

她靠在小吧台上，轻轻嗅了一下，饭菜里腾起的热气沾湿了她的睫毛。

如果没有那一晚，她或许会觉得高原是个好哥哥。

给不了的答复就不要张嘴，她转身从墙角拎来垃圾桶，口红、饭菜、高脚杯……一倾而入。

"叮——"

手机响了一声，是高原，叮嘱她饭后吃些水果，有益健康。

程央冷着脸挑了一下嘴角，点了个外卖。

第二天清晨，秦煜跟她报了个平安，没说别的，只拍了照片给她，是驻地里他的那张折叠床，她睡过的，棉花被被叠成了整齐的豆腐块，中间隔着一张卫生纸放了个雪白的大馒头。

他到了，休息了一会儿，吃上早饭了。

她裹着被子滚了滚，莫名其妙地朝着胸口揉了一把，而后舔了一下嘴唇，望着床顶单向可视的玻璃天窗，鬼使神差地说了一句——芝麻开门。

（二）

"Surprise！"

简书站在门口，手里抱着一瓶扎着缎带的香槟。

程央勾起嘴角，问："不是说我过两天去找你吗？"

"小祖宗，你能等，我可不行，再见不到你，我非疯了不可。"简书笑了笑，轻车熟路地将香槟放进了吧台后的酒柜里。

"说吧，什么事？"

"你猜？"

程央穿了一条高领的连衣裙，脚下是一双七厘米的细高跟，隔着五六米的距离，叉着双手看着他，配合着浅灰色的背景墙，每一寸目光似乎都能渗进骨子里。

他收敛起笑容，撇了撇嘴："这事儿吧，还真是……"

"照实说。"

简书面露难色，酝酿了好一会儿才开口："今天早上伯父给我打了个电话，他跟我说……"

话到嘴边又吞了下去，程央也不急，简书算是家里的常客，旁的生意上两家人父辈也有往来，父亲找他并不奇怪，何况他来找自己，有事自然憋不住。

她给他温了一杯牛奶，不紧不慢地看着他。

简书捏着勺子在瓷杯中搅了搅，不知怎的，脸红了。不是害羞，倒像是某种气恼，她来了兴致。

"老头子跟你说什么？"

"他跟我说，要不要……试着跟你交往看看。"

"噗！"程央没忍住，一口鲜奶全喷在了玄关下的画架上，白的乳汁、彩的颜料，被撕去一半的画纸像是雨夜中凄苦的弃儿，泡软了，耷拉下来，没有精神。

简书看了看画架，又扭头看她。

程央悠然自得地靠在小吧台上，嘴角带着浅浅的笑，倒像是刚才失态喷出这一口奶的另有其人。

"老头子突然发的什么兴？"她嘟囔了一句，简单收拾了一下房间后拉着简书往外走。

简书为程央开了后座的车门，程央瞥了一眼副驾驶，玩笑着问："怎么，我配不上你？"

他笑，娇嗔地推了推她的背。

程央坐进车里，他为她合上车门："亲爱的，你又不是不知道，我，只喜欢 D 罩杯。"

程央想起了他的女朋友，极艳羡地叹了一声。

简书系上安全带，问："回家找伯父问个究竟？"

她摇了摇头："去看看展馆。"

他不再多问，径直将车往商圈中心开去，后视镜里程央用指腹旋了旋尾指上新添的碧绿色戒圈，若有所思。

"老物件，成色不错。"

"眼睛够毒的。"她笑了一下，言物思人想起秦煜来。父亲从来不热衷于操心自己的婚恋事宜，贸然这么上心，只能是听说自己的女儿找了一个一不留神就能让她变寡妇的男朋友，而说这一嘴的人，自然比父亲更介怀自己和秦煜的恋情。

想到这里，程央往车窗上慢条斯理呼了一口气，拿出手机，昨天高原的信息还在收件箱里，点开，打了两个字又犹豫着删去了。

"到了。"

"好。"

程央将手机放进大衣口袋里，跟着简书上了楼。

VIP 电梯一路往上，玻璃大楼的构造使得整个中心商圈尽收眼底，展会地址联跨二十九至三十一楼，每一寸都是人民币的味道。

"每楼六乘电梯，带一南一北两个服务台，大展厅十二个，小展厅二十四个，装饰风格跟确定的画作走，最后一层，还在施工。"简书一口气介绍完大体情况。

程央点了点头，熄灭了"29"的电梯按钮，重按了"31"。

"不看看完工的？"

"能过你眼睛的东西，我信得过。"

简书捞着双手得意地笑了笑："识货，展会结束后定好的部分作品会顺势进行拍卖，拍卖台两侧定制了展示柜，三天后送来。"

"展示柜？"程央皱了皱眉。

"展示你那些亮瞎眼的奖杯。"简书龇了一下牙，新染的蜜桃粉马尾顺势左右甩了一下。

程央"嗤"地笑了一声："俗气。"

"不这样不行，这次有几位评赏界老前辈过来，你太年轻，起拍价太高，就得拿些艺术天分之外的门面堵住他们的嘴。"

"多高？"程央一手交给他料理，是真不知道。

简书挑起嘴角，极魅惑地笑了一下，在她手心里写了个数字。

程央昂起头，神态自若："我值这个价。"

电梯门开，两人一前一后走进正在装修调试的展馆，迎面的大展厅里挂着林队六周年画像的影印品，特意模糊了细节，只留下大致感觉给施工设计做参考。

程央盯着图纸，即便不是原作，她依然能从那些人形轮廓想起每一个人来。

"这幅画所用的颜料质量达不到你平时的标准，保存起来会是个大麻烦。"简书觉得有些可惜。

程央不以为然，想起了在库儿庄的那几个夜晚："我知道。"

她在展厅里走了一遭，背景墙没有过重装饰，只是着意刷成了稍浅的土褐色，又在墙根位置安置了一些包浆的枯叶，几个工人蹲在一边，正小心地固定着这些运自市区森林公园的小物件。

林场里俯拾皆是的杨树叶，在这里倒成了稀罕的装点。

程央摆了摆手，工人们退到一边。

"麻烦给我找把刷子过来。"

工人递上了刷子，她说了声"谢谢"。

"央，你……"简书想问她做什么。

"你今天穿的这身衣服不错。"她上下打量了简书一眼，"不想报废，建议出去等我。"

简书笑了笑，招呼工人们一起出了展厅。

刚合上门，听到了门内金属撞击地面的声音，有液体涌动、有磨蹭、有高跟鞋黏黏物表面的撕拉声。

几个工人面面相觑，简书却妖娆地靠在门口嬉笑道："还以为伯父的举动你当真无所谓呢。"

他了解程央，同样的一个表情，什么时候是憋火、什么时候是高兴，他能感觉到。在车上时他不多嘴，但她眉宇间正担忧且气恼着某件事，他知道。

简书眨了眨眼，耐心地听着门内的声响从"咣当咣当"变成了"刺啦刺啦"，而后减弱，陷于无声。

"吱——"

门开了，只一条缝，程央侧着身子原模原样地走出来，嘴里叼着一根烟，没点："别进人，先风干几天。"

工人们见没事招呼，都各忙各的四散开来，倒是简书忍不住好奇偷摸瞄了一眼。

他尖着嗓子叫了一声，是句脏话。

程央觉得耳朵一震，翘起小拇指掏了掏。

"大宝贝！这火发得值大发了！"

土褐与黑灰混杂的环保油漆泼了一地，枯叶标本四散，几串散落的脚步印在地面薄厚不一的漆渍上，磕磕巴巴的，像是雨后半干的土地上留下的人迹，细看可以看出些规则，林间小道似的，充满了原始与静谧气息。

简书光用手指头都能想象出原画挂上之后与场景的契合度，他深吸了一口气。

程央问："什么感觉？"

他挽上她的手臂："再环保的油漆，也得散味儿。"

在其他展厅兜了一阵，肚子饿了，两人下楼找了间餐厅。

清一色的中式菜品，鲜香刮辣，程央很中意。简书与她聊画展与时装，又聊红茶与翡翠，兜了一个大圈子，又转到了她父亲的那通电话上来。

"男人的骨头该比钢板硬，否则，喜欢他做什么？"

"你也觉得老头儿会向秦煜发难？"简书聪明，程央喜欢。

"秦煜……情欲……好名字。"他夹起鱼脊上最细白的一块鱼肉浸入汤里，一秒，便放入嘴中，鲟鱼嫩滑，入口即化，只一抿，鱼香满腔，"病急乱投医，伯父连我都有心拉入女婿阵营，足见他对你男人有多不满意，既然这样，劝退一个高攀宝贝女儿的小护林员，实在是个不错的 Plan B。"

如果他不够爱你，给点好处震慑两句足矣；如果他足够爱你，就应该知道自己的工作性质只能拖累你。这话简书没说，程央自然清楚。

"我了解他。"

"所以你害怕。"他摊了一下手，如果程央当真平心静气，就不会在展厅里弄出那样大的动静，声大力足，是不安生出的怒火。

"简书……"她叫了他一声，没有下文。

　　用餐结束后，简书将程央送回了独居的小别墅，没有矫情开解，挥手告别也如往常一样。

　　程央在卧室躺了一阵，接到了父亲的电话，没说别的，只让她元宵晚上回家一起吃个饭，她应了一个"好"，挂断了。她起身从壁柜里拿出颜料和调色盘，够了件黑丝的吊带睡裙去了浴室。

　　适宜的亮度、舒适的水温，她赤裸着身体将整个人都滑入浴缸里，清水漫过眼球时的触感很奇妙，像初吻，紧张、新奇、安抚人心。泡得身体微微泛粉、浑身舒爽，她换上了吊带裙，排除湿气换上画纸，光脚站在浴缸边对着墙面中嵌着的落地镜作画。

　　是张自画像，浓墨重彩，香艳却不色情。

　　裙边的色彩还剩最后一笔，大厅的挂钟响了一声，晚上十点整，她在浴室已经待了四个小时了。

　　程央拿起手机，给秦煜打了个电话。

　　"嘟嘟嘟……您好，您所拨打的电话暂时无人接听，请稍后再拨，Sorry,the call you dialed is not answered……"

　　程央将手机放到一边，拿起画笔嘟囔了一声："睡这么早……"

　　一落笔，歪了半厘米，她将画纸取下，揉成一团，扔进了门口的纸篓里。

　　（三）

　　"你是程央，插画师，打算出画册，办画展，出名发财。"

　　程央将这句话写在备忘录上，手指一点，电子日历中又一个格子变成暗红色。

　　"今天是元宵节？"她顿了一下，数了数那些红格子，"一，二，三，四……"

七天，她已经整整一周没有跟秦煜联系了。她不是小女生，不喜欢你侬我侬的黏人感，只是七天前那通无人接听的电话……

　　"秦煜，看谁栽在谁手里。"她咂了一下嘴，随手从柜子里取了件羽绒服出了门。

　　"姐姐！"程锦一见程央便扎进了她怀里，不过十来天没见，他又胖了一圈，"妈妈做了姐姐喜欢的醋鱼。"

　　"嗯，真好。"

　　元宵佳节，继母亲自下厨在后厅里忙活，父亲坐在客厅，没有喝茶、没有关注时经，端端正正地坐着，倒像是专门在等她。

　　"程央啊。"

　　"爸。"

　　"画展筹备得怎么样了？"

　　"很顺利。"

　　"好。"他微微颔首，"年节过了家里清静，回来忙吧。"

　　"不了，还是有些事情要做，我吃完饭上楼拿点东西就走，忙完这一阵就好了。"这是实话，有些灵感在她脑海中晃荡，正酝酿着等待一个节点，变成笔尖可诠释的图画。

　　"你在生我的气？"父亲看着她，以少见的深沉目光。

　　程央知道，元宵家宴的正题来了。

　　她在父亲身边坐下，替他倒了一杯热茶。

　　四目相接，程央回答："是，我在生你的气。"

　　程锦愣头愣脑地站在一边，"叮"一声，手上的玩具球落在地上，顺着地板滚动，拖出一道难听的声响。

　　父亲回过神，起身弯腰捡起了那只球，笑眯眯地放在程锦手上，而后扭头跟程央说："我们去书房谈话。"

程央的母亲喜好诗书，而继母一心扑在打扮与社交上，因此书房的摆设，跟母亲在世时没什么两样。

"你左手边的那方板雕《孔雀东南飞》，是你母亲的最爱，她从前总感叹……"

"爸，有话直说，别卖情怀。"

"我找那孩子，谈过话了。"

程央倒乐意听一听秦煜的回答，脸上的表情却没什么变化，只是将那方板雕拿在手里看了看，淡淡地说："张叔是你的故交。"

程央的父亲点了点头："我听说了，知道那孩子很好。可你们过不到一块儿去，他的工作……"

"他的工作是他的事，你操什么心。"

"程央！难道你要我亲眼看着自己唯一的女儿年幼丧母又壮年离夫吗？"

游刃商场多年，过于强烈的情绪他早已能巧妙自如地隐藏于一副镇定自若的皮囊之下，刚才疾声厉色的这一声喊，是个例外。话音刚落，程央的父亲意识到话里有不妥，于是往皮质的座椅后靠了靠，叹了一口气。

板雕上积灰了，很久没有人擦拭过，程央不知道父亲的话里有几分真心，但她愿意相信。

"老头儿？"她勾了勾嘴角，看着父亲的反常，用手掸了掸板雕上的灰尘又放回了原处，"看来……你那套大道理，在秦煜那儿碰了一鼻子灰吧？"

父亲扭过头，被她的眼神看得有些发虚。

当时自己通过张航联系上秦煜，利弊轻重说得头头是道。

秦煜知礼，说话有晚辈的客气，唯独最后一句字字铿锵——"家底薄，没什么别的好东西，她就想要我这个人，我总得给她。"

"咚咚咚……"

门外传来几声敲门声，继母的脚步听起来比往常沉，走到了门口，又轻轻叫了一声："吃饭了。"

再谈下去也无法转圜对方的心意，两人收住了话题，开了门。

继母的脸色看上去并不好，眼角有些发红。

"芳姨，怎么了？"

"昨天休庭后……有人在停车场攻击了高原，监控被砸了，没抓到人。他也不说，还是我刚才打去他事务所才知道的。"

"孩子怎么样？"程央的父亲问。

"轻微脑震荡，现在在医院，一会儿你们吃饭，我去看看他。"说着，继母的眼眶又湿了。

程央正有话跟高原讲，想了想说："我去吧，哥要是看到你哭，更不好受了。"

汽车停在医院楼下，程央拎着继母准备的东西径直朝着病房去了。

"322……"她念叨了几声，脚步立在了一间单人病房门口。

一推门，里面却厉叱了一声："出去！"

"受了伤还这么大火？"她靠在门口，看着这样的高原有些陌生。

见来的人是程央，高原舒了一口气。

满屋子的卷宗资料，床上，柜子上，甚至连近旁的小推车上都有好几个文件夹。程央扫了一眼，资料做了保密处理，但似乎跟性侵有关。

"芳姨做了吃的给你，来点？"

高原取下眼镜，揉了揉睛明穴："过会儿吧，我现在没胃口。"

他头上缠着纱布，额前的位置微微透出一点红，滑稽，却让他看起来比以往真实得多。

"我喂你？"

高原愣了一下，难以置信地看着她轻轻旋开食盅的盖子，拿着小勺舀出食物，吹了吹，喂到他嘴边。

"程央……"

"食不言寝不语。"

"嗯。"

她递过汤匙，他便张嘴乖乖吃下，一勺，两勺，三勺……食盅见底。

程央抽出餐巾替他擦了擦嘴。

"程央……"

"这样的攻击事件多吗？"没等他说完，程央便问他。

"还行吧，败诉火大，受的教育再多，难免也有不理智的。"

"那就是多，你自己注意点，实在不行，找个保镖也行。"

"嗯。"

"手上的案子放一放，先把伤养好。"

"那可不行，受害人年纪那么……"

"高原，你是个好律师，是个好人，我也相信，你可以是个好丈夫。"程央看着他，心平气和地说出了这句话。

"程央，我们……"

"咣当"一声，医生端着更换的药剂进来了，高原的助理跟在医生身后，战战兢兢的一个小伙子，程央想起了刚进门时那句"出去"，笑了一下。

"姓名。"

"高原。"

"嗯，换药了。"核对完身份，医生小心地拆下了高原头上的纱布。

一层一层，十来秒后才露出一道三四厘米长的豁口，缝了几针，但疤痕上还有些半干半湿的血渍。

"医生，这疤能消吗？"程央问。

"伤口不算浅，自然愈合会留下疤痕，不过后期可以做一些医美调整，再大的疤都能盖过去。"医生温和地笑了笑，倒也觉得高原这张脸的确值得爱惜。

"这个呢？也可以盖过去吗？"程央慢慢挽起裤腿，大大方方地露出了小腿上那一道豁口。

高原心尖一颤，眼眶红了不少。

"可以，就是……"医生缠好纱布，瞄了一眼，"有点贵。"

医生交代了两句注意忌口便出去了。

"小唐，下楼帮我买点水果吧。"高原开口。

助理瞅了瞅桌上的果篮，没敢问，悻悻地走了。

程央放下裤腿，轻松自如地坐在他床边："找个时间我们一起去做遮盖，你掏钱。"

"程央，对不起……"

进门之前，她还想着大耳瓜子抽死他，此时却云淡风轻地笑了笑："那你也得掏钱，顶多，我削个苹果给你吃。"

温润可爱，与小时候一模一样。

他盯着她看，许久才说："你跟秦煜的事情，是我说的。"

"我知道。"她喂了一块苹果给他。

"不问我为什么？"

"你是我哥，担心我的事，应该的。"又喂了一块，她直勾勾地看着他。

高原严谨、节制，也足够聪明。

他想要说些什么，张嘴却只咀嚼到了一块又一块甘甜的苹果。印象中这是她成年后第一次亲近他，不躲闪害怕、不故作亲热、不厌弃冷漠。

"苹果吃完了，我还有事，哥，我抽空再来看你。"她将果核扔进垃圾桶，想好的话一句没说，擦了擦手，走了。

看着她的背影，高原才发现，她走路，有成熟女人的潇洒。

他没法找出合适的词汇来形容自己心中的感受，却隐约察觉到，除去长兄的角色，自己永远失去她了。

程央合上门，听到了门内又响起了卷宗翻动的声音。

她拨通继母的电话想替高原报个平安，等待中却冲着 322 的门牌号说："高原，我原谅你了。"

(四)

"据析，目前警方已对该团伙犯罪分子实现有效控制……"

新闻播报声从大厅一直渗透到这栋别墅的每个角落，各音各色，很热闹。

房间里铺着防护纸，各色的颜料洒了一地，使用特制工具固定在墙面的巨型画纸上绘着几个断面，灰白色，远近错落，像飘在空中，又像拥地而起，断面之上有绘彩的羊群、袅娜的炊烟，彼此隔断，却又总是让人觉得它们冥冥相联。

程央穿着一件月白色的长衫，额顶冒着细密的汗，身临画前，更显纤弱渺小。

新闻里没有沉堰地区的消息，她不心慌。

弯曲手肘，用寸劲，发力时纤细的手臂有恰到好处的肌肉线条凸起，程央找了方新的白纸，狼毫沾墨写了个"界"字，这便是墙上那画的名字。

一个月零十七天，这是她从动笔开始花在这幅画上的累计时间。

完成了，如同妊娠过程的截止，狂喜，因疲累显得平静。

程央将笔丢在一旁的工具箱里，往地上一坐，无心收拾一地狼藉，仰身一瘫，摸出手机再次拨通了秦煜的电话。

新闻播报还在继续，程央将耳朵贴近手机听筒，提示声"Sorry,The number you dialed is power off"很冰冷，与今天不相衬。

画作完成有个自然风干的过程，急不得，关门上锁，程央准备回家里住一阵。

为了告慰父亲？还是为了最大力度地降低生活痕迹对风干过程的影响？她觉得，可以五五分。

"打不通？不是还有其他人吗？"

继母站在镜子前憋着气试穿年前定制的礼服，嘴上还惦记着程央的事。

过两日继母要陪程央的父亲出席一个重要商务酒会，名媛云集，想把住风头，她得找个眼光更好的女人。程央回家了，她比谁都开心。

"换下一套吧。"程央放下手机，叠放着腿靠在一边的景观墙上，墙内温室种植的方竹四季常青。

继母呼了口气，才拉上的拉链又往下掉了两寸："不服老是不行的，腰上赘肉这么厚一层。"倒没有不高兴，她很快又兴致勃勃走向衣帽间去取别的礼服裙。

程央抿了抿嘴，想着继母随口说的那句话翻开了通讯录，看了看没拨出："没死就成，一个大男人，还指望我怎么宠。"

"嘀嘀嘀——"

楼下响起了汽车喇叭声，是父亲带着程锦在前庭兜风。

继母穿着蔷色的单肩长裙从衣帽间出来，程央扫了一眼，走出了房间。

"程央，你别……"

"就这身。"

程央走下楼，绕着屋前浮雕喷水池缓慢兜圈的父子俩正好驶过跟前。

父亲满脸慈爱地告诉程锦："这是离合，是用来切断或……"

"老头儿！"程央喊了一声，父亲停下了车，"不然，你也教教我？"

父亲愣了愣，不确定这是不是一句玩笑。

还没回答，高原从大厅里走出来："不如，我教你？"

初春的傍晚带着几分朦胧的水汽，裹住了地面扬起的灰尘。程央坐在副驾驶，看着高原径直将车辆往郊区开去，那儿清晨是蔬果棚户交易市场，过了晌午便撤，平坦宽阔少人。

"你不是有驾照吗？"

"这么久，手生了。"

高原不再多问，如同对待新手一般细致地介绍完驾驶室构造后带着她兜了几圈，边开边教，上手快。

一圈、两圈、三圈，第四圈结束，程央主动开了口："我试试？"

高原朝四周看了看，与程央换了位置。

她操作仔细，有条不紊。

始发的一圈手生，走走停停，慢得很，高原在一旁小心提示着，而后感觉重回，越开越稳，越开越快。

"不错。"高原评价，顺手打开了车载广播。

是一段舒缓的音乐，和天气很配，暖暖的，像是去秋游。

程央越发手熟，开了几圈，广播插播了一条火情通知。

她怔了一瞬，猛然踩了一脚刹车，身子顺势前倾，额头在方向盘上磕了一下，留下一个印子。

"程央……"

"没事。"

车辆依旧朝前行驶，平稳、自然。

信息随着广播的继续完整起来，是城东的一栋商业大楼起火，消防官兵及时感到，无人员伤亡。

高原扶了扶眼镜，看着她额角的那一团绯红，没有说话。

"天色不早了，我们回去吧。"

"嗯。"

"正路车多，还是我来开吧。"

"好。"

她靠在副驾驶的座椅上揉了揉头，像一只美丽的泄了气的皮球。

创作时无暇顾及其他，闲下来，倒反而感觉到莫大的虚空。

车子停在家门口，她直了直身子，伸手去开车门。

"程央。"高原叫住了她。

"嗯？"

"你知道，如果你有什么需要，我会帮你。"

她不置可否地笑笑，下了车。

保姆准备好了晚餐，正招呼一家人吃饭，程央将外套帽子挑起，遮住了额角的红。

"程央，吃饭了。"

继母的心情还停留在那一套典雅美艳的礼服上，高兴又热情地招呼她。

程央没有胃口，随口说了句减肥便上了楼。

父亲紧了紧眉，刚想说什么，高原拦住了。

回到房间，程央从壁柜里取出家用药箱，找了找，没见着活血化瘀的药膏。

"啧——"她把药箱搁回壁橱，朝着浴室去了。

蒸腾的水雾很快充盈了整个浴室，水流从脖颈往下，流过脊背，顺着紧翘的臀线往下，流经双腿，从地面的排水孔中消失，同时带走的，还有她这些日子闭门创作的疲累。

擦了擦身子，程央裹着浴巾往床上走去。

今晚她得早早休息，明天她要出一趟远门。

"咚咚咚……"

刚有些蒙胧睡意，却传来一阵敲门声。

是父亲，程央慵懒地起身、穿好衣服，开门。

"擦点药吧，这么大人了。"父亲将带来的膏药给她，表情既生气又带着几分心疼。

"帽子遮那么严实你都看到了？"

父亲不回答，板着一张脸。

"谢了，爸。"

程央打了个哈欠，摆了摆手，准备关门。

"实在不放心就找人问，面子能当饭吃吗？"

她笑了笑，觉得家里人之间传话的本事见长。

"知道了。"

她要关门，父亲却突然将脚立在了门口："现在就打。"

程央下意识地觉得这跟秦煜有关，愣了愣，照做了。

“您拨打的电话已关机，请稍后再拨。”

“您拨打的电话已关机，请稍后再拨。”

连拨了秦煜与张队两个人的号码，提示声一模一样。

“怎么会？”程央嘟囔了一声，发现父亲一脸镇定，似乎这个结果，他早就知道了。

“老头儿？”

“用我的手机，打这个号码。”父亲像是下了极大的决心，从手机里翻出一个私人号码展示给她。

“这是？”

“让你打你就打。”

接电话的是沉堰地区林业站的站长，程父年轻时的战友，当年也是程父帮张队戒赌又介绍了林场的工作。没信号、没电……即便是平安无事林队也有许多原因都会导致跟外部失去联系，但他们每隔一段时间一定会想办法将林区情况上报站区。

程央一边问询一边看着父亲。

他拧巴着一张脸，可见极不情愿帮她这一把，他脸上冷冰冰的，却又对电话的内容感兴趣，老小孩一样。

“这件事情我还下不了结论，可林场全区近期也确实没有发现什么大问题，怪就怪在这里……”电话那头的老站长有些为难，但还是吞吞吐吐地说，“这半个月以来，张航那一队人……就跟人间蒸发了一样。”

“咣当”一声，手机掉在了地上。

Chapter 12

我知道，想着你，好好活着

（一）

"不会有事的。"高原一边安慰程央，一边往车站开，"不然我直接送你去沉堰。"

"不了，我自己坐车能更快一些，何况，驻地宿舍就那么几间，人多了住不下。"除了听到消息的那一刻手机掉了，程央一直表现得很平静，只是行车过程中，执意一路开着车载广播。

"随时跟家里联系。"

"好。"程央点了点头，又说，"高原，谢谢你，没你这条三寸不烂之舌，老头儿肯定不同意。"

高原笑了笑，程央父亲给秦煜打电话时他在场，那句"家底薄"的话，如今他原原本本地告诉了她："那男人太不要脸，老头儿降不住他，不过既然你这么说，我就当你夸我了。"

程央笑了笑："确实够不要脸的，我也当，你夸他了。"

停车、告别、换乘。

直到再一次踏上琅华镇时，程央突然又想起秦煜与程父说的那句话。

"我还当你不会说情话呢。"她嘀咕着，在一旁的摊位前买了两瓶驱虫喷雾。

"程央？"一个女声带着一点难以置信的惊喜。

程央回过头，是李姐。

她打了个招呼，看到了李姐手里正挎着的环保袋。

"买菜？"

李姐点了点头，拉开袋子给她看，多是腊制的肉食，味美耐放易储存。

程央有些恍惚，问了一句："他们在哪儿？"

"在林子里工作呀。"李姐毫不犹豫地回答，神情镇定，不像是说谎。

"我联系不上秦煜。"

李姐看着她，将额角飞起的一撮头发顺势别到了耳后，笑了笑："我也联系不上。"

程央跟着李姐上了山，一路上谁都没有说话。到了驻地，除去李姐与张队住的那一间，其他房间都锁得严严实实的。

"饿了吧？我给你做点炒血肠，从家里带来的，可好吃了。"洗米做饭，李姐几乎没有休息。

程央走到秦煜的房间外看了看，春节贴的对联鲜红依旧，只是门上阴阴沉沉的，带着春潮。

"多久了？"她侧过身问李姐。

"十七天，十七天前毛猴回来拿过一次补给，神色匆匆没说两句就走了，之后就再也联系不上了，林业站的人来过两拨，可他们都是技术员，问了问也就……"李姐没说完，摊开手，露出一个苦涩的微笑。

她依旧每天在驻地洗衣做饭蒸馒头，不绝望，是因为林区没有火情或是别的受灾情况传来，她相信，他们一个个都还好好的。

"会回来的，或许是今天晚上，或许是明天。"她安慰程央，就像安慰自己一样。

程央点了点头，挽起袖子开始帮她。

晚饭过后，程央住进了秦煜的屋子里，电费一度六毛二，她想起来了，笑了笑，关了灯。

"您拨打的电话已关机，请稍后……"

程央听到院子里有手机提示声，轻轻的。

她知道是李姐，也知道李姐打不通，十七天，就算只是待机也该没电了，可不知怎么，她总忍不住去听，就像院子中站的那个人一样，以一种侥幸，希望着听到听筒里突然跳出一句——有什么事吗？

"程央，今天天气挺好，我们把……"

李姐抱着一床准备晾晒拍打的棉絮推开了程央的门，话还没说完，却发现里头空空荡荡的。

"程央？"她放下棉絮，四处找了一阵。

准备打电话时，李姐却在自己门口捡到了一张便条，想来是很早的时候夹在了门缝里的，之前起床开门时没注意，掉了下来。

"我四处转转，晚上就回来。"

"回来"两个字写得有些歪了，可见她走得匆忙。

李姐看着便条，叹了口气，意料之中的事罢了。

"阿嚏！"程央突然打了个喷嚏，从包里掏出了驱虫喷雾往脖颈手腕上喷了喷，继续往林子里走去。

浇灌了几场春雨，山路越发难走，没一会儿，程央的鞋底便沾满了碎山石与泥土的混合物，厚厚的一层，越走越重。

她不得不每隔十几分钟便停下来用手中探路的木棍戳下一层，停停走走，走走停停。

林子里有东西在动，是滑溜摩擦在土石之上的嘶嘶声。

是蛇在逃窜，林子另一边有人说话和林木折断声。

音色尖亮，不是林队的人，程央继续往前走，只两三步，又折了回来。她想起了跟着秦煜巡视时遇上的那些偷盗者，一咬牙，往兜里装了几块石头摸了过去。

偏离了熟悉的路线，眼前是一大丛贴梗海棠，绿叶青翠，萌起了红粉色的小花苞，她无心欣赏，猫着身子钻过时反而因为步子过快摔了一跤。

"嘶！"她吃痛叫了一声，那声音止住了，她立马学了两声鸟叫。不够像，不远处开始响起了撤离的脚步声。

程央不知道哪儿来的勇气，握紧登山杖便冲了过去。

"站住！"

站住了，两个男人、一个背包。

程央站在高处，地形得利。

身材高壮一些的男人看了看她，穿着利落，腰上别着镰刀绳子，只是那一张白净美艳的脸和满身的驱虫水味，实在与护林员搭不上边。

"老乡，干什么呢？"这话带着沉堰地区的口音，秦煜说过，程央学得惟妙惟肖。

那人收回目光，终于叫了声："同志。"

另一个男人从高个身后偷偷地看了程央一眼，撞上了程央的目光，笑了笑，将包又往怀里紧了几分。

"包里装着什么？"

"没什么。"男人手上摆了摆手，指节上都是泥渍。

程央往四周看了看，果然在一处较陡的林地上看到了泥土翻动的痕迹，面积不宽，上面用枝条和杂草做了些掩盖。

"从地里刨了什么？"她的语气严厉了几分。

抱着包的男人脸上有了怒意。

程央怕他们动手自己不敌，拿起手机佯装打电话："队长，对对对，有情况，你们过来吧。十分钟？好，那等你们来了处理。"

"不不不，同志，你误会了。"高个子冲程央招了招手。

程央攥紧了手杖，走了过去。

"误会？把包打开。"

"这就不太好吧，你……"

"打开！"

男人皱了皱眉，拉下了拉链。

程央探头一看，全是镜头与一些造型古怪的模具。

"我们是记录片摄影师，来拍素材的。"

程央接触过摄影，知道像《动物世界》这些节目大部分的镜头都得采用安置隐藏镜头来取景拍摄，她往那块有刨动痕迹的地方走，男人一把拉住了他。

"同志，我来，我来。"他小心地扫开了土包上的遮蔽物。程央看了一眼，心中有愧，却又因为没有珍惜植被被挖掘而觉得安心了不少。

镜头重新被遮掩，她吸了口气，闻到了自己身上的驱虫水味，顿时理解了他们不愿让自己开袋检查的理由，野生动物警惕性高，沾上了这样气味轻易不会接近。

戏要演全套，程央道了歉交代了两句别在林子里抽烟，又对着手机说着"没事，不用过来"，便走开了。

两个男人站在原处看着她。

"那个护林员……怪漂亮的。"

"是漂亮，可也太粗鲁了，凶巴巴的。"

"粗鲁？她可鬼着呢，没有信号还演得那么认真，不过……有胆气。"

"你怎么知道？"

"你看看你的手机。"

两人笑了笑，背着设备往林子深处走了。

（二）

无法接通的提示音响了三遍，李姐看着西边最后一缕霞光也敛进了云里，她跺了跺脚，第四次拨通了程央的电话。

"嘟嘟嘟……"

接通了。

还没来得及说上话，李姐便看到了一个黑色的人影跟跟跄跄地出现在了路口。

"程央？"

"扶我一把。"

程央气息声很重，累着了。

李姐赶紧跑过去扶住她，外套湿漉漉的，是清晨和入夜的潮气；马尾高扎，却被山间的枝条挑出了好几缕头发；脸色青白衣裳脏污，整个人狼狈得不像样。

两个人你看看我，我也看看你，然后"扑哧"一声笑了。

李姐说："你先坐一会儿，我给你打盆热水洗洗。"

程央点点头，将外套脱下放在了长凳上。

李姐打水过来："找过了？"

"找过了。"

"林子太大太深，他们巡视线拉得长的时候三五天不着家也有的。带你走的是常规线，人迹多，巡视力度大。"

"嗯，我知道。"

程央看了看手机，信号逐渐从近路口的两格升满了，简书的信息一瞬间铺天盖地地传了过来。

她一边看一边用另一只手拧了毛巾擦脸，热水慢慢擦成了冷水，信息也终于看完了。

"吃点东西，早点休息吧。"李姐拍了拍她的肩膀，露出一丝苦笑。

找不到是找不到，但找过了，情义便尽到了。

程央给简书回了四个字，而后进房换了身干净衣服，打了盆水开始里里外外做起清洁来。

第二日李姐起身时，看到院子扫了，床单被褥晾了满满两大竿子，显然很生疏，晾得皱皱巴巴的，但洗得用心，很干净。

"程央？"她发现程央正抱着一件外套和衣蜷在床上。

一旁的柜子门开着，秦煜的常服都重新叠了一遍，整整齐齐地码成一摞摞。

她拉了拉被角想替程央盖上，刚撒手，程央醒了。

"哎，怎么睡着了？"程央不好意思地笑，起身将抱着睡了一晚的秦煜的一件外套叠好，放进柜子里。

"你打扫了一个通宵？"

"嗯，收拾干净他回来就欠我人情了。"

"你在这儿，他一定会回来的。"

程央笑了笑："我知道。"

她掏出手机看了一下时间，从一旁的柜子上撕了张纸唰唰写下了地点和日期。

"这是……"

"我的画展。"

她没有将字条交给李姐，而是叠好被子后整整齐齐地摆在了上面。

有风从窗格中吹进，字条动了两下，得找个东西压着。

"咔嚓"一声锁上门，除了更干净，一切与她来时没什么两样。

知道程央有事，李姐也不留她，挥了挥手告别，却总觉得她的背影比那天在镇上看到的更飒爽。

"会回来的，或许是今天晚上，或许是明天。"

李姐重复了一遍这句话，又钻进屋子里忙活了起来。

几百里外的简书手捧着一本时尚杂志，盯着手机上"很快回来"的回复发呆。

"很快？是多快？"他拨了拨新烫的鬈发，听到了一声门铃。

性感撩人的姿势还来不及摆，一开门，便看到一脸冷峻的程央。

"打算怎么处理？"

"袁老是风评界指向标，出了名的利嘴，软硬不吃，这事儿……"

简书犹豫了，犹豫便是没有想到好的办法。

回程的列车上，程央仔细看了袁老关于此次画展预热的评论，没有死板的资历论痕迹，甚至不着一处羞辱，内容却处处指摘，字字尖锐——"不可否认其在艺术上的杰出天分，正如同不可否认其在本次定位上的故作姿态，当商业牟利的眼光锁定了一个艰辛却大众认同的小齿轮，便摇身一变成了为国为民的慈善家，甚有创意。"

程央掏出手机，画展的宣传页的确对林场采风和利润去向有提及，而这也不过是常规的交代。

"亲爱的，你们是不是有过节啊？从你拿第一个奖开始袁老就一直盯着你，逮一回批一回。"

"那又怎么样，我还在这儿。"程央笑了笑，心里却知道问题的严重性。以袁老的知名度和社会地位，风评界迟早在画展开幕之前吐口水淹死自己。

"全额捐款，有什么可说的？"

"那点钱还不至于入他的眼，袁老是觉得我在消费护林员给自己加光环，他是风评家、收藏者，更是艺术家，屈从潮流学思不正的事情，他看不惯。"

"潮流？"

"越艰难困苦的地方越伟大，越闭塞原始的东西越高雅。你不可以否认这有一定的道理，但巧立名目贴上去，就是作。"

"心里的想法谁能看得穿？"

"所以，他这篇评论没有指名道姓，而是在试探。全国大大小小的展会那么多，总不能因为他刚好不喜欢我又刚好在这座城市就说他说的是我的展。"

简书眨了眨眼："老东西，够毒的，我们现在怎么办？"

程央往椅子上一瘫："什么都不干，一切按照你定的节奏来。"

"可是……"

"哪家有反应，他就是一针见血看透了哪家。我就是个俗人，吃饭喝酒，再正常不过。"

"明白。"简书点了点头，看到了她眼角的乌青，"昨晚没睡？"

"嗯。"

"我约了女朋友出去吃饭，你在我家睡一会儿？"

程央没出声，鼻翼的呼吸逐渐均匀。

简书换了衣服挎上了包，轻手轻脚地往外走。

"简书！"

"嗯？"

"拍卖会入场券替我留两张。"

"好。"

鞋跟撞击地板的声音渐渐小了，程央闭上眼睛，整个人往沙发里陷去。

真的，累极了。

发布会、交流会……所有参展画作准备结束后，程央便开始参与到各种宣传造势中，月末，甚至破天荒地陪着父亲和继母参加了一次商务晚宴。

袁老的评论持续发酵，微博、论坛，议论纷纷，不少文艺杂志甚至着意将展会宣传与袁老的文章刊在了同一个版面。

"程央，你最近是不是有什么……"

"没有。"高原的话还没有问完，程央便一口回绝了他。

她坐在驾驶位，十分专注地练习着倒车。

"很好，已经很熟练可以上路了。"

程央停下车，看了看时间，摸出口红，对着后视镜慢条斯理地补了起来。

他问："一会儿有安排？"

"嗯，车借我用一下？"

蓝黑色的跑车沿着环城线一直往北，一个半小时后停在了一大片竹子下。

竹子长在两侧，数多成林，中间是一扇仿木的大铁门，左侧有传呼装置。

程央摸了摸尾指的戒圈，按下了传呼键。

"不好意思，先生在午睡，这个时间不见客。"

"我姓程。"

另一侧停顿了好一会儿，"咔"的一声，铁门开了。

沿着砖石铺就的小径走进，一栋古朴的两层小楼坐落其中，程央不紧不慢，看到一个微微蓄着两寸胡须的男人坐在一把藤椅上品茶。

"袁老。"她点了点头，不卑不亢。

"程央来了？来来来，过来喝茶。"褪去了评论时的尖刻刁钻，袁老一举一动更像儒将。

"谢谢。"程央坐在桌子旁的另一把藤椅上。

他斟茶，讲茶叶的美学与历史。

她喝茶，听他的品鉴轻嗅茶香。

"这还不是最好的，我前年在吴中收的那一方茶砖才叫极品，入水清亮、口感醇厚，过水三遍还有余香。"

程央细细地抿了一口，灵机一动："这已经很好了。"

"不，"袁老摇了摇头，"你得尝尝那一方，否则这个'好'字，不可信。"

又一口，程央笑了笑。

闲聊、说笑，展会评论的事只字未提，泡茶的热水换了两次，茶色淡了不少。

袁老问："今天高兴吗？"

程央点了点头："高兴，只是打扰袁老午睡了。"

"有人陪我喝茶，比睡觉养神哪。"

他笑了一下，将方桌上一只小猪造型茶宠窝在手里抚了扶，没有其他话，这是逐客等辞的意思。

程央敬他，鞠了一躬走了。

"谢谢袁老的茶，有机会，希望能喝到最好的。"

袁老温和地点了点头，让人送了程央出门。

庭院外响起了汽车发动声，袁老朝送程央的人招了招手。

"送出去了？"

"是。"

"有没有留下什么话？"

"没有。"

他抚着茶宠的手停顿了一下，那人接着说："不过，她给了我这张卡片。"

袁老接过，一打开，是邀请函，早些时候就收到过，只是这张，是手写的。

"先生，这上面的签名跟你屋里收藏的那些画……"

"是同一个人。"

"没想到本人这么年轻。"

袁老笑了笑，放下了手中的茶宠："第一次看到她的画时，我也没有想到。"

（三）

袁老评论的影响直到开幕当天还在扩大，甚至是画展一反文艺界清雅格调将地址选在了满是铜臭味的中心商圈都开始成了一味黑料。

展馆开放时间为下午七点到凌晨，连续展览三天，而后是拍卖会，粉丝、收藏者、风评家、媒体……蜂拥而至。

"来的人太多，得开始注意限流了。"

程央点了点头，盯着手机的未接来电上下翻找，一个一个都不是秦煜的。

她问："袁老来了没有？"

简书摇了摇头："不来才好，专家学者我们也不缺这一个。"

"等他来了，你将拍卖会留的入场券交给他。"

"两张？"

程央将手机放进兜里："一张，还有一张给我。"

没有讲解、没有画家述说，所有来访者都是穿过最繁华的街区，坐着现代感十足的电梯俯瞰尽城市的灯火，而后过一道帘幕，进到这静谧到只能听到呼吸声的展会，静默地欣赏、仅贴耳可闻地交流。

程央穿了一件亚麻制的长衫子呆呆地靠在三十一楼林队六周年的画像前。

"沙沙……"

是地面装饰的枯叶被来往的欣赏者踩破。

人们将眼神从画像上移开，找到了声源，却回头以更灼热的眼神打量着那幅画。

叶子和花会对我笑，这样好的声音，该让更多的人听见。

程央想起了毛猴的话，笑了笑。

"亲爱的，袁老来了。"简书走过来。

"东西给了？"

"给了。"

"那就行，是不是最好的茶，没喝之前，说的都不算数。"她勾了勾嘴角，反身朝展厅外的电梯走去。

简书跟了出来："你去哪儿？"

"随便逛逛。"

"一个人？"

"也许可以和一辆车。"

程央笑了笑，从兜里掏出新车的钥匙给他看。

夜晚的市中心最璀璨，商品琳琅，人流如织。程央下了楼，开着车径直往车站的方向走，手机依然安安静静的，什么动静也没有。

她的脸能感受到从车辆上方呼啸而过的风，带着一点分辨不清的食物香味。

一个红灯，程央停下了车，翻了翻手机，数家艺术刊物已经在自己的论坛上对这次画展做出了中肯的夸赞。

"嗡嗡嗡……"

手机响，是简书。

此刻她看到的便是他听到的，程央知道，笑了笑没有接通。

绿灯，车辆继续往车站的方向行驶。

飞机场、高铁站、火车站……程央挨个开了一遍，车站之间间隔遥远，尽管程央每个都只是在出站口略停停就走，回到家时也已经到了凌晨一点。

洗了澡换了件衣服，明知不好，她却还是忍不住给李姐打了个电话。

"还没回来，不过，也没有不好的消息。"李姐的声音比之前清亮了不少。

人坚强就好。

挂断电话，程央又看了看网上各大媒体连夜更新的风评。

"咚咚咚……"

"嗡嗡嗡……"

敲门声与手机声同时响了起来，程央一边接通父亲的电话一边往门口走去。

"央央，刚才老站长告诉我说，护林队……"

"你这个王八蛋！"

电话里父亲的声音还在继续，程央扔开手机，一头扎进了秦煜怀里。

她搂着他，似乎要融进他身体里。

秦煜低下头，热烈地亲吻着她的额头、嘴唇、脖颈……缠绵的空气从门口蔓延到客厅、到厨房、到卧室里。

/219/

他单手将她抱起，靠压在床边的衣柜上，亲吻还在继续，另一只手环绕过腰肢，顺着衣服缝隙一路往下。程央受不住，轻声呼了一口气。

"这就受不了了？"他笑了笑，将她的身子往上一抬，极快地褪下了她裙摆下单薄的织物。

"秦煜……"

附身吻下去，甚至没给她留下喘息的空隙，呼吸渐促，他反身将她抱到了床上。

程央感觉到自己的身体正一点点热起来，不由得伸手挽住了他的脖颈。

"我身上脏，先去洗个澡。"他却在这个时候停了下来。

在林子里泡了那么些天，一到驻地看到她留的字条，他连顿踏实饭都没吃便急匆匆地赶了过来。

他还特意叮嘱了李姐不许说，这是惊喜。

程央不肯撒手，将纤长的双腿夹在他腰间看着他——外套上带着泥渍，头发也比上次见面长了许多，但人更精神，表情更欠揍。

他顺着她的腿往上摸了摸，丝缎一般，而后从外套内口袋里掏出了一小片黑色的丝织品。

程央笑了一声："贴身带这种东西，也不知道害臊？"

"可不？用这种东西压字条，也不知道害臊。"

"那，你喜欢吗？"

"喜欢。"

"我穿着更好看。"

"哦，是吗？"他将东西塞在她手心里，附身亲了一下她的额头，往浴室去了。

水流声透过墙壁传来，十分动听。程央起身整理了一下东西，从柜子里找出了干净的浴巾。

"咔！"

门开了。

他仅穿着一条内裤背对着站在花洒下，水流顺着背部紧实的肌肉往下淌，水雾迷蒙，程央觉得像一场梦，美梦。

"浴巾放这儿了。"

"嗯。"他将洗净的头发往后抹了一把，发现她没走，而是光着腿穿了一件雪纺开衫靠在浴室门口看他，黑色的蕾丝内裤若隐若现，确实好看，他手上的动作不由得慢了几分。

"害羞？"她问，说着便迈着步子往门外走。

"犯不上，我脸皮厚。"他将她拉回来，半个人拖进了花洒下。

秦煜一把抱过她，她不反抗，从一边的挂钩上取下毛巾，安安静静地替他擦洗起身子来。

"去看过画展了吗？"

"去了，可到得晚没赶上。"

"嗯，明天我们一起去。"

"你入林子找我了？"

"李姐说的？"

"不是，我知道你一定会这么做。"

"嗯，是去过。"

"真傻。"

"这些伤怎么来的？"

"摔的，打的，虫子咬的，你一道一道问，我慢慢告诉你。"

"这么听话？"

"我女人心疼我。"

"谁是你女人，电话也不接？"

"手机丢了没找到，又是分开了巡查，等过了几天遇上了，他们的手机也早没电了。本来是要一周回一次，没想到发现了许多奇怪的脚印，不敢走，在林子里又伏了十几天，终于让我们逮着了几个盗挖的，可惜没抓全。"

他说得轻描淡写，但程央知道，所有的苦难都藏在了那个"十几天"，吃什么？喝什么？怎么休息？他没说，她也不忍心问。

"秦煜。"

"嗯？"

"我第一次给人家擦身子，舒服吗？"

"舒服。"

"那……"她放下毛巾，将头靠在他肩膀上，刚才想说些什么，开口却干干净净得忘了。

他低头吻了吻她的耳朵："我知道，想着你，好好活着。"

夜风从窗隙中吹过，卷起了客厅落地窗前的帘幕，今夜有星光，墙壁上能看到影与影的交缠往复，一只手遮住双眼，另一只手便拉下它。

"程央，我要你清清楚楚地看着。"

漆发四散，她下意识地咬了一下嘴唇，汗水从他额角滑落，流经喉结，滴在她微微泛红的脖颈上。

一旁的画架被震颤，第一次分别时秦煜送她的小册子掉了下来，风翻动它，植物、动物、云朵、水流……他在林场待了六年，森林四季中他所见的一切都奉在她眼前。

程央轻轻喘息了一声，四月，沉堰的金樱子，该开了。

Chapter 13
你使小性子的时候，也好看

（一）

手机振动时屏幕上显示的时间是正午十二点，程央从睡梦中醒来，摸了摸，秦煜依旧熟睡在自己枕边。

她慢慢挪动身子从他怀中撤了出来，光着脚，从柜子里取了件简单的 T 恤套上，小心翼翼地捂着手机去了客厅。

"好，我知道了。"

她站在窗边与电话里的人交谈了一阵，挂断后听到了卧室细微的响声。她笑了笑，从厨房温了杯牛奶端进了房间。

秦煜醒了，没起来，斜着身子靠在床头看着她，房间里拉着窗帘，光线昏沉暧昧。

她上床，将牛奶递给他。

"我该让你搂到睡醒的。"

她附身将头放在他胸口，抬头冲他笑了笑，有真实的羞涩。

他摸着她的头发，毛茸茸的，像某种小动物。

"再睡一会儿？"

"不了，省得你说我跑这么远就为了睡你。"

"难道不是吗？"

"不完全是。"他笑了笑，喝尽了杯子里的牛奶。

秦煜要出门，程央也得跟简书忙一些别的事情。

背包放在客厅，他起身，围着一条浴巾往外走，程央一把拉住了，堵在门口不放人。

他笑着："你喜欢我光着？"

她撇了撇嘴，拽着他腰上的浴巾，推开了柜门。

秦煜扫了一眼，满满当当，春夏秋冬。

"给我买的？"

"嗯，我不知道你哪个季节回来，所以都准备了。"

不是来，是回来，失去联系的日子里，她是在以等待丈夫的心情等待自己的，此刻，他全然明白。

"程央……"

"嘘！"她将食指竖在嘴唇中央，"你穿，我来替你扣扣子。"

一颗、两颗……她的动作生疏，轻轻慢慢。

"小媳妇。"他将她揽进怀里，鬼使神差地叫了一声。

程央笑了一声，只说："正好合身。"

秦煜出门时刚好撞上了赶来的简书，只一眼，简书便明白了为何程央非他不可。

"如果是这种程度，我也可以。"

"别看了，人走了。"程央笑着摆了摆手，招呼简书进来。

昨夜从画架上散落的笔刷与颜料管还没来得及收拾，乱而不脏。

"有人情味。"简书勾起嘴角，颇有深意地评价。

"说说吧，什么好事？"

"昨天展会的情况你也看到了，我觉得，眼下是你推出个人画册的最佳时期。"

程央点了点头，对他的判断表示同意。

"借自己的东风创造奇迹，多过瘾哪。"简书冲她眨了眨眼睛，眼神里透着商人的精明劲儿。

画展拍卖盈利全额捐出，他想赚钱，得想点别的办法，且这个办法，光明磊落。

程央想了想："那得跟最后一天展会接上，现在……来不及。"

简书收回目光，勾起了嘴角："哦，是吗？"

紧接着，他神神秘秘地从包里拿出了一本册子，着手扣着，正好掩在了标题上。

"这是？"

"是样书，只要你确认签字，立马就可以下印。"

程央伸手去拿，简书一寸一寸挪开手指，露出了一个"原"字。

始为原，发源为原，本色依旧亦为原。

"好名字。"程央笑了笑，"费了不少时间吧？"

"可不嘛，近一年。"

"那时候连画展都还没有定下，你不怕翻车？"

"怕，可你是程央。"

简书笑了笑，将画册一页一页展示给她，排版注脚，用纸印制，莫不精细。

程央仔细看了一遍，除了对几处选图提出了更换意见之外，都很满意。

"亲爱的，好吗？"简书靠在她肩上，像一只妖娆的小猫。

程央对他的玩笑司空见惯，不躲不避，只是微微点了点头。

他收回样书，正要放进包里，程央改了主意。

"这个名字……"

她挥笔，写下了新的画册标题。

简书将改动过的样书放在鼻翼下，嗅了嗅。

她笑问："什么味道？"

他长呼一口气："腰缠万贯。"

送简书出门后，程央接到了秦煜的电话。

半个小时后，程央将车驶入了某高校研究生院。

车子停在一栋教学楼下，人声鼎沸，她坐在车里，看着秦煜从楼上下来，天气好，阳光透过叶隙砸在他肩上。

她不禁想，他上大学的时候，应该就是这样。

秦煜上了车，坐在副驾驶上。

见她有些恍惚，他在她鼻子上刮了一下。

程央回过神问："你怎么会来这儿？"

"见个人，我们合作发表了一些关于植被研究与生态调控的论文，最近在申报试点。"

她想起了曾在秦煜家见过的那些研究资料，不意外。

"沉堰？"

"嗯，试点成功的话对各地的病虫害防治与水土养护都有很大帮助。"

他说话时眼里有光，让她轻易想起了他虽在这儿，可的的确确属于另一个地方。

"秦煜。"

"嗯?"

"你是不是很快就得走了?"

秦煜一愣,很诚实地点了点头:"嗯,明天早上七点的车。"

"那……还剩不到十三个小时。"

程央知道他留不久,只是没想到这样快。

秦煜看着她,觉得她舍不得自己的样子很可爱。

"或许,是三十天零十三个小时。"

"什么意思?"

"林业站下个月要做祖国林原的公益宣传手册,他们在找一个会画画的男志愿者,虽然酬劳不高,但有公益证书和荣誉奖章。"

"为什么是男志愿者?"

"因为这个人会被安插到我们驻地,但驻地房源紧张你也知道,如今毛猴大了,不愿意跟人挤,志愿者过去,恐怕也只能委屈一点跟我住了。"他声音压得很低,环绕在车里无形中生出了许多钩子。

她迎上他的目光,笑了笑:"秦煜,你可真够不要脸的。"

看过画展后,秦煜礼节性地拜访了程央的父亲。夜色浓重,程央在家宴上喝了些酒,半分微醺。

"这么高兴?"

"嗯,高兴。"

她一进门便搂着秦煜,像一贴小膏药:"我们回家了。"

"嗯,回家了。"他理了理她的头发,见她脚步踉跄,怕她摔着,索性将她抱了起来,想要放在沙发上让她靠一靠。

环顾四周，他连一把椅子都没找到。

一个人站着创作、躺着休息，没有人作陪也没有人等，这种家具，她确实不需要。他突然对她口中的"回家了"倍感心疼，并认为这一切，是他作为一个男人对她的亏欠。

秦煜吻了吻她的额头，抱着她放在了卧室。

"你去哪儿？"刚放下，程央一把抓住他。

"我去厨房给你打点番茄汁解酒。"

"我没喝醉，你不去好不好？"她侧过身，两只手紧紧抓着他的手臂不放。

秦煜蹲下身子，看到了她脸上细小而透明的绒毛。

"程央，你真可爱。"

"那，你要抱抱可爱的我吗？"她"咯咯"笑了一阵，三分醉意，两颊通红。

秦煜勾了一下嘴角，起身替她脱下了鞋子与外套。

再看她时，她已经安安稳稳地睡着了。

不能欺负一个醉酒的女人，他长呼了一口气，拿上钥匙出门了。

程央隐隐见到了一只蝴蝶在自己眼前飞舞，浑身洁白，带着月色的光亮，振翅时清晰，停歇时模糊。它飞近、飞近……一伸手，却只感觉到手臂真实的坠落，什么也没有。

她慢慢睁开眼睛，发现是一道光从卧室的窗帘缝里透了进来，有风，便随着缝隙的变化四处晃动。

"秦煜？"她喊了一声，没有听到回应。

她伸手往旁边一摸，床榻之上毫无暖意。

程央摸索着起身，一把拉开了窗帘，光线倾泻而入，很刺眼。

她下意识地抬手挡了一下，听到了客厅的"咚咚"声。

一推门，发现秦煜正背站在客厅中央，盯着空空的墙面出神。

刚要开口，程央便发现屋子里的摆设有了很大的不同。

竹艺的餐桌、藤条圈椅、随处点缀的绿植盆栽……

她愣了愣，哆哆嗦嗦地从口袋里摸了一根烟出来，没点火，没说话，只发出来一声轻微的叹息。

他回过身："不喜欢？"

"还行吧，稍微有点占地方。"

"哦，是吗？那你可千万别去阳台看。"

她不动声色，走到阳台上发现了几个蘑菇状的木墩子，跟林场他房里的那个很像，只是造型更可爱，也更平整小巧。

"这些……"

"是买给小朋友坐的。"

"你真无聊。"

程央嫌弃地瞥了他一眼，说渴了，想喝一杯水。

秦煜往厨房走去，没两步又回过头，只见她正蹲下身子，带着笑意极认真地数着那些小木墩："一，二，三，四……"

（二）

"五！五是我的！"

毛猴站在通讯室的门口指着老林气鼓鼓地说道。

程央来时给全队都准备了一套新水壶，轻巧结实，壶面上还特意用防水颜料亲笔绘上了编号和图案。

花鸟虫鱼，十分精致，可第五个上画的却是一个芭蕾舞者，老林好奇地拿过瞧了瞧，被毛猴围着院子追了好几遭，没追上，只好站在门口委屈地叫嚷。

"啧，小气样，给你给你。"老林不逗他了。

毛猴赶紧接过来，往怀里一塞，说什么也不拿出来了。

程央坐在凳子上看着，月亮已经高高地挂在了天边，只是生着毛毛的边，看上去明天是个雨天。

"听说你要来，他开心得一宿没合眼。"李姐站在厨房门口，一边看顾着里头烧的热水一边跟程央说话。

"我也很开心，能再回到这儿。"

李姐意味深长地笑了笑，想起了更早一些时候林业站的同志特意为程央送了东西过来："对了，宣传册的一些文字资料放在了秦煜房里，得空你先拿着看看。"

程央点了点头，听到了水壶"突突"冒热气的声音，李姐走了，程央也朝着房间里走去。

她扫了一眼，写着公益护林宣传手册字样的蓝色文件夹放在柜子最顶上。

她踮起脚够了够，没够着。

于是，她搬了木墩垫了张纸站上去。

一下、两下，第三下扬起手时终于将资料拿到了手里，只是动作不稳，顺带着带了一个信封出来。

浅棕色的款式，没有贴邮票。

程央弯腰去捡，无意之中却瞥见了收信人一栏写着自己的名字。

"我就说毛猴长大了吧，再叫他跟我挤一屋，非怀疑我偷他水壶不可。"秦煜洗完澡出来，见程央站在窗子前发呆，便靠在门上向她说道。

屋里开着窗子，程央坐在窗台上抽着烟，手颤颤的，有些紧张。

"我开玩笑的，你不情愿跟我睡那就自己睡。"他摆了摆手，拉开抽屉从柜子里拿了明天要穿的衣服。

"对了，明天早上七点半出发，带帐篷，我们这次走长线，可能会在林子里过夜，你要事先做好准备。"

她没回应，依旧坐在窗口慢条斯理地抽着她的烟。

秦煜走到门口又折了回去："乖，往后不许抽了。"

她点了点头，从窗台上下来自顾自地脱起了外套，像是要休息了。

秦煜往门口走，顺手替她关上了房间里的灯。

门缝逐渐变小，突然，被什么东西猛地抵了一下又开了。

程央微微喘着气站定在他跟前，气呼呼的，眼睛里有复杂的情绪。

秦煜不明白："你是要打我，还是要睡我？"

"我要你跟我说实话，你们最后在林子里待的那十几天，究竟发生了什么事？"

"没什么，抓到了几个偷盗……"

"你准备的遗书，我看到了。"

一阵沉默，秦煜半个身子站在光里，他笑了笑，似乎不是什么重要的事。

程央觉得气恼，狠狠地打了他几下，还没收手，眼圈红了。

秦煜收敛起笑容，一把将她的手放到了自己心口："程央，我在这儿呢。"

隔着春衣，程央能感觉到他心脏跳动的频率。

咚咚、咚咚……

她慢慢变得安静，明白他只是害怕一切在巨大变故来临之后乱了章法，死亡向来不可怕，一饮一行，一呼一吸间都有可能来临。她叹了一口气，不自觉地将头靠在了他胸膛上。

屋外下起了雨，不大不小，顷刻之间，满院子潮气。

"算了，进来睡吧，明天还要工作。"她听了好一会儿，转身走进房里，上了床，挪了挪身子腾出一半地方给他。

秦煜跟着进去，躺在了她身边。

她背对着他，只露出一截纤长白皙的脖颈，很美，像一片月光。

"那封遗书，你看过了？"

"没有。"

"还放在柜子顶上。"

"嗯。"

"程央，你转过来说话。"

"不必，这样挺好。"

他伸手去拨她，她偏拧着身子往里靠。

秦煜力气大，索性坐起身子拽着她的胳膊往自己怀里拉。

他看着程央，程央也看着他，她穿着一件吊带，胳膊红了。

"疼吗？"

"嗯。"

"那你不出声？"

"不敢，你的床，怕你赶我走。"

他"扑哧"一声笑了："你使小性子的时候，也好看。"

距离太近了，她能在他眼睛里看到自己的倒影，想起了他敲响自己家门的那一晚，他说："我要你清清楚楚地看着。"

她"啧"了一声，不重不轻地在他脸上摸了一下。

挣不脱就不挣，换了个舒服的姿势安安静静地躺在他怀里。

他问："不生气了？"

"嗯，你要是死了，我就跟别的男人生一大堆孩子，坐满你放在我阳台上的蘑菇墩。"

他伸手理了理她的头发，说："程央，明天我带你去见个人。"

"那巡视任务怎么办？"

"我明天跟队长他们换一下路线，耽误不了多长时间。"

"哥，你今天晚上还跟我睡吗？不然我要关门了。"毛猴在外面喊了一嗓子，声音轻快，飘得满院子都是。

老林连忙从屋子里跑出来："你个傻蛋，快去睡你的吧。"

"可是我哥他还没有……"

声音支支吾吾地消了下去，不久后便只留下了满院子的雨声。

"程央。"

"别叫我，臭不要脸。"

"哦。"

"秦煜。"

"……"

"秦煜。"

"我要脸。"

"讨厌，你压着我的头发了。"

第二日，程央坐在秦煜的摩托车后座，漆黑的长发从头盔里漏出来，迎风飘着。

他在后视镜看到了，抿嘴笑了一路。

"是糖糕。"隔老远，程央便看到了镇口的小摊，她来了又走，走了又来，看到竹签串的糖糕，又觉得一切没什么变化。

"要吃吗？"他问。

她点了点头。

"师傅，一串糖糕。"他将车停在了小摊跟前，想了想，又多要了一串糖山楂。

她说："一串就够吃了。"

"上次也给你买了两串，你能吃完。"

"你记得？"

他点了点头，在临近的摊子上买了些水果继续往镇子里面开。

程央将糖糕中间咬出了一个孔，又透过那个孔打量镇子里的一切，买过东西的商铺、住过的旅店……最终糖糕中间出现了一张熟悉的脸，齐耳的短发变成了一个向后扎起的马尾，不再化妆，只是唇瓣上还抹着一点桃红色的口脂。

"秦哥，你来了。"时寸心笑眯眯地从卫生站里出来，穿着一双平底鞋，走得又稳又慢。

程央放下手中的糖糕，才发现她已经怀孕了。

"两个月了。"时寸心说。

"这么大？"

"嗯，是双胞胎呢。"时寸心笑着解开白大褂给程央看。

程央愣了愣，鬼使神差地将手放到了她肚子上。

时寸心笑说："得四个月左右才会动呢。"

程央笑了笑，不尴尬。

"来了。"另一个医生从卫生站里出来，见着了秦煜，神色不太自然。

"姜医生，廖勇恢复得怎么样？"秦煜问。

"精神不错，只是伤筋动骨一百天，现在还下不了床。"

"我想见见他。"

"这个……行，跟我来吧。"

秦煜向时寸心点了点头，拉着程央上了楼。

（三）

程央问："时医生什么时候结的婚，你也不告诉我。"

秦煜回答："我也是前两天才知道。"

"这杯喜酒不能省，我得给孩子包个大红包。"

带路的姜医生突然停下脚步，回过头跟程央说："那先谢谢你了。"

程央笑了笑，突然明白了姜医生看秦煜时脸上的神色。

姜医生停下，说："到了，昨天刚打的石膏。你们聊，有事可以按传呼铃叫我。"

秦煜点头，拉着程央往病房里走。

"那个姜医生挺有本事的。"

"嗯，站里最年轻的主治医生，人也顾家，很疼老婆。"

程央勾嘴笑了笑，秦煜看了她一眼，扬手将她的头发揉得乱七八糟："不害臊，大白天的瞎想。"

"现在才四月份，怀孕三个月了，是有本事嘛。"

"你男人更好。"

程央撇嘴笑，抢先拉开了病房门。

房间里摆着两张升降床，中间拉着一道蓝白色的帘子，放着一个齐腰的置物柜，柜子上有个空果篮，跟秦煜手里提着的一模一样。

程央走进才发现，靠近窗口的那张病床是空的，而进门的这张床上躺着一个正在输液的男人，看不出年纪，被褥盖在胸口，手脚四肢有三处打了石膏，头上的绷带一层缠一层，只露眼睛鼻子和一张嘴。

见秦煜来了，廖勇的脑袋才微微动了一下，不是激动，是打招呼。

"这是程央，我媳妇。"

廖勇慢慢扭了一下头，冲程央也打了个招呼。

程央发现廖勇的眼神总在朝着帘子的方向瞟，她走上前，想替他拉开帘子。

"不可以。"秦煜拦住她，将帘子又拉回了原来的位置。

"我哥……"廖勇喉管中艰难地吐出两个字眼。

程央这才发现，他的病床边甚至没有悬挂基本的病患信息。

"还没抓着，你安心养伤。"

秦煜坐在病床边给廖勇剥了颗葡萄，廖勇张嘴，含在喉咙里却发出了一声呜咽。

"你好好养伤，年纪轻没案底，病好了之后别做这个了，找个工作或者摆个摊做点小买卖都行。"

"你让我……见见我哥，我……我劝他。"廖勇说得费力，十来个字说了好几分钟。

秦煜面不改色，又喂了他一颗葡萄："我们也在找他，他做了什么，得自己担着。"

廖勇嘴唇嚅动了几下，而后脑袋往前一撑，咽下了。

"他……他会杀了你的。"

他眸子里显得空洞，听得程央后脖子发凉。

"他不会，如果只是盗猎盗挖，他这辈子还有出狱的希望，如果杀人，那他就完了。"秦煜很冷静，像是一个局外人。

病床上的人突然激动了起来，用唯一往完好的手臂紧紧地拽住了秦煜，程央去拦，秦煜却只说："没事。"

"你让我……给他……打个电话，打个……"

廖勇话没说完，力气便用尽了，程央看着他的手臂突然像被去骨一般垂下，松了口气。

"你累了，先休息吧。水果放在这边明天护士喂给你吃，我下次再来看你。"

秦煜起身，拉着程央往外走。

"秦煜，你……"

两人立住脚步，听见廖勇慢慢地说："你是个好人。"

门缝合上，两人正面撞上了一个拿着饭盒往这边走的中年男人，秦煜推了一下程央的背，示意她赶紧走，可还是被发现了。

"你们……"

"啊！"拿着饭盒的男人刚开口，就被程央照着裆部狠狠踢了一脚，幸好饭盒挡了一下，除了疼，倒也没有受伤。

她正准备拉着秦煜跑，却被秦煜一把反拉了回来。

"周警官，实在不好意思。"

程央吃惊："警……"

/237/

男人皱眉指着秦煜和程央狠狠地点了点："偷偷探视也就算了，还袭警。"

程央支支吾吾："我……不知道你是警察。"

"啧！"周警官一边倒吸着凉气，一边将屁股往走廊上的等候椅上挪。

秦煜笑了笑，跟他介绍："这是程央，我媳妇。"

"哪儿找的？这么凶，都赶上老李家的黑妞了。"

程央小声问："谁是黑妞？"

秦煜要笑不笑，在她耳边回答了两个字："狼犬。"

程央沉着脸，想着自己理亏在前不便发作，便嘟囔着嘴一个人坐到了一边。

"周警官，最近你们那边查得怎么样？"

"别说了，廖嘉就跟人间蒸发了一样，自从上次差点被你们逮住，更精了，这几天连他的老相好都没半点他的消息。不过你可要当心，他随时可能会找你寻仇。"

　　"寻什么仇？"程央问。

　　周警官见她一脸惊讶不便说话，倒是秦煜，一五一十地告诉了她。

　　廖嘉一伙原本不在张队所负责的区域内活动，他们常年盘踞在沉堰西北角，盗猎红腹锦鸡穿山甲、偷伐黄杨银杉，没承想上次防火期西北角出了事，各支护林队只好纷纷拉长巡视线交叉作业。伏在林子里的那十几天，秦煜他们正是摸到了廖嘉一伙的踪迹。谁知追捕过程中头目廖嘉的弟弟廖勇失足摔下山崖，而追他的，就是秦煜。廖嘉趁乱逃走，并扬言要秦煜偿命。

　　程央理了理思绪："他以为他弟弟死了，所以……"

　　周警官说："廖嘉老谋深算不轻易露头，这是我们抓住他的最好机会。"

　　她将头偏向周警官，气急败坏地说："你们准备拿秦煜做诱饵？这种丧尽天良的主意是哪个王八蛋想出来的？"

　　秦煜拉了拉她的衣角："我。"

　　（四）

　　病房里响起了一阵"呜呜呜"的哭声，紧接着便有硬物砸击地板的声音，周警官连忙放下饭盒跑了进去。

　　秦煜起身将手递给程央说："我们走吧。"

　　"这就走？马上就到午饭时间了，不如去家里吃个饭吧？"时寸心看两人下了楼，从配药室伸出头来打招呼。

　　秦煜本想拒绝，却想起了自己也错过了这一杯喜酒，捏了捏程央的手，点了点头。

房子就在卫生站附近，两层楼，素雅干净。

时寸心怀着孕，洗衣做饭的都是姜医生，秦煜在厨房帮忙剁排骨，程央一个人靠在二楼的栏杆上抽烟。

时寸心端着一只果盘从楼下上来，程央瞧见了，替她找了条凳子，掐了烟。

"尝尝，能带来好运的。"时寸心将果盘伸给程央看，花花绿绿的，都是糖果。

程央拣了一颗剥开，刚吸过烟的口腔泛出一阵苦味，她觉得好吃。

"秦哥送廖勇来的时候他自己满身是血，衣裳都被棘子划开了好大一片。"

程央不接话，细细地抿着嘴里的糖果。

"哦，你放心，没露点，不过……他真的是拼了命救人的。"

程央笑了笑："我没那么小气。"

"那你就别生他的气了吧？"

"我没生气。"

时寸心"嘻嘻"笑了一声，觉得程央说谎比她出坏主意时还镇定："其实……是挺危险的。"

"你知道他们的计划？"

"嗯，我负责给廖勇换药，听过一些。"

"如果姜医生是秦煜，你怎么办？"程央莫名其妙地问了一句。

时寸心想了想，摇了摇头。

"不知道还是不同意？"程央问。

"是不会，姜铭他是个很顾家的男人，做事中规中矩，温柔体贴，事事以老婆孩子为先，他没有秦哥血性，不……"她想了一会儿，没能从脑海中找出合适的词来描述这种差异。

"不刺激，"程央点了点头，"是件好事。"

时寸心微笑着摸了摸自己的肚子："嗯，是好事，那你呢？打算怎么办？"

"这是他自己的事情，明明白白告诉我了，有交代，这就行了。"程央朝远处望了望，林海苍翠，万事淡然。

时寸心一知半解地点了点头，以为程央在看镇口高楼上晾晒的大红被褥，便说："成家了会好一些的。"

程央笑了笑，听到楼下喊开饭。

吃过饭后，秦煜和程央从屋里出来，一会儿需要反向从镇外的一条小溪溯溪而上开始巡视，山路不方便开车，秦煜索性将摩托车寄存在那儿，领着程央一路往镇子外面走。

四十来分钟，程央一言不发，只在途中替他紧了紧背包拉链。

快到镇口时，她也看到了那床大红色的被褥，停步低头，地面上还带着鞭炮纸印染的残红。

"程央。"他轻声唤她，知道她有话要跟自己说。

她扬起头，笑了笑："不赶时间的话，我们去拍张照片吧？"

秦煜有些莫名其妙，但点了点头。

镇上只有一家照相馆，小小的一个门面前立着一块简单粗暴的招牌——照相。

程央往里探了探，卷起的红蓝幕布前放着两个打光板，左边一排造型夸张的外套礼服，右边一些中年女人正躺在摇椅上边嗑瓜子边看剧。

他们进门时，男主失忆刚刚好，女主得了白血病，老板看得伤心，将瓜子壳丢满了半个打光板。

"老板，照相。"秦煜知会了一声。

"哎，好。"老板抹了一把眼泪起身，麻利地掸去了打光板上的碎屑，"要拍哪种？证件照还是全家福？"

秦煜等着程央选，程央却指着墙面上的一张老照片说："那种。"

老板瞥了一眼："好嘞！新人照服装费收您二十块，男女礼服随便挑，都是最新款，干净漂亮。"

程央付了钱，却只从架子上取了两朵指甲盖大小的红绒花，一朵夹在秦煜外套上，一朵往耳后一别，复古冷艳，不俗气，像八十年代的画报。

"好了。"程央说。

秦煜低头摸了一下那朵绒花，鼻子有些发酸："程央，对不起……"

"拍完照再说。"她拉着他兴致勃勃地往幕布前走。

老板觉得这笔服装费收得亏心，因此拍照也格外认真，平时"咔嚓"一声完事，今天倒正经测试起光线来。

调节打光板，测试相机取景……

"秦煜，我好看吗？"

"好看。"

程央咧嘴一笑，耳边的小绒花顺着发线往下滑了几寸，秦煜伸手去扶，小心翼翼地将它戴回了原来的位置。

老板准备就绪，半蹲着身子忙活了起来。

"哎，对，看镜头……好，笑一下，帅哥，你再凑近一点……哎，把手搭在媳妇肩上……就这样，好，笑得再自然点……"

相机响了数十下，老板喊停的时候秦煜笑得脸都僵了。

连接电脑，点开屏幕。

老板端着杯子抿了一口水，带着气功大师散功时特有的气息声说："可以过来选照片了。"

一张、两张……从前往后从后往前。

秦煜的心思全都落在了程央耳后的那朵小绒花上，他还没来得及求婚，她便给了他明确的答案。

"这张吧，两寸大小就可以了。"程央看着屏幕，不自觉地抚了一下头发。

"过塑吗？"老板一边开打印机一边问，看到选定的照片时愣了一下，有些不好意思地放下了手里的搪瓷杯。

程央点了点头，耳边的小绒花又掉了下来。

秦煜一伸手，正落掌心，不自觉地又摸了一下。

"好了。"老板将照片交给程央，反身时碰巧看到秦煜手上的小花，颇有深意地笑了笑。

秦煜点了一下头，拉下拉链连同自己那朵一起装进了外套内口袋。

小店的电视机里又响起了白血病女主的咳嗽声，程央看了看照片，将其中的一张递给了秦煜："你带着。"

秦煜小心翼翼地将照片放进了钱包里，说："你放心。"

她笑了一下，算是回应。

往前走，人走进风里，话却顺着风传给他："秦煜，只一条，我这辈子就跟着你了，无论什么时候，别把我丢喽。"

秦煜的背包里带的是单人帐篷，她一早就发现了，他怎么计划的她不清楚，但她明白，他根本就没有打算带她入林子。

"廖嘉不敢在人多的地方动手，要抓他，我得给他这个机会，你跟着我不安全，我安排了毛猴在山口接你……"他说话时程央一直回头看着他，跟照片里他替她簪花时的表情一模一样。

她不怕，有了他之后，她什么都不怕。

秦煜想了想，改了口："好，我答应你。"

程央笑着朝他跑来，人来人往的小镇街道上，她箍住他，主动去吻他的唇，鼻翼间细碎的气息，略带起伏地呼在他脸上。

秦煜闭上眼睛，双手紧紧地抱住了她，或许对往后生死的猜度都是一种虚妄，但这一刻的情与爱，真实可靠。

他想起了照相馆里触摸那朵小绒花的绵软感，原来跟她的唇瓣，真的很像。

Chapter 14
山里不方便，除非你要求

（一）

下午时分，阳光懒洋洋地洒在镇外的溪面上，水波摇晃，倒影中的街道平房逐渐换成了长茅野花。快到山口了，秦煜从背包里取出镰刀摸在手上，他拉着程央，每走一段都会警惕地朝四周看看。

程央说："这两天我跟你睡一个帐篷，你不许压我头发。"

秦煜"嗯"了一声，心里觉得踏实了不少。

水里有游动的小鱼小虾，秦煜的影子落在水面上时更显得轩昂，她喜欢。

"想要休息一下吗？"他也扭头看她，似乎感应到了什么。

程央一抬头，额顶冒出薄薄的一层汗。

"溪边都是鹅卵石，不好走。"

他伸手替她擦了擦，看到她的眼睛一闪一闪。

程央说："不用，这点路，不算太难。"

"那就好。"

他回过身拉着她继续往前走，远远地看到一个人打山口走来了。

"哥！"

那人挥了挥手，是毛猴。

秦煜看清楚了，从兜里掏了一块饼干给程央："你吃着，我跟他说你就跟着我走。"

程央很乖巧，在溪边找了个大石头坐，饼干屑掉进溪水里，有几尾小鱼游过来争夺。

她看了一会儿，听到耳边有人小声说："程央姐，这个给你。"

是她第一次到驻地时带刃的那根登山杖，原本以为丢了。

"你怎么会带着……"

程央看了看秦煜，他正清点毛猴移交过来的东西。原本想着让毛猴带程央找队长会合的，如今不用了。

/245/

"你不会离开秦哥，我知道。"

她在毛猴脑袋上揉了一把，点了点头。

"程央姐，你别怪秦哥，他不是不顾你，只是廖嘉，他非亲手抓住不可。"

"这事儿你也知道？"

毛猴点着头，脸涨得通红，他怕程央责怪他不站在她那头，于是小声说："据我们抓的那些人交代，廖嘉八年前刚干那行的时候，为了从森警手上逃脱，他……放了把火，这事儿，原本大家都以为是个意外。"

是秦炎，她见过，在照片和日记里。

"行了，我们走吧。"秦煜清点好东西，站在上游喊了她一声。

毛猴还有其他任务，冲程央腼腆地笑了一下后跑开了。

"哥，不对啊，程央姐的帐篷你忘拿了。"没两步，毛猴又往回走。

秦煜一言不发，只叉着腰盯着他看。

看得毛猴浑身不自在了，他懂了，扬了扬手，身影融进了山溪旁的一条岔路中。

"注意安全！"程央突然大喊了一声。

走远了，没有回应，但是毛猴听见了，她知道。

山口起了风，顺着溪涧而下，两旁有山，风盘踞在此，像囚龙，有"呜呜"声。

"秦煜，它在说什么？"

他向她伸出手："它说放心走，不会下雨。"

程央一笑，将手递给了他。

溯溪而上，滩面的鹅卵石变成了成块的山岩，好几处根本就没有路，只能凭借感觉找重心勉强在岩体上立稳脚跟。

她杵着登山杖，学着秦煜的样子小心地回避着近水一侧的苔藓。

秦煜走在前头，突然蹲下了身子。

程央说："这是大金发藓吧。"

"你知道？"

"你告诉我的，在那本册子上。"

"还记得什么？"

"多丛生，湿时形态接近松杉幼苗，能治肺病咳嗽，滋阴补虚。"

秦煜笑了笑："嗯，你用不着。"

她看着他，于是他说："我也不用。"

"那你观察它？"

"它可以指示土壤的酸碱度，有大金发藓说明这一块土壤呈酸性，植株暗绿带棕红，涨势良好，空气质量优。"

程央不说话，半刻，伸出舌头在嘴唇上舔了一下。

秦煜明知故问："怎么，你对苔藓也感兴趣？"

她莞尔："学以致用，挺好。"

"这话说得像老学究。"

"老学究可没这么漂亮。"

他鼻间轻哼了一声，不是嘲讽，是调笑："走吧，前面有惊喜。"

她向前跨了一步，与他站在同一块岩石上，登山杖敲击发响，程央警惕地朝四周望了望。

秦煜本想说"别紧张"，见她神色坦然，于是说："做得好。"

如果危险一定要来，那请处乱不慌，不然会将痛苦提前，便宜了它。

太阳西斜，满涧都是金光，又往前走了十余里，出现了一个小高坡，全石质，只在邻水的一边长了几株野草。溪水从坡上摔下，有点微缩瀑布的味道。

程央目测了一下，该有两米高。

"翻过去有什么？"

秦煜搓了搓手："你翻过去就知道。"

他往后退了几步，一助跑，身子向上一跃，手一撑，有近乎完美的肌肉线条。

"程央，手给我。"

秦煜上去了，蹲下身子来拉她。

她摇了摇头，往旁边挥了一下登山杖，刀刃钩住石体边缘，一发力，也咬牙爬了上去。

"累吗？"

"不累，我可以照顾好我自己。"

"嗯，我知道。"

小石坡上有风，两人相视一笑，吃进一嘴冷空气。

"我们在这儿扎营吗？"程央问。

"嗯，晚上看不见东西。"

"好。"

她将登山杖放在一边，映着最后的一点余晖，着手搭起了帐篷。

秦煜在溪边洗了把脸，又在四周转悠了两圈，脸上的水渍还没干，从兜里掏出了一本日记。

"写点什么？"程央挨着他坐下。

他将她搂得近了一些，从兜里小心翼翼地掏出一把红果子给她吃："惊喜。"

"这是什么？"她捏了一颗放进嘴里，酸酸甜甜，带着浓厚的浆

果香气。

"悬钩子，好吃吗？"

"好吃，哪儿摘的，我再去摘一些。"

"不摘了，留些给鸟吃。"他将手里的都给她捧着，看着她的嘴一鼓一鼓，煞是可爱。

"你也吃。"

"我不吃，晚上山里冷，我得好好哄着你。"

"哄着我干吗？"

他没回答，看着她吞下最后一颗悬钩子后摇了摇头："山里不方便，除非你要求。"

程央笑了笑，起身到溪边洗了一把脸。

"嗡嗡嗡……"

她听到电话响，下意识地摸了摸自己的口袋，没有动静。

一侧身，发现秦煜正握着手机直勾勾地看着屏幕上"妈"的字样，没接没挂，在等着它自然消声。

她走到他身边坐下，看着他的拇指突然一动，可还没碰到，屏幕就已经暗了下去。

秦煜叹了口气，将手机放回口袋里。

"这儿有信号？"

"嗯。"

"我试试。"

秦煜没作声，由着她去。

接通了，屏幕上出现秦煜母亲的脸，程央将手机朝身旁挪了挪，秦煜显得有些慌张。

他猜到了她是打给自己的母亲，可没想到是视频电话。

"丫头，是你啊？"秦母异常惊喜。

"嗯，还有秦煜，他手机没电了。"

屏幕里的秦母大概想看清楚，将眼睛眯成了一条线，一个劲儿点头："这么黑，你们俩是在山里吗？"

程央没回答，轻声凑到秦煜耳边说自己要去方便，故意将手机递给了秦煜，还叮嘱："你别挂，一会儿我有话跟阿姨说。"

他捏着她的手机，感觉烫手似的，可屏幕那头的人还在期待着答复，他不得已，看着母亲回了一个"嗯"。

程央蹲在帐篷后听着，从口袋里抽出了一根烟，山里非必要不见明火，她知道，没点，光叼着过过嘴瘾。

秦煜话不多，大部分时候都只是"嗯""好"这样给一个回应，问候过家里的情况，问候过父母身体是否安康，然后便实在想不出了该说什么话。

"那，就这样吧。"

程央闻言赶紧往回走，可通话已经被切断。

"怎么挂了，我还想问我上次放的燕子风筝在不在呢。"

这是一句假话。

秦煜许久没回答，将手机递给她时，程央看到了他嘴角的苦笑。

三十出头，差点落泪。

程央蹲下身子，从背后静静地抱住了他。

"秦煜，等抓到廖嘉，你再带我回去吧。"

他摸了摸她的手，点了一下头，夜风寂凉，他问："我的日记，你想看看吗？"

程央点头："如果你愿意的话。"

"这是第一天见你的时候。"他将日记翻开递给她，从包里掏出手电筒打光。

/250/

"你才是个背时鬼呢。"

"嘿，你往后看……"

她与他依偎在夜风缠绵的溪涧旁，头顶有明月，有星光，此刻他们无需想其他事，只要安安静静地待在彼此身边，等时间过去，等记忆过来。

程央问："既然你一开始就不准备带我入林，为什么还把林业站需要志愿者的事告诉我呢？"

秦煜回头，看到她满目星光。

"是啊，为什么呢？"

他没有回答。

第二天上午，程央抱着秦煜的日记本从梦里醒来，拉开帐篷，看到秦煜正蹲在溪边洗漱，放下心来。

她问："今天我们去哪儿？"

他抬头，指了个方向。

程央"哦"了一声，也蹲在一旁拧毛巾洗脸。

"周警官刚才给我打了个电话，说他们的人打听到廖嘉今天一早在山口附近露面了。"

"那我们要准备什么？"

"准备吃点东西继续寻山。"

程央回头，湿毛巾握在了手上。

秦煜拿过毛巾在她脸上擦了一把："来了，抓他，没来，工作。"

她嫌他擦得疼，一噘嘴将毛巾抢了过来。

秦煜笑了笑，起身开始拆帐篷。

沿着小高坡往上，林叶渐宽，植被渐密。走出没两里，溪涧便藏进了地下的孔穴里，能听到"滴滴答答"的潺水声，却不见半点水流的痕迹。

秦煜告诉她："地下有矿洞。"

"矿洞？"

"嗯，水晶矿，不知道废弃多久了，很长，一直走能通到这座山对面的山脚下。"

"你进去过？"

他点头："带着毛猴瞎玩。"

程央拿脚踩了踩："里面漂亮吗？"

"跟一般溶洞差不多，水晶都藏在钟乳石里，乍一看四处都是灰扑扑的。"

程央使足了力气跺了跺脚，秦煜"扑哧"笑了一声，拉着她的手在林子里兜了一圈，最终停在了一棵鹅掌楸下。

她看着他："叫声芝麻开门？"

秦煜揉了一下她的头："不用。"

他绕到树后伸出小拇指对准树干上一个发枯的树瘤一扣，一颗小石头落在了他手心里。

"喏，我们在洞里捡到的。"

她哈了口气擦了擦，指甲盖大小的一块茶晶。

"你藏的？"

"毛猴藏的，说给大树疗伤。"

她笑了笑，觉得可爱："平时巡山不用去吗？"

"不用，现在里头除了蛇和蝙蝠，没有其他东西了。"

话音未落，耳边便传来了两声救命。

（二）

"在上面！"

秦煜很快分辨出了声音来源。

程央正准备往上跑，秦煜却一把拦住了她。

"你在这儿等我，我去看看，需要帮忙我会大声叫你。"

"你怀疑……没道理这么快。"

"为非作歹八年，没点本事他早被抓住了。"

秦煜将镰刀别在腰后，不等程央反应，便麻利地朝山上跑去。

皮靴落地带起了滚动的沙土碎石，枝叶或高或低从身边划过，呼救声越来越清晰，秦煜加快了步伐。

"老乡，你怎么了？"

秦煜停在山腰的几株棘子边，看到五米开外的石壁下一个穿蓝布衫子的男人正蜷缩在那儿。

他身边立着一个竹背篓，十多朵黄棕色的牛肝菌掉在了周边，秦煜放下心来。

牛肝菌主要产于云南，沉堰地区并不多见，要寻着这么多，得费不少时间，他不会是廖嘉。

"脚，脚……"

那人痛苦地喊着，秦煜连忙走上前。

直径三十厘米的一只兽夹正牢牢地咬在那人脚踝上，所幸是用来捕猎中小型动物的，夹口处钢片不厚，咬合力度一般，没伤到骨头。

"啧！"秦煜叹了口气，蹲下身子两只手各扶着一块夹片用力一掰，锯齿状的尖口便一个一个从那人腿部的皮肉里抽了出来，首先是一排血洞，而后便是不断往外渗的鲜血。

"嘶……"那人咬着牙，脸憋得通红。

秦煜赶紧从包里拿出了消炎药和纱布帮忙做初步处理。

巡山六年，盗猎设埋伤到人的事情没少遇见，不停抓、抓不停。

"老乡，下次当心点。"

"唉，真是见鬼了，这条路我几分钟前刚走过，这群孙子王八蛋，杀千刀的不是人……"

"没什么大问题，回去之后治治，记住了，脚下什么时候都得当心，走过的地方你也不能保证步步踩在原路上不是？"秦煜将最后一节纱布扎紧，看了看兽夹，准备收缴。

"同志，谢谢你了，唉，这个祸害玩意儿！"那人气得不行，只得抄起兽夹狠狠地朝一旁的石壁上砸去。

"等等！"

秦煜这才发现兽夹上没有系绳子。

一般来说，这种非大型兽夹为了防止猎物带夹逃脱丢失都会用绳子隐秘地固定住。秦煜皱了皱眉，问："刚才你走过？"

"嗯，听到那边有动静就过来看……"

那人慢慢起身，背着篓子找了根干树杈一瘸一拐地往回走。

"程央！"秦煜大声喊了一句。

绿林空寂，只留下两声鸟鸣。

待秦煜再次回到那棵鹅掌楸下时，程央已经不见了踪影。

"怎么，女朋友丢了？"一个男人蹲在不远处的溪涧边，正浇水清洗着自己的皮靴，见秦煜一脸严肃，他往后一靠，坐在了一处石岩上细细地欣赏起来一根带刃的登山杖。

是程央的东西。

秦煜看了看，四周没有血迹，人被藏起来了。他盯着那男人走了

过去，鼻子、眉眼、身材，都很普通。

"同志，有困难要说啊。"那男人笑了笑，凸起的面肌显得很和善。

"就一个丫头片子，你为难她，传出去可有点丢脸啊。"秦煜蹲在那男人的上游，不紧不慢地洗了把脸。

那男人笑着摆了摆手，从兜里掏出一包香烟："哎，这叫什么话，我廖嘉一不欺负女人孩子，二不欺负老头儿老太太，她在树下站着辛苦，我给她找了个地儿歇歇脚罢了。"

秦煜看着他，等着他提要求。

"来一根？"廖嘉点了一根烟递给秦煜。

秦煜勾嘴笑了一下，接了。

"这才对嘛，山里风景这么好，不让抽烟也太不人性了。"廖嘉左手握着登山杖，右手夹着烟卷，白雾从嘴中一口一口吸入，又从鼻翼一圈一圈呼出。

秦煜问："说说吧，怎么打算？"

"别急嘛，好不容易见次面，咱们聊一聊。那姑娘，一会儿我带你找，她肯定活蹦乱跳的，除非，我没命带……"

秦煜听出来了，这是威胁。他深吸了一口烟，也坐在了岸边："我拿你的命没用，我只是个护林员。你干过什么你清楚，判几年死不死的，自然有人跟你算。"

廖嘉笑了笑，挤出一丝狡黠："护林员？你知道就我们能看到的这几座山，一共有多少个山洞吗？"他停顿了一会儿，不等秦煜回答又接着说，"十一个，其中三个里有水，七个旱洞，还有一个嘛，是早些年山民挖了又没用的棺材坑。"

秦煜没说话，将一只手插在衣兜里继续吸烟。

"兄弟，就你们那点工资，起早贪黑的三五年下来老婆本都攒不上吧？"

秦煜点点头："还行，够生活了。"

"富贵险中求啊！"廖嘉感叹了一声，将烟灰抖进了水里，"不如，你跟着我干吧？"

"你弟弟死在我手里，跟你干，我怕有命赚钱没命花。"秦煜笑了笑，不知为什么突然想到了程央，她的手小巧白皙，攒够了钱该给她买一枚钻戒。

"哦，怎么周警官守着的人死在医院了吗？"廖嘉眉头一皱，而后又极戏谑地笑了。

"你知道了还来找我？"

"你要是真杀了那个拖油瓶，我没准还得给你备份大礼，现在他被警方看着要死不死的，反而丢老子的脸。"廖嘉脸上带着淡淡的笑，似乎正在谈论的话题是今年的雨水与地里的收成。

燃尽了最后一寸烟丝，廖嘉叹了一口气，将烟头按在地上，揉成了一团烂泥："兄弟管教不严，底下的人嘴风不紧啊，盗猎抓住了就说第一次被逼无奈嘛，老子八年前被人满山当狗撵的事也给我捅出来，也不嫌寒碜。"

"当时你没得手，抓住了也就挨顿批评，为什么放火？"秦煜攥了攥拳头，脸上依旧维持着镇静。

廖嘉"嘻"地笑了一声："为什么？好玩呗。"

秦煜怒不可遏，一拳打了过去，廖嘉抽身一躲，极灵活地闪开了。

廖嘉退到溪涧边的一块坡地上，伸手拍了拍身上的烟灰："八年了，你是离逮着我最近的那一个。我倒真的挺欣赏你的，可惜现在你非得咬死了我，那没办法，我只好先收拾你了。"

廖嘉抄起手头的登山杖瞄准了秦煜砸过去，没砸着，但杖刃在秦煜下颌骨的一侧带出了一道划伤。

"啧！"廖嘉嫌弃地将登山杖往旁一扔，"果然，不是自己的东西用着就是不顺手。"

廖嘉从外套口袋中摸出一条钢骨锁接的细长鞭子，鞭尾带一柄四刃尖锤，甩了甩，金刃劈风，呼呼作响。

秦煜只从背后摸出了巡山的镰刀，想了想，将镰齿往下压了压。

见状，廖嘉挑眉："怎么，不想杀我？"

"我抓毁林盗猎，不杀人。"

廖嘉放声大笑，忽然下蹲将手上的钢鞭往秦煜的腿甩去，秦煜反身跳起，用镰刀一挡，鞭子一节一节缠绕在了齿刃上。

双方都想趁此机会夺取对方的武器，反向发力，鞭子被拉成了一根笔直的钢绳，谁都不肯撒手。

"咣"一声，铁制的镰刀在缠绕重力之下被绞断了一截，廖嘉有些得意，再次将鞭子朝秦煜头部挥去。

秦煜索性丢下了镰刀，以手肘护头朝廖嘉扑去。

廖嘉使长鞭，远攻得利，不近他的身秦煜自知得不到便宜。果然，秦煜越靠近，廖嘉便越急躁，准头渐失精妙，虽然不免挨了几鞭，但创伤力度却越来越小。

眼见秦煜已经窜到了跟前，廖嘉连忙收回鞭子将棱锤对准了秦煜的后脑勺，秦煜一下攥住了他的手肘，直接发力扭了一把。

"咣当！"长鞭落地，两人赤手空拳扭打起来。

林间又起了风，两侧的林叶开始错落地震颤起来。

几番打斗之下两人都挂了不少彩，廖嘉个头不高动作却极为灵巧，他自知体力消耗之下败给秦煜是迟早的事，瞅准时机将秦煜拖进了水里。

"呼——"

每一次猛攻回防都在溪水中发出撞击的声响，水花四溅，廖嘉趁机摸了块石头往秦煜额角砸去，秦煜不退反进，环腰便是一个过肩摔。廖嘉被秦煜牢牢地摁在水里，溪水时不时漫过鼻腔呛他一口，胜负已定。

廖嘉仰脸看着满眼通红的秦煜笑出了声："淹死我啊！淹死我你就替你弟弟报仇了！"

水渍从秦煜头上不断滴落，他一手掐住廖嘉的脖子，难以自控地发力。

廖嘉脸上的笑容逐渐扭曲，可眼里却不见恐惧，他拼着最后一丝力气从喉管里挤出了一句话："程央……她叫程央对吧？"

秦煜像是猛然惊醒一般，不由得松了些手劲，转用膝盖将他牢牢地按在了水里。

"她在哪儿？"

廖嘉贪婪地大口呼吸，看着秦煜有恃无恐地疯狂地笑了。

"她在哪儿！"

稍远的山林响起了人声狗吠，两拨人顺着山脊摸了上来。

廖嘉猜到了秦煜会报警，只是没想到来得这么快，他将头往上抬了抬，凑近秦煜露出了一个狰狞的笑容："放了我我就告诉你她在哪儿，如果我落在警察手里，我保证你一辈子也找不着她。"

秦煜脖颈上青筋暴起，他扬起拳头，终究没有打下去。

声音渐近，最远距离不超过三里路。犬吠越是清晰，廖嘉的神色便越是兴奋，他咧开了嘴，静静地重复着一句话："放了我，我带你找她。放了我，否则谁也别想找到。"

"汪汪汪……"

"放了我！"

秦煜深吸了一口气，撤开膝盖扼住了他的喉咙咬着牙一字一顿："我一定会抓住你。"

（三）

廖嘉觉得刺激，望着天空长长地吐了一口气。

秦煜将他从溪涧里拎出来，双手倒扣，押在了后背上。

"兄弟，犯不着。"

"少废话，带路。"

"你放开我，我带你找着她。"廖嘉回头看了秦煜一眼，已经能够清楚听到林间草木的骚动声了，他皱了皱眉，不轻不重地挣了两下。

这个距离，他逃不掉，秦煜撤了手。

"手机借我用一下。"廖嘉活动了一下筋骨，向秦煜伸出了手。

秦煜解锁递出手机，沾了些水，还能用。

"队里发的？"廖嘉接过，抖了抖，打开联系人说，"质量不错。"

秦煜无心跟他废话，看着他一边往后退一边在手机上按下了一串号码。

风声、犬吠声、枝叶水流声……隐隐地，他听到了有手机铃声在近处，又闷又轻，像是捂在什么罐子里。

廖嘉从口袋里掏了根烟出来，湿哒哒的，已经没法儿抽了，他"啧"了一声，跺了跺脚。

地下有洞穴，铃声正是从里面传出的。

秦煜伏在溪涧落差处拨了拨手，水流被划开，竟然露出了一个半人高的洞口。

"她在里面？"

廖嘉点了点头，想了想，又很快摇头："在，或许不在，你进去看看就知道了。"

廖嘉需要时间逃跑，眼睛里看不出破绽。

拨号等待时间过长，铃声渐渐微弱下去，秦煜指着他狠狠点了点，猫着身子钻进了洞里。

地面传来一阵脚步声，廖嘉跑了。

"程央。"秦煜大叫，却只能听到头顶河床的水流与碎石的划蹭。

透过岩壁，上层的声音被无限放大，洞穴中的一切反而没有声响。

秦煜再次拨通了那个号码，看到洞穴深处发出了隐隐的光。

光晕里，程央在那儿，被捆缚着。

他连忙为她解开身上的绳索，取下了掩在她口中的布团。

"我害了你。"

这是她的第一句话。

秦煜将她揽在怀里，感觉到她浑身的震颤，他贴耳告诉她："不，你救了我。"

方才刺激盛怒之下，他真的会忍不住将廖嘉掐死，这一点，他很清楚。

头顶上响起了犬吠声，两人顺着穴口往外走。

秦煜在四周摸了摸，捡起了一旁的手机。

她问："有用吗？"

他看了看："没用，新卡新号，他早有准备。"

"他知道我跟你一起上的山。"

"只怕他知道的还不止这些，这个人，绝对不能放过。"秦煜皱了皱眉头，一出洞穴口，碰上了正好赶来的森警。

"廖嘉呢？"森警问。

"被我放跑了。"秦煜回答。

森警看着秦煜脸上触目惊心的伤和程央手腕上的勒痕，连连叹气："不能怪你，廖嘉这人滑得很。"

秦煜站在溪涧边四处望去，山林里四处是人声狗吠。

警犬在四周搜寻了一圈后又奔了回来，一位上了年纪的警员嘀咕："总不可能连气味都不留下吧？这廖嘉难道钻到地底下去了不成？"

"地下！"秦煜与程央对视一眼，齐声说道。

廖嘉对林场的情况一清二楚，地形情况摸得比护林员还清楚。他仓皇逃跑，体力消耗巨大，林间山地肯定跑不过森警和巡犬，但如果……

"水流会掩盖气味，绝大多数动物闻不到。"程央拉了拉秦煜的衣角提醒。

廖嘉说过沉堰地区十一个孔穴三个有水，困拘程央的一个排除在外，无论另一个人是否真的凑巧在附近，水晶废矿都有百分之五十的胜算。

秦煜点了点头，将这一情况报告给了身边的森警。

"好，我们主要搜查附近的隐蔽孔穴，你带路，我拨几个人跟你进矿洞。"

"不了，矿洞里地道复杂空间小，不熟悉的人进去反而容易出事。再说，人一多难免会打草惊蛇，让廖嘉以为逃跑路线无人知晓放松了警惕才是最好的。"秦煜说道。

"你的意思是？"

"我放跑的，我负责抓回来。"

"可你……"

"这个矿洞一直贯通到北面山脚，我需要你提前安排人在出口处设防，万一我……"说到这儿，秦煜看了程央一眼，"无论如何也不能让他跑掉。"

警员认同秦煜的分析，也明白秦煜对廖嘉的个人心结，他将别在腰间的手铐递到了秦煜手里："你知道轻重。"

秦煜颔首，拾起地上的半截镰刀，转身将程央拉进怀里，抱住："程央，我……"

"你说的，等抓到廖嘉，就带我回家。"她将头靠在他肩上，噙着泪努力保持声音的平稳。

秦煜张张嘴，"嗯"的一声应下，急速滚动的喉结里咽下无数不舍的话语和回流的痛苦。

他朝隐藏的矿洞入口走去，程央笑着目送他的背影消失在林间，昨夜的月高星稀，正在眼底。

——"既然你一开始就不准备带我入林，为什么还把林业站需要志愿者的事告诉我呢？"

——"因为，我舍不得你。"

（四）

废弃的水晶坑里人迹罕至，顺着流入地底的溪水进去，耳边只能听到水声和不知何处的嘶嘶声，是蝙蝠振翅、是蛇在吐信，搅和在黑压压的空气里，尤其瘆人。

秦煜握紧木棍往里追，起先的路还能靠手机勉强照明，待走得深了，索性掐灭了光源，轻手轻脚凭着记忆摸了进去。

水源从孔穴三分之一的地方岔开，距离近了没了水声的掩护，光源和任何声响都会暴露行踪。

孔穴深处空气不流通，地面积了一层层蝙蝠粪便，空气污浊环境阴湿。秦煜屏住呼吸，身子贴着狭窄冰冷的洞壁，一边前进一边留意着周围的响动。

突然，前方出现了一点小小的光亮，目测距离不超过五十米，气息声重，移动速度并不快，是廖嘉。

"咔"的一声，秦煜的皮靴踩碎了一块石子，微弱的声音在相对密闭的空间中被无数倍放大。

光亮停住了。

"谁？"廖嘉朝身后厉声一喊。

几只蝙蝠受惊扑棱着飞起来，秦煜身子一侧，蝠翼从耳边划过，只留下一阵刺耳的叫声。

光束又匀速地挪动起来，廖嘉没有起疑。

为防止暴露，秦煜索性脱下鞋子，赤足往前继续跟进。

锋利的细山岩与干化的粪便不断刺着脚底，秦煜忍痛，反而加快了步伐，朝着廖嘉奔过去。

　　"这个垃圾货。"廖嘉骂骂咧咧地往前走，手电筒因为电量不足逐渐暗淡，他不耐烦地拍了拍，光束摇晃，最后一下闪过身旁的岩块时他看到了秦煜的脸。

　　"怎么，存心找死？来啊！我看看咱俩到底谁命大！"廖嘉攥着手电筒疯一般朝四处挥舞，每次落空，叫嚣的声音便尖锐几分。

　　秦煜说："你跑不掉了。"

　　廖嘉将手电筒朝发声处砸去，"啪"的一声，空气中撕裂开一道火电光，弹射的碎片扎进了秦煜腿部，染红了裤脚。

　　廖嘉拼命往前跑，孔洞逐渐高阔，两人前后追逐着来到一处六十来平方米的石窟中，石窟上方有两排采矿时设计的透气孔，透下来的日光倾斜杂错照着四周垂直向延伸的矿洞，像隐藏的斗兽场。

　　"砰"的一声响，廖嘉脚边的一处石岩被击碎一块，他一愣，发现是那柄仅剩半截的镰刀，来不及反应，秦煜已从身后猛扑过来。

　　"别动。"秦煜用手臂牢牢钳住廖嘉的脖颈，半个身子站在光里，汗水夹杂着先前的血污划过脸颊，眼神平定、威严。

　　廖嘉感受到颈间的压力，鼻翼间呼呼地喘着粗气，说："你要什么我都可以给你，钱？下线的资料？"

　　秦煜冷冷地笑了笑，将手铐铐在了他左手上。

　　"我害死了你弟弟，你要是高兴，也可以杀了我弟弟呀。"廖嘉笑，脸部肌肉扭曲。

　　秦煜咬了咬牙，脖颈上青筋暴起。

　　廖嘉挣扎了两下，突然发疯一样笑了起来，秦煜扼住他的咽喉，他不但不惊恐，反而挑衅似的吐了吐头，别过脸，四目相接，他带着狠厉的眼神一字一顿："你不敢杀人。"

　　"我不必杀人。"

廖嘉瞥见了秦煜腿上的伤口，照着血迹处狠狠踢了一脚，碎片深入肌肉，秦煜吃痛撒了手。廖嘉伸手去捞地上的镰刀，秦煜一反手，将手铐的另一端铐在了自己手上，然后箍住廖嘉躺倒在地。

森警从林子里绕到矿洞出口需要更多时间，如果再让廖嘉脱身，以自己目前的伤势也难保能再追上他。秦煜不言语不反击，用尽全身力气牢牢地箍住他。

"你到底要怎么样才肯放过我！"廖嘉嘶吼着将一记一记重拳朝秦煜头部挥去，手铐受力，在两人手腕上都磨出猩红的伤口。

十分钟、二十分钟，洞穴另一端传来了细碎的脚步声，廖嘉也精疲力竭地停止了攻击。

秦煜倒在地上，一脸的血污，意识模糊中身体却依旧死死地拽住了廖嘉。廖嘉长叹了一口气，问："值得吗？"

秦煜没有回复，逐渐涣散的瞳孔映出了头顶光束中飘着的一颗蒲公英种子，很轻盈，像风筝。

"等抓到廖嘉，你带我回家。"

他记得，她是这样说的。

The last chapter
有你在，真好

"结束了？"

"结束了。"

"几年？"

"死刑。"

"嗯。"

程央的神色没有什么变化，只是点了点头，盯着从窗缝中飘进屋里的几片雪花出神。

高原起身关上了窗户，从一旁拿了条毯子给她，说："以后……我会好好照顾你和孩子的。"

程央收回目光，淡淡地勾起了嘴角。

"你是舅舅，当然要待他们好。"她摸了摸自己的肚子，三十六周了，圆鼓鼓的。

"程央，他或许不会醒了。"

她眉角略微挑了一下，露出一个极戏谑的微笑，这话她听过太多次了，觉得聒噪。

"我累了，明天还有活动，哥，你得空的话，活动完再载我去产检吧。"

高原点头，他还想说什么，可程央已经撑着身子往房间里走去。

"对了，关门的时候轻点，秦煜已经睡下了。"

脚步声渐熄，程央回到了房间里。

室温恒定在 25℃，秦煜躺在床上，一动不动。

"今天外面下雪了，很冷，你不肯起床是对的。"她坐在床边，调皮地捏了捏秦煜的耳朵，发现他耳垂上比半个小时前多了一个红红的蚊子包，她笑了笑，从柜子里找出药膏用小拇指替他涂上，"真奇怪，这个天气还有蚊子，嘿。"

说完，她打了个哈欠。

医生交代怀孕期间要更加注意保证睡眠，她随手翻了两下明天的捐款活动安排，换了睡衣，便慢慢地缩进了他被子里。

"瞳孔并未完全放大，所以还不能诊断为脑死亡。"

"脑出血状况已经得到了有效治疗，身体其他部位都是一般外伤，用药就可以实现愈合，不过……"

"病人对外界仍然有间歇性感知，今天护士提起你怀孕的消息时，心电监护仪上的读数有了变化。"

"苏醒时间无法预测，或许三两天，或许七八年，或许……你得做好心理准备，希望渺茫。"

想到这儿，程央挪了挪身子，将他的手放在了自己肚皮上，红着脸说："秦煜，肚子里只有两个宝宝，可是你买了五个蘑菇墩哎。"

他不回答，程央便嘟起嘴往他怀里蹭了蹭："啧，不要脸。"

床边的呼吸机还在运作，一浮一沉，有轻微的声响，她听着，觉得眼皮越来越沉重，直到看到心电监护仪上的读数往上跳了一格，她才咧嘴一笑，安然睡下了。

八个月余，任凭其他人在秦煜病床前如何哭喊，程央始终没有落过一滴眼泪。

人没死，没死便不必要哭。

她仍坚持创作，甚至在照顾秦煜之余还联系上了先前偶遇的纪录片摄影师，并从拍摄素材中找到了廖嘉团伙的一些犯罪记录，如今一切尘埃落定，她要等的，仅仅是一个熟睡的人睁开眼睛。

"多简单哪。"她跟父亲和秦煜的父母都这样说。

第二日，絮絮的雪停了，阳光洒在窗台上反射出光亮。

程央起身，替秦煜擦了身子换了身干净衣服。她怀着孕，但这些事情她仍旧固执地要亲自动手，父亲替她请了保姆，她没反对，但只让保姆负责照顾自己的饮食起居。

/267/

"晚些时候许医生会过来替你做上门检查。今天天气暖和，你可不许赖床了。"说完，她勾起嘴角笑了笑，临出门时忍不住回头，朝本就无人的四周望了望，而后拉起他的呼吸罩偷偷亲了他一口。

孕妇专用的口脂在他唇上留下一抹嫣红，程央脸一红，想擦去，却又舍不得。

"程央。"有人叫门，是高原。

她从衣柜里取出外套披上，交代了保姆医生上门的事，换了鞋，出去了。

"你今天很漂亮。"高原赞她。

"哪天不呢？"她仰起头，跟报刊上袁老关于画册销售量"理应如此"评断旁的配图骄傲得一模一样。

车子往慈善捐赠会现场开去，程央靠在窗口，想了许久才问："结婚证，能办下来吗？"

"根据我国《婚姻登记条例相关规定》，当事人双方必须要自主表达结婚意愿才能够予以登记办理结婚证。"高原声音压得很低，字字锥心。

程央将窗户打下一小寸，初冬的凉风拂面，她觉得精神："这样啊，那看来得明天才行了。"

高原不再言语，稳妥地将车子往慈善捐赠会现场开去。

灯光、西装、鲜花、地毯……胎儿月份大了后程央便很少出门了，这样热闹的会场，她不大习惯。

"亲爱的！"简书隔着大老远便扬手招呼她。

程央点了点头，觉得孩子在肚子里揣了她一脚，身形晃了一下。

"当心着点，我的小媳妇可金贵着呢。"简书走上前扶着她，小心翼翼地隔着大衣摸了摸她的肚子。

程央笑着摆手："少来祸害我孩子。"

简书也笑，引着程央往慈善签名牌前走。

"这次可是大手笔。"

程央拿起签字笔问："怎么，舍不得？"

"怎么会？黄沙变绿树，还挺性感的。"他眨了一下眼，一如往常四处放电。

程央不知道性感点在哪儿，只好侧身签名。

身旁的一名记者认出了程央，一脸疑惑地盯着她刚签下的两个字。

简书扬了扬手向那人示意，程央却笑着解释："哦，这笔钱是替我先生捐的。"

両颊通红,有少女的羞涩。

这时主席台上的 LED 屏开始滚动播放绿化宣传片,程央一抬头,看到了视频里一张熟悉的脸。

似乎……比自己认识他时要更年轻,只是同样一副臭脸,没有笑模样。

屏幕里的秦煜正以护林员的身份指导志愿者植树,记者问:"你对这次公益绿化活动有什么看法?"

他盯着镜头,倒似乎是在与她对视,许久之后才憋红了脸吐出两个字:"挺好。"

程央"扑哧"一声笑了,同时感觉到了腹部有了轻微的阵痛。

简书将程央送往医院,高原立马通知保姆取来了生产后的母婴用品。

是早产,三十六周零一天。

双方父母焦急地守候在产房外,有期待与欣喜,有愧疚与担忧。

"嗡嗡嗡……"

程央父亲的电话响了,是许医生。

数秒后,产房里传来两声高亢的啼哭,产房外手机掉在地板上,回应了"啪"的一声。

程央醒来时是第二天早晨,她听到了医院窗台上的融雪声,慢慢睁开了眼睛。

"秦煜……"

她抬了抬手,感觉到了另一个人的体温。

秦煜坐在床边,安静地拉着她的手,人瘦了许多,但目光温柔且清明。

程央愣了愣，朝四周扫了一遍，而后直勾勾地盯着他，深而长地呼吸了数次。

他望着她笑，她张了张嘴，双目湿润，却什么也说不出。

许久，安谧的空气中传来隔壁育婴室里孩子的哭声。

程央微微侧了一下头，听到秦煜说了两个字——挺好。

Extra 01

程央，你嫁给我吧

"所以，爸爸连婚都没有求过？"

蘑菇凳上的两个小孩儿张大了嘴。程央停住画笔回想，突然，脸一红，身子一颤："没有……吧。"

她将最后一个字节拖得老长，回想起了四年前的那个下午。

那段时间张队长刚退休，秦煜继任队长。虽然队里添了一个新人，但事多，仍然忙得不可开交。

小半年没回家，程央一声不吭，套了件冲锋衣直接找到了林场。

"来了？"

秦煜看到她时自己正蹲在院子里刷鞋。

程央不回答，气势汹汹地盯着他。

新来的队员才来三天不认得，瞅着她的架势有点像找碴儿的。

"老乡，有什么事吗？"他按毛猴教他的招呼语壮着胆子问程央。

秦煜冲他摆了摆手："没事的，你去忙，她……"

话没说完，程央一把攥住了秦煜的衣领狠狠吻了他一下。

秦煜秒懂，昨日是两个孩子满周岁："程央，我……"

"哪个屋？"她仰着脸，不愿在旁人面前驳了秦煜的面子，于是瞟了瞟驻地一排崭新的小平房问他。

秦煜朝路口的那间一指，却莫名其妙地红了脸。

程央径直往屋子里走。

新队员在一旁目瞪口呆，他指了指程央的背影问秦煜："队长，那姑娘……"

"工作努力，组织发的。"秦煜勾嘴一笑，洗了手连忙跟了上去。

程央在屋里打量了一圈，秦煜进门，站在她身后说："站里下了补贴，驻地条件好多了，修整宿舍、改善伙食。对了，那床也是新换的，今晚睡觉我保准不会压着你头发。"

/272/

他话里没有肉欲，一一向她交代时显得老实巴交。

程央伸手在他的被子上摁了摁，厚实软和，放心了。

"谁要跟你睡觉？"她噘起嘴，弯下身子拍了拍裤腿上的灰。

秦煜解下系在手腕上的毛巾替她清理，说："你站着，我来。"

她站得笔直，一边配合他掸灰一边问："你不问问孩子？"

"你亲我的时候跟吃人似的铆足了劲，孩子差不了。"

"这是什么说法？"

"孩子被你养得聪明可爱，我不着家见不到，你才这么委屈。"他四下看看，掸干净了，便将程央拉进怀里抱住，"这几个月比较忙，过一段时间还有两个新人来，时间会宽裕些。不然年下你带孩子过来住两天，等年节，我跟你们一起回家。"

程央心里不怪他，嘴上却仍要说："不回来倒也好，反正你连婚都没求过，我正好改嫁。"

秦煜想到了什么，朝着抽屉瞥了一眼。

他没说话，她怕他吃心，于是将双手圈在他脖颈上细细地打量起来。

"嗯？"

"你又黑了些。"

"嗯，但也更壮了。"他亲了她的脸颊，闻到了一股奶甜奶甜的气味，没忍住，手从她衣角边探了进去。

窗台上还有日光，耳边能清晰听到院子里其他人活动的声响，程央隔着衣服按住了他的手："属蛇啊？见缝就钻。"

秦煜抿着笑，强行又往上摸了两寸，凑在耳边说："趁你还没改嫁。"

"手撒开。"

他摇头，摸得更肆无忌惮："你不想我？"

/273/

"不想。"

"再说一次？"

"不想。"

他在她腰上掐了一把："那还撇下孩子来找我？"

她咬了一下嘴唇，强忍着本能的兴奋："来找你，商量带着孩子改嫁。"

他笑了笑，顺手解开了她背脊上那两个小巧的衣扣："那你可得好好考虑清楚，过了这村，没这店。"

"程央姐来了？"院子里传来毛猴的声音。

程央扭了扭身子："秦煜，他们回来了。"

他不肯撒手，环住她的腰肢低头咬了她的耳朵："门闩搭着呢，进不来。"

脚步声越来越近，程央觉得害羞，将身子微微往前弓。

秦煜不仅没有停手的意思，反而顺手解开了自己的皮带扣。

"你……"

他笑了笑，反身将她抱到了桌边。

程央一愣，想挣扎时已经来不及了。

他将她两只手抓成一把举过头顶按在了桌子上，她挣了挣，很快感觉到保暖的织物正顺着大腿滑下去。

"有人……"

他俯身压制住她："那就别出声。"

"程央姐？程央姐你在吗？"喊话声移至门口。

程央死死地咬着牙不愿出声，有凳子声响，毛猴搬了把椅子坐在了门口："奇怪，不是说看着两人进屋了吗？什么时候出去的……"

秦煜觉得刺激，故意下了力气。

她回头，看到他脸上挂着一副满足的笑容，她嘴唇咬得泛白，被按住的双手痉挛似的在桌面痉蹭，不一会儿，留下两道湿湿的汗迹。

秦煜气息渐重，偏还要在此时贴耳问她："还想不想带着孩子改嫁？"

程央想起了孩子天真的脸，更觉得此刻脸红心跳。

她将头埋在桌面上，生怕自己开口发出声音。

秦煜再次发力："想不想？"

程央恶狠狠地瞪着他，点了点头，偏不肯松口。

"这么坚决，看来你真的对这个丈夫不满。"他骤然起身，翻过她整个安置在了桌边上，加重了力气不停歇，且还直勾勾地看着她。

程央不由得颤了两下，明白了没有给他想要的答案自己还会吃很多苦头，她有些恍惚地抬起头，侧过脸咬牙在他耳边吐出了三个字：

"不……想了……"

气息紊乱，连同丝丝窃语都绵长发软，小半年没听了，他比前一次更喜欢。

秦煜垂眸，只是笑。

"我说了……"她委屈地看着他，生怕他刚才是故意假装没听到。

秦煜点了点头撒开了她的手，她没有力气再挣扎，只得趴在他肩上，那一方肌肉，结实而滚烫。

"秦煜，我……我已经不想了。"

他扶正她的脸，替她擦了擦汗："我听到了，现在……是奖励。"

她又羞又气，却连扇他一耳光都提不起力气。

厨房"咣"的一声响，门口逐渐响起了脚步声。

毛猴走了，程央却瘫软得再也叫不出声。

他收尾，她顺势往桌子上倒去。

秦煜伸手去拦，她涣散的眼神突然有些害怕："不……不要了。"

他勾起嘴角弓下了身子，程央眼角莫名流出了两滴眼泪。

自己并不难过，她心里很清楚。

"我攒了很久，前两天才买下，我知道有点晚，不过……程央，你嫁给我吧？"再起身时，他贴在她身上替她套上了一枚戒指，硕大的祖母绿宝石，像一片浓缩的原野。

她听了觉得更像逼婚，一心想踹死他算完，可两条小腿颤得发麻不愿动弹。

"莫非……还想带着我的孩子改嫁？"他故意逗她，将她从桌上抱坐起来。

程央一看这架势，连忙点头："嫁给你，嫁给你。"

秦煜笑了笑，拿了件衣服顺着她湿漉漉的背脊擦了擦，而后将她温柔地抱到了床上："嗯，乖了，那你先休息一会儿，我出去看看怎么回事。"

他极满足地笑了一下，替她盖上了被子。

"嗯……"她在被子里轻轻哼了一声，涣散的眼神看向了窗子。

秦煜附身在她额头上亲了一口："孩子都一岁了，还这么害羞？"

她没力气再说话，看着他从窗子翻了出去。

不久后，院子里响起了秦煜的声音："你这兔崽子，我去后院拔根蒜的工夫你还能把锅子给烧炸了。"

程央摸了摸指节上的戒指，觉得院子里的说话声中气十足。

两个孩子对视了一眼，带着一脸质疑重复了程央最后的那个字："吧？"

她回过神来，连忙说："没有！完全没有！"

此时秦煜正穿着浴袍从浴室里走了出来，听到了，随口一问："没有什么？"

"妈妈说你没有跟她结过婚。"两个孩子异口同声。

秦煜笑了笑，看向程央的目光意味深长——哦？是吗？

Extra 02

我叫秦炎，爱好灭火

"姓名？"

"秦炎。"

"性别？"

"……"

"性别？"

"男。"

"年龄？"

"二十一岁。"

"爱好？"

"灭火算吗？水枪滋滋滋，救下一大片。"

他耿直地笑了笑，同宿舍的几名老队员却一脸黑线。

"得，你完犊子了！明天队里联谊会，你就打算跟姑娘聊这个？还滋滋滋，你铁板烧哪？"

一屋人哄堂大笑，秦炎也不在意，从中间的小桌子上摸了一把瓜子，靠在一边听他们胡吹。

"叫我说，问起爱好，还得整点高雅的，省得人家觉得我们大老粗没情趣。"

"那你咋回答？"

"我嘛，"周锦抿了一口水，慢悠悠地说，"爱好下棋。"

"啧，就下个跳棋你还爱好下棋了，这不编瞎话吗？"

"这跳棋也是棋不是？你能耐，前年跟卫生站小江说你爱好啃大骨头棒子，人有礼貌都不知道怎么接你的话。"

"你看你，怎么又说这事儿？"

"哈哈哈哈……"又一阵哄笑。

抱着洗漱用品的三名队员从门外进来，喊了一声："换人喽，去洗吧。"

宿舍就三间浴室，每次出完任务洗澡，队里的九个人都得轮着来，今天大家兴致高，洗完的人叫了两嗓子也没人应。

秦炎起身，掸了掸身上的灰，正准备走，又被周锦一把拉住了："你小子可是我们全队最有希望脱单的，你别走，我们再给你培训培训。"

秦炎笑了笑，从床位下摸出脸盆往浴室去了。

全队九个人，清一色光棍，森警全年待命，认识女孩子的机会不多，在卫生站让女护士包扎个伤口回来都能吹两个月牛。两年一次的联谊会，每个人都很兴奋，秦炎知道这无关情欲，只是生死线上折腾久了，心里都希望能有个人记挂着。

他开了热水，老管道发出一阵轰鸣，这表示新的一波水还没烧好，秦炎索性放下洗漱用具坐在了门口的石阶上。

不远处宿舍楼里的队友还在胡侃，隔着玻璃，三十余个小时无食无休的队员看不出疲倦。

"嗡嗡嗡……"

电话响，是秦炎的母亲。

"嗯，回来了，这会儿准备洗澡呢……不辛苦，逮着了两个腿子，竟然把穿山甲藏在裤裆里，我们都看惊了……哎，好，我会注意的，爸的病好一些了吗……那就好那就好……我队里管吃管喝还发衣裳，用不着钱才寄回家的，你们花……"

说了许久，手机微微有些发烫，挂断电话洗完澡，再回到宿舍时屋里已经熄了灯。秦炎轻手轻脚地上了床，打了个小手电筒捂在被子里写日记。

"阿嚏！"临床的一名队员打了个喷嚏，翻过身，摸到身旁的东西是枕头被褥而非枯叶山石，很安然地睡下了。

秦炎笑了笑，也合上了日记本。

联谊会在队伍大院里举行，四张桌子一拼，摆盘的瓜果点心都是镇上应季的品种。

清一色的黑衣黑帽黑皮靴，高高大大，只剩下九张人脸还有些区别。

"自我介绍一下嘛。"一名队员用手肘推了推旁边的人。

旁边的人一抬头，刚要开口，看到了卫生站里的一个女医生，脸一红，闭了口。

秦炎没找对象的心思，坐在长凳上吃着葡萄悠然自在。

"怎么回事儿？"秦炎问。

近旁的几个队员摇了摇头。突然，女医生走了过来，指着那人问："江平，你的痔疮好了没？不是说让你擦了药再过来检查一次吗？"

"扑哧!"大院里一阵嬉笑,气氛也很快热闹起来。

调侃嬉笑,聊各自工作的趣事,见过的各自打招呼,没见过的跟着熟人认识新朋友。

秦炎长得清秀俊朗,好几个姑娘跟他搭话,他觉得她们个个都好,只是自己实在没有处对象的想法。

他拎了串葡萄,从侧门一拐,出去了。

队伍大院外走半里路有一条小溪,水流清澈平缓,他找了块干净的石头坐着,一个人一边在沙地上划拉,一边往溪水里吐葡萄籽玩。

"你这人怎么这样!"身后传来一个女孩子的声音,清亮,但泼辣。

秦炎依旧吐着葡萄籽,一颗远过一颗。

"呀,你还吐!"

他这才意识到那个声音说的是自己。

回头一看,一个姑娘涨红了脸,正隔着五六米的距离叉腰指着他。

"葡萄籽,不污染水的。"他将葡萄举起来晃给她看。

姑娘眉毛一蹙,略带婴儿肥的脸气鼓鼓的:"那也不行!你这人真讨厌。"

秦炎哭笑不得,看着姑娘捋起袖子冲他大踏步地走过来。

"哎,有话好说。"

她走到他跟前,"扑哧"笑了一声:"这么胆小,我又不打你。"

她身子一侧,从秦炎坐的石头旁下了水:"昨天我和我奶奶在溪里埋了地笼逮螃蟹,纱密,你的葡萄籽在吐在上面没准会绞上。"

"不会,吐个籽力气小,一入水就会被卷走,肯定不会绞在你的笼纱上。"

"那可不一定。"她猫下身子,细致地查看起了溪水里近乎透明的地笼。

秦炎知道不会,倒是好奇她的笼子逮着螃蟹没有,闲着无聊也挽起裤腿凑过去看。

"嘿,真没绞上。"她抬起头冲他笑了笑,溪水微澜,有斑斑的光点映在她脸上。

秦炎赶紧别过头,拎着葡萄上了岸。

他仍旧坐在那个石头上,眼神不知看哪儿。

"我叫沅琪。"她在他旁边找了块石头坐下,一会儿看看自己的地笼,一会儿又看看沙子上画的画。

秦炎不说话,起身准备往回走。

"你生气了?我又没骂你,别这么小气嘛。"她话里透点委屈的味道,倒真让秦炎觉得自己走了不对。

他想了想,又重新坐下:"没生气。"

"嘿,那就好,那你继续吃葡萄。"她笑了笑,眼睛眯成两个小月牙。

秦炎扯下一颗葡萄放进嘴里,莫名其妙,倒像是她请自己吃的一般。

"你吃吗?"他递给她,实在不好意思让一个姑娘看着自己吃东西。

"好呀!"她倒不拘束,大大方方地从他手里捏了几颗吃,"你不是本地人吧?"

他摇了摇头,等着她解释。

"这里的男孩子更凶一些,昨天刚下地笼的时候碰到一个背身往溪里撒尿的,我说他不讲文明他还不理我,最后还是我往他背上丢石头才赶跑的。"

秦炎咽了咽口水："嗯，真凶。"

她没明白他的意思，倒以为他是给自己帮腔，很开心地笑了几声。

"你在这里卖葡萄吗？"她问。

秦炎看看自己身上的制服，匪夷所思地看着她。

她冲他笑了笑："开玩笑的，我知道你是森警，这身衣服我认得。"

他刚要点头，便听到她补充说："这衣服，不是一般丑，但你穿还行。"

"那可真是谢谢你了。"秦炎说。

"不用谢，我心好，身边的同学朋友都知道。"

"你上学？"

"嗯，大一，学校在西安，放假了才回来玩，我奶奶住这儿。"

秦炎点了点头，莫名有点想家。

沅琪学着他先前的样子将葡萄籽往溪水里吐，方法不对，吐不远。

"女孩子别学。"

"你才是孩子，我看你顶多比我大两三岁。"

"我的意思是……"他侧过脸看她，见她一脸认真的样子倒有些趣味，"这样，你先把葡萄籽挪到嘴唇边，再用舌头一弹……"

"噗"一声，籽儿果然从她嘴中弹射出更远。

她笑，他也笑。

"大学里其他女孩子也这样吗？"秦炎随口一问。

沅琪摇了摇头："各人有各人的样，不过吐葡萄籽玩的没有第二个了。"

他笑，觉得她说得有道理。

"你这是画的什东西？"她突然指着地上那片薄沙问。

"是穿山甲。"

"我还以为是只大老鼠呢。"

"我画得不好，但是你看，它背上不是有一片一片的鱼鳞状的硬甲吗？是照着我昨天在林子里看到的画的。"

"真好，我就没见过，我奶奶不许我进林子里去，她说很危险。"

"还好吧，找人带着别迷路就行。"

"那你下次得空带我去？"她兴奋地说着，画音刚落又意识到两人才刚刚认识。

秦炎笑了笑，很久没跟同龄人相处，鬼使神差地点了一下头。

沅琪莞尔："你真好，早知道我就不说你了。"

"说我什么？"

/283/

"说你一看就不是好人。"她回答得倒诚恳，反手指了一下溪边的一座小楼，"那是我奶奶的房子，我之前在窗子口看到了你朝这边走，还以为你也是不讲文明来溪边撒尿的，我奶奶说不一定，我说你穿一身黑一看就不是好人。"

"……"

"我收回，你给我吃葡萄，人还行。"

"还行？"

她笑而不语，露出两个大大的酒窝。

"嗡嗡嗡……"

秦炎手机响了起来，他接通，惯性般地开了扬声。

"二队的人在追捕盗猎时在西北角发现火情，今天一队休假取消，快回来准备扑救工作。"

"是，马上赶到。"他挂断电话连忙往队里跑。

沅琪听得清清楚楚，知道他有重要的事情。

"哎，你还没告诉我你叫什么名字呢？"她突然大喊。

跑远了，没有回应，身影也越来越小。

她有些失望，只好挽起裤腿淌进溪水里收地笼。

"秦炎！"这时风中突然有声回答。

"秦炎。"沅琪嘟囔了一声，笑了笑。

没留意，一只螃蟹从笼口溜出狠狠夹了一下她的手，她吃痛缩回，伤口渗出血迹，就像，一颗红豆。

大鱼文化 & 小花阅读
面向全国招聘兼职签约作者
长期有效哦！

公司介绍：

　　大鱼文化是中国一线青春文学图书策划公司，多年来与数十家国内出版社深度合作，每年向市场推出三百余个品种的青春类畅销图书，每年签约推出新人作者近百名。

　　其中公司子品牌"小花阅读"立足传统纸质出版，引导青年休闲阅读风向，主力打造和发掘新人创作者，采用编辑指导创作模式，创作出适合市场的优质阅读产品。

　　现面向全国各高校招聘兼职新作者。

我们的工作说明：

　　还未毕业？有其他正式工作？看清楚了，我们这次招的就是兼职！

　　从未有过发表史？国内一线青春编辑亲自教你点滴成文！

　　想要出版一本属于自己的图书？国内一线出版公司专业签约护航！

　　想要一份收入稳定岁月静好的兼职工作？做做白日梦写写小说最适合不过。

兼职的要求及待遇：

　　年龄不限，学历不限；爱看小说，想要创作。

　　每天只要2~3个小时，日过稿只要三千字，宅在室内，风雨不惊，月兼职收入不低于三千元！

| 我们
需求的题材 | 清新恋爱，青春校园，都市言情，甜宠萌文，古风言情，悬疑推理，奇幻武侠，科幻冒险…… |

应聘的流程：

　　1. 上网下载一份标准简历模版，按自己的真实情况填写。

　　2. 自行构思一个自己最想创作的长篇故事内容，撰写三百字内容简介，将故事分为12~20个章节，每个章节用100字以内说明本节讲述的主要情节（内容简介和章节内容加起来不超过2000字）。

　　3. 将上述内容用WORD文档整理好，格式清楚，一起发送到下面邮箱：dayuxiaohua@sina.com （两周内百分之百回复，如两周内未收到回复则可视为发送途中邮件丢失，可再次投递）。

　　4. 简历和创作大纲如有合作可能，公司将于两周内派出专业编辑一对一联系，进行下一步沟通，指导创作、签约等流程。如暂时不符合合作条件，则可再次努力。

　　5. 一经签约，作品将按国家出版规定签订标准出版合同，成为正式出版物，所有程序遵守国家法律法规要求。

其他说明：

　　了解大鱼文化图书产品风格类型，有助于提高签约成功率。

了解途径：

　　公司产品广布于全国各大新华书店青春文学专架、全国各大网络书城、淘宝大鱼文化图书专营店及各大天猫书店

　　微信公众号"大鱼文学"和"大鱼小花阅读"均有签约作者作品试读。

　　关注新浪微博官方号"大鱼文学"，有每月产品即时消息发布。

图书在版编目（CIP）数据

他听见林叶低语 / 三川著. -- 上海 ： 上海文化出
版社，2020.5
ISBN 978-7-5535-1895-4

Ⅰ．①他… Ⅱ．①三… Ⅲ．①长篇小说 – 中国 – 当代
Ⅳ．① I247.5

中国版本图书馆 CIP 数据核字 (2020) 第 040526 号

责任编辑　蔡美凤
特约编辑　杨吉晨
装帧设计　刘 艳 西 楼
封面绘制　苦 苦
印务监制　周仲智
责任校对　彭 佳

他听见林叶低语
三川　著

出　　　版　上海文化出版社
出　　　品　上海故事会文化传媒有限公司
　　　　　　（200020 上海市绍兴路 74 号　www.storychina.cn）
发　　　行　长沙大鱼文化传媒有限公司发行中心
印　　　刷　长沙鸿发印务实业有限公司
开　　　本　880×1230　1/32　印　张　9.125
版　　　次　2020 年 8 月第 1 版　印　次　2020 年 8 月第 1 次印刷
书　　　号　ISBN 978-7-5535-1895-4/I.742
定　　　价　36.80 元

上海故事会文化传媒有限公司　出品(00970) www.storychina.cn

本书如有印装问题，请与印刷厂联系调换。联系电话: 0731-82755298